# PROTEGGERE MELODY

Armi & Amori, Book 9

## SUSAN STOKER

Questo libro è un'opera di fantasia. Nomi, personaggi, luoghi ed eventi sono il prodotto dell'immaginazione dell'autrice o sono rappresentati in modo immaginario. Qualunque riferimento a eventi, luoghi o persone reali (presenti o passate) è puramente casuale.

Quest'opera non può essere sfruttata, riprodotta o trasmessa, in tutto o in parte, senza il permesso scritto dell'editore, con l'eccezione di brevi estratti a scopo di recensione, secondo quanto permesso dalla legge.

Questo libro è concesso in licenza per uso esclusivamente personale, non può essere rivenduto o ceduto a terzi. Per condividere questo libro con altri, si prega di acquistare una copia per ciascun ricevente. Se stai leggendo questo libro e non lo hai comprato, oppure questa copia non è stata acquistata per il tuo utilizzo, dovresti acquistare la tua copia personale.

Grazie per aver rispettato il duro lavoro di questa autrice.

*Salvare Macie*

*Salvare Annie*

## <u>Mercenari di Montagna</u>

*Difendere Allye*

*Difendere Chloe*

*Difendere Morgan*

*Difendere Harlow*

*Difendere Everly*

*Difendere Zara*

*Difendere Raven*

## <u>Ace Security</u> (*Prossimamente*)

*Il riscatto di Grace*

*Il riscatto di Alexis*

*Il riscatto di Bailey*

*Il riscatto di Felicity*

*Il riscatto di Sarah*

*Sei mesi prima*

Tex:*Ciao, non ti ho mai vista qui, prima d'ora. Il tuo username mi ha colpito, è interessante, quindi ho pensato di contattarti*

*Tex: Ti giuro che non faccio del male*

*CC_CopyCat: Ciao Tex. più che altro mi piace osservare*

*Tex: Ti capisco, non si sa mai, sempre meglio stare al sicuro*

*Tex: Vuoi fare due chiacchiere?*

*CC_CopyCat: Su che cosa?*

*Tex: Su qualunque cosa*

*CC_CopyCat: Un po' troppo vago*

*Tex: Beh, potremmo parlare del tempo, ma sarebbe un po' scontato.*

*CC_CopyCat: LOL*

*Tex: Ti ho fatta ridere!*

*CC_CopyCat: Sì, ci sei riuscito. Grazie*

*Tex: Grazie?*

*Tex: È bello, c'è il sole*

*CC_CopyCat: Anche tu sei uno di quelli, non è vero?*

*Tex: ??*

*CC_CopyCat: Sei uno di quelli che vede sempre il lato positivo in tutto, sono così irritanti*

*Tex: In realtà no. Proprio per nulla*

*Tex: Sei ancora lì?*

*CC_CopyCat: Senti, non sono sicura che sia una buona idea*

*Tex: Ci siamo appena incontrati, non ti avrò mica già fatta arrabbiare*

*CC_CopyCat: Non sono qui per trovare una bella amicizia. Di quelle ne ho già*

*Tex: Allora, perché SEI qui?*

*CC_CopyCat: Solo per passare il tempo*

*Tex: Allora, perché non lo passi con me?*

*CC_CopyCat: Perché probabilmente sarai un ragazzino di 14 anni che vuole divertirsi a parlare di sesso, oppure hai 50 anni e sei un maniaco che cerca una ragazzina adolescente da adescare, sperando di trovare un'ingenua che non ha di meglio da fare e che passare il tempo a chattare su Internet.*

*Tex: Potrei dire la stessa cosa di te. Potresti essere chiunque, magari sei un poliziotto che cerca di catturare i maniaci che usano le chat per adescare le loro prossime vittime.*

*CC_CopyCat: SEI un maniaco, Tex? Almeno sei un lui, o sei una lei?*

*Tex: E tu sei una donna, CC?*

*CC_CopyCat: Non dovrei risponderti né in un senso né nell'altro*

Tex: *Senza offesa, ma io non ho voglia di chiacchierare con un tipo, non sto cercando un rapporto, non sto cercando del sesso. Ho già degli amici con cui posso parlare*

CC_CopyCat: *Allora COSA stai cercando?*

Tex: *Solo qualcuno con cui chiacchierare. La mia vita è molto stressante, vorrei tanto poter parlare con qualcuno che non vuole niente in cambio. Qualcuno a cui fa piacere parlare con me, solo perché mi trova interessante.*

CC_CopyCat: *Comunque non hai ancora risposto alla mia domanda. Sei un maniaco?*

Tex: *Sono un ex militare di 35 anni che vive nella costa est. Sono bravo con i computer, ci passo molto del mio tempo. Non faccio schifo, ma so di non essere il tipo che una donna porta a casa per presentarlo ai genitori. Te lo giuro, CC, sono innocuo.*

CC_CopyCat: *Lo sai che i serial killer dicono tutti così.*

Tex: *LOL. Hai ragione. Ma di me ti puoi fidare.*

CC_CopyCat: *Ecco, dicono sempre anche questo.*

CC_CopyCat: *Sei ancora lì?*

Tex: *Pensi di darmi addosso ancora, o mi racconti qualcosa di te?*

CC_CopyCat: *Scusa. Stavo solo scherzando. Sì, sono una donna.*

Tex: *Grazie. E poi?*

CC_CopyCat: *Siccome non ti conosco davvero, per ora ti basta questo.*

Tex: *Mi accontenterò... per ora. Mi racconti del tuo nome utente?*

CC_CopyCat: *Devo andare.*

Tex: *Va bene, se vuoi parlare ancora mi trovi qui.*

*CC_CopyCat: Come farai a sapere quando vorrò parlare ancora?*

*Tex: Non lo saprò, ma ti ho detto che lavoro al computer, quindi sono sempre qui.*

*CC_CopyCat: Capito, si può fare.*

*Tex: Mi ha fatto piacere chiacchierare con te, CC.*

*CC_CopyCat: Non abbiamo parlato di nulla in particolare.*

*Tex: Sì, ma almeno non hai paura di dirmi quello che pensi. Mi piace.*

*CC_CopyCat: A molti uomini non piace.*

*Tex: Io non sono come molti uomini.*

*CC_CopyCat: Come preferisci. OK, ora vado.*

*Tex: Ciao CC. Alla prossima.*

Tex si accomodò sulla sedia e sorrise, guardando il suo computer. Di solito non avviava conversazioni online, ma ormai frequentava quella particolare chat da un po' di tempo e aveva notato che "*CC_CopyCat*" era presente ma non attivamente. Così si era preso il rischio di mandarle un messaggio privato, sperando che quel messaggio arrivasse a una donna. Tex era stato onesto con lei, non era interessato a fare amicizia online con un uomo.

Forse era un po' prevenuto, ma si sentiva più a suo agio a parlare con una donna che con un uomo. Forse perché era sempre circondato da uomini. Forse perché... era diverso, per lui, confidarsi con una donna.

Da quando aveva perso una parte della gamba in missione, per l'esplosione di un ordigno, quando era ancora un SEAL, Tex si sentiva più a suo agio a parlare al telefono o al computer. Prima dell'infortunio, non aveva mai avuto problemi ad approcciare delle donne. Ora aveva trentacinque anni e si allenava sempre tutti i giorni, l'attività fisica era ormai parte della sua vita, non poteva interromperla, nemmeno dopo l'infortunio.

Tex aveva sperimentato direttamente che molte donne lo trovavano ancora attraente, almeno all'inizio, tanto da accettare di accompagnarlo a casa, ma dopo un po' troppe occhiate strane e un paio di rapporti intimi tutt'altro che piacevoli aveva deciso che era meglio lasciar perdere e non mettere in difficoltà nessuno. Ormai faceva tutto da solo. Sapeva che i suoi amici erano tutti convinti che fosse ancora attivo sessualmente, ma le strane spiegazioni sul suo infortunio e le scopate di consolazione lo avevano francamente stufato.

Cercava di non preoccuparsi troppo di ciò che pensavano gli altri della sua gamba, ma quando conosceva qualcuno al computer, poteva essere anonimo... e tutto intero. Parlare con CC era stato rigenerante. Gli era piaciuto.

Non aveva mentito alla donna che gli aveva risposto in chat. Lo aveva incuriosito. Non aveva fatto la gattina come tante altre donne a cui Tex aveva mandato messaggi in passato. Era stata attenta e prudente, pur lasciando trapelare un certo umorismo tra le righe. Tex sperava di ritrovarla presto online per parlare ancora, ma in caso contrario non ci avrebbe perso il sonno. C'erano altre donne con cui chattare; nel frattempo avrebbe vissuto di riflesso, gioendo della felicità dei suoi amici

*Quattro mesi prima*

*CC_CopyCat: Ciao Tex. Come stai?*

A Tex dispiacque molto doversi negare a CC. Si erano trovati in chat con una certa regolarità negli ultimi due mesi, gli piacevano davvero le loro conversazioni, ma Fiona contava su di lui. Ovviamente era in preda a una crisi di nervi, per qualcosa che le era successo al centro commerciale. Le stava telefonando ogni quattro ore. Ogni volta gli si spezzava il cuore, a doverla ascoltare, mentre lei cercava di capire cosa stesse succedendo... cercando di decidere cosa fosse reale e cosa fosse frutto della sua immaginazione. Era spaventata a morte. Tex tornò ai suoi computer e si mise a digitare freneticamente, nel tentativo di far tornare Cookie a casa dalla sua compagna.

Il giorno dopo, una volta risolto l'intero incidente di Fiona, Tex cercò di scoprire se CC era ancora disponibile.

. . .

Tex si passò una mano sul viso. Santo cielo, Fiona lo aveva quasi fatto crollare; non l'aveva ancora incontrata, conosceva di persona solo Caroline, la compagna di Wolf, ma Fiona gli sembrava altrettanto tosta e vulnerabile allo stesso tempo, proprio come Caroline. Aveva fatto esattamente quanto le aveva chiesto, ogni volta che l'aveva chiamata lei aveva risposto. Tex non sapeva proprio cosa avrebbe fatto, se Fiona non avesse risposto al telefono. Si trovava in California, mentre lui era in Virginia.

Tex sapeva che i suoi amici riponevano una fiducia estrema in lui e nelle sue capacità informatiche, ma se qualcosa andava davvero storto, lui non poteva farci proprio nulla. Imprecò di nuovo per quanto successo alla sua gamba. Non passava giorno senza che lui desiderasse di aver fatto qualcosa di diverso, nella missione che gli era costata la gamba. Ogni santo giorno, Tex era preso dal rimpianto di non essere lo stesso uomo, tutto intero, come quello di prima.

Era bravo con i computer, ma il suo cuore gli faceva desiderare di trovarsi in prima linea, con i suoi amici, per salvare delle vite, per essere utile al suo paese. Tex notò il quadratino lampeggiante nell'angolo dello schermo. Era CC.

*CC_CopyCat: Ciao Tex, ci sono. Tu ci sei?*

*Tex: Sì sì, CC, ci sono*

*CC_CopyCat: È andato tutto OK con il tuo amico?*

*Tex: Sì*

*CC_CopyCat: So che ci conosciamo da poco tempo, ma ho l'impressione che tu non sia te stesso, non sei il solito*

*Tex: CC, non ne hai idea*

*CC_CopyCat: Vuoi parlarne?*

*Tex: Ma sei sicura? Possiamo anche rimanere sul leggero, se vuoi, qualche chiacchiera superficiale. Possiamo salutarci ogni tanto, mentre le nostre vite proseguono come al solito. Comunque te lo dico: gli ultimi giorni sono stati duri, mi farebbe piacere approfondire, ma se lo facciamo poi non potrò più tornare alle nostre chiacchierate leggere e superficiali. Scegli tu.*

*CC_CopyCat: Non mi fa piacere che tu abbia passato delle giornate di merda, mi farebbe piacere parlarne, però non posso ricambiare. Mi piacerebbe, solo che non posso.*

*Tex: OK. Va bene lo stesso, possiamo rimanere sul leggero*

*CC_CopyCat: NO! Dannazione, Tex! Devi parlarne, non puoi tenerti tutto dentro. Non intendevo dire che non voglio sentirti parlare.*

*Tex: Non sto cercando una psicologa, sto cercando un'amica. Ho capito che sei prudente e intelligente, ci sta tutto, CC, mi sono piaciute le nostre chat, negli ultimi 2 mesi. Però con te mi piacerebbe un po' più di realtà. Probabilmente non ci incontreremo mai, quindi sono tranquillo nel raccontarti le mie cose. Non potresti mai andare in giro a raccontare i miei segreti, perché tanto non sai chi sono. Lo stesso vale per me, per lo stesso motivo. Quindi, per favore, dimmi qualcosa di tuo, qualunque cosa su di te.*

· · ·

Tex si appoggiò allo schienale trattenendo il fiato. Non sapeva bene il perché, cos'avesse CC di diverso, ma voleva parlarle sul serio, voleva *davvero* parlare con lei. Non le aveva mentito. Le loro chat gli *erano* piaciute. Avevano chiacchierato dei loro cibi preferiti (a lei piaceva mangiare messicano, a lui italiano), si erano confidati i loro colori preferiti (lei amava il rosa, lui il blu), si erano scambiato moltissimi altri dettagli superficiali. A un certo punto, lei gli aveva persino chiesto il suo personaggio Disney preferito. Lui l'aveva presa come una domanda strana, ma le aveva risposto comunque.

Ma ormai Tex si sentiva a un punto critico, aveva bisogno di un rapporto più profondo. Non sapeva bene il perché, ma voleva conoscerla meglio. Gli piaceva. Era divertente, interessante, anche se non erano mai entrati troppo nel personale, a lui sembrava il tipo di persona che gli avrebbe fatto piacere conoscere meglio. Ormai non gli bastava più rimanere solo sul superficiale.

Tex attese qualche minuto, ma CC non rispondeva, così si abbassò sulla tastiera e scrisse una frase succinta, pronto a scollegarsi per parlarle in un'altra occasione.

*Tex: OK allora devo andare*

*CC_CopyCat: Mi chiamo Mel. In realtà il nome intero è Melody*

*Tex: Grazie, Mel. Davvero, non sai quanto ne avessi bisogno. Grazie*

*CC_CopyCat: Raccontami delle tue giornate di merda*

*Tex: Un po' di tempo fa, la compagna del mio amico era stata rapita da dei messicani che procurano schiave del sesso. È stata salvata e stava recuperando, ma ha appena avuto una crisi, con dei flashback, così è scappata.*

*CC_CopyCat: Santo cielo, Tex. Ma ora sta bene?*

*Tex: Sì Mel, sta meglio. Ma per tre giorni è rimasta aggrappata solo a me. La chiamavo ogni 4 ore per controllare che stesse chiusa al sicuro in un hotel. L'ascoltavo farneticare, la sua testa continuava a passare dalla realtà all'ossessione.*

*CC_CopyCat:Sono fiera di te, Tex*

*Tex: Non esserlo. Ho fatto delle cose orribili nella vita.*

*CC_CopyCat: Chi non ne ha fatte? Davvero, scendi dal piedistallo, Tex. Non sei mica l'unico che vorrebbe tornare indietro per cambiare qualcosa. Non sei l'unico con un passato di merda, con un'infanzia terribile, con un matrimonio in frantumi. Bisogna solo andare avanti, il passato serve per imparare, ma devi andare avanti. A me sembra che i tuoi amici siano fortunati ad averti dalla loro parte.*

*CC_CopyCat: Tex? Merda. Troppa verità? Troppo poco leggera?*

*Tex: NO. Niente affatto. Stavo solo pensando.*

*CC_CopyCat: OK. Fammi sapere quando hai finito di pensare.*

*Tex: Spiritosa. Hai ragione. Però penso che le cose che ho fatto siano peggio del retroscena di merda che hai descritto.*

*CC_CopyCat: E allora? Hai intenzione di tornare a fare altre cose orribili? A me sembra che ora le cose siano diverse,* stai facendo del bene, di sicuro i tuoi amici sarebbero d'accordo con me.

Tex: Forse

CC_CopyCat: Niente forse, di sicuro

Tex: OK, hai vinto tu

CC_CopyCat: Ma certo

Tex: Mel?

CC_CopyCat: Sì?

Tex: Son contento che non hai preferito stare sul superficiale

CC_CopyCat: Anch'io


Due mesi prima


Tex: L'ultima volta che abbiamo chattato, mi hai detto che eri costantemente spaventata. Non mi fa piacere.

CC_CopyCat: Non fa piacere neanche a me

Tex: Cos'è che ti spaventa?

CC_CopyCat: La gente che mi osserva. Ho paura che mi sparino, che mi rapiscano. Ho paura di ammalarmi, di rimanere da sola. Tu dinne una, Tex, vedrai che mi fa paura anche quella.

Tex: Per caso soffri di depressione, Mel?

CC_CopyCat: No, perché?

Tex: Quando qualcuno ha paura di così tante cose, di solito è un problema mentale

CC_CopyCat: Mi stai dicendo che sono pazza?

*Tex: Sai che non è così. Però vorrei sapere se ti sta davvero succedendo qualcosa.*

*CC_CopyCat: Non sono depressa e non sono una pazza*

*Tex: E allora?*

*CC_CopyCat: Lascia perdere*

*Tex: No, non lascio perdere. DIMMI tutto. Perché hai tutte quelle paure?*

*CC_CopyCat: Perché è così*

*Tex: Non rispondermi con delle cazzate*

*CC_CopyCat: Non hai mai la sensazione di essere osservato?*

*Tex: No*

*CC_CopyCat:I nvece io sì, e mi spaventa. Questo pensiero mi fa venire paura di tutto il resto, è un circolo vizioso*

*Tex: Non fare mai lo stesso percorso, nella tua routine quotidiana. Quando vai in giro a piedi, tieni sempre le chiavi in mano. Cammina a testa alta e guarda gli altri negli occhi. In ascensore, non dare mai le spalle agli altri, non rimanere in ascensore da sola con un uomo che non conosci. Confida a qualcuno l'orario a cui pensi di arrivare a casa.*

*CC_CopyCat: Conosci un sacco di trucchi*

*Tex: Mel, ti ho detto che ero un SEAL, forze speciali della marina. Il nostro addestramento si concentra molto su queste situazioni di merda. Se qualcuno ti attacca e ti trovi spalle al muro, colpisci agli occhi, alla gola, o alle palle. Non entrare in macchina con qualcuno che ti vuole portar via, è sempre meglio rimanere all'aperto, in un luogo pubblico.*

*CC_CopyCat: Tex, ho capito. Probabilmente è tutto frutto della mia immaginazione*

*Tex:* Io non ci scommetterei. Tutte le volte che mi sono trovato in una situazione strana, nel 100% dei casi il mio presentimento si è rivelato corretto.

*CC_CopyCat:* OK, allora farò attenzione

*Tex:* Se hai bisogno di me, mandami un messaggio e io ci sarò

*CC_CopyCat:* Ma se non ci conosciamo nemmeno, nella vita

*Tex:* Non importa. Di' di sì

*CC_CopyCat:* Ti piace proprio comandare

*Tex:* Di' di sì

*CC_CopyCat:* OK

*Tex:* Brava

*Un mese prima*

*CC_CopyCat:* Parlami dei tuoi amici. Ne parli continuamente, ormai è ovvio che stanno insieme a delle donne davvero meravigliose.

*Tex:* Sì, sono tutti fantastici. Ti ho detto che ero un SEAL. Quando ero ancora in marina, ho lavorato con alcuni di loro, poi quando mi sono congedato hanno avuto bisogno di me al computer. Di solito riesco ad aiutarli, trovando ciò di cui hanno bisogno più rapidamente rispetto ai canali ufficiali. Per fortuna, con tutti i problemi che hanno passato le loro compagne!

*CC_CopyCat:* Come hai detto che si chiamano?

*Tex:* Wolf, Abe, Cookie, Mozart, Benny e Dude

*CC_CopyCat: Di sicuro dietro ogni soprannome c'è una bella storiella*

*Tex: Infatti è così*

*CC_CopyCat: Tu invece a chi ti appoggi?*

*Tex: Che vuoi dire?*

*CC_CopyCat: Quando hai bisogno di qualcuno o di qualcosa, a chi ti rivolgi?*

*CC_CopyCat: Tex? Oh merda, scusami, ho esagerato?*

*Tex: No*

*CC_CopyCat: Scusami se te l'ho chiesto, mi dispiace.*

*Tex: Ma no, è che la risposta ti sembrerà strana. A te.*

*CC_CopyCat: Cosa?*

*Tex: A te, Mel. Quando mi capita di passare una giornata di merda, vengo qui al computer per chattare con te. Con te non mi sento giudicato, non chiedi nulla in cambio, vuoi solo chiacchierare.*

*CC_CopyCat: Ma io non sarò qui per sempre, Tex. Dovresti uscire di più, trovare qualcuno con cui parlare.*

*Tex: Gli altri non mi "vedono" come mi vedi tu, Mel*

*CC_CopyCat: Forse perché non gliene dai l'occasione*

*Tex: No. Vivo in una cittadina piena di militari, moltissimi si accorgono subito che sono mutilato, provano compassione per me. Non sopporto la compassione, ero un cazzone delle forze speciali. Adesso, se voglio indossare i pantaloncini corti? Non se ne parla nemmeno.*

*CC_CopyCat: Mutilato? Tex. Dalle nostre chiacchierate degli ultimi mesi, ti posso dire che sei uno degli uomini più forti e completi che abbia mai conosciuto. Anche se vuoi sempre un po' comandare, anche se mi dici sempre quello che devo fare, però sei sempre molto attento e compassionevole, ti preoccupi dei tuoi amici, sei sempre pronto a lasciar perdere tutto il resto per aiutarli, anche quando non te lo chiedono. Credimi, chi ti giudica solo in superficie non vede nemmeno un decimo di chi SEI veramente. Mandali affanculo. Vediti come ti vedo io.*

*Tex: Merda, Mel*

*CC_CopyCat: No, non ho finito*

*CC_CopyCat: Penso che i tuoi amici si approfittino un po' di te, ti chiamano continuamente per aiutarli, tu aiuti perfino le loro compagne, ma non ti ho mai sentito dire una volta che siano venuti a trovarti, per ringraziarti di persona.*

*Tex: Mel, ascolta*

*CC_CopyCat: No*

*CC_CopyCat: Tu ascolta*

*CC_CopyCat: Tex, se tu fossi mio amico, non mi approfitterei mai di te. Mai.*

*Tex: Ma tu sei mia amica.*

*CC_CopyCat: Esatto*

*Tex: Grazie, ora mi sento meglio*

*CC_CopyCat: Quando vuoi*

*Tex: E tu cosa mi dici?*

*CC_CopyCat: Cosa ti dico a che proposito?*

*Tex: Cosa mi dici dei tuoi amici?*

*CC_CopyCat: Ho degli amici*

*Tex: Sì, ma chi? Non me ne parli mai.*

*CC_CopyCat: Amy. Amy è mia amica*

*Tex: Solo Amy?*

*CC_CopyCat: Sì. Mi fido ciecamente di lei, però mi manca.*

*Da quando me ne sono andata, non sono riuscita a parlare con lei tanto quanto avrei voluto*

*Tex: Come mai?*

*CC_CopyCat: È una situazione complicata*

*Tex: Ti sembra che abbia fretta?*

*CC_CopyCat: Amy è tornata a casa. Adesso è sposata, ha due figli e lavora nel settore edile. Mi dice sempre che la sua azienda costruisce roba che uccide, ma lei la deve comunque pagare. Non so proprio cosa intenda, ma ogni volta ci ridiamo sopra insieme.*

*Tex: Sembra una persona divertente*

*CC_CopyCat: Infatti è divertente! A volte ci facciamo intere chiacchierate usando gli hashtag*

*Tex: #così?*

*CC_CopyCat: #esatto*

*Tex: Allora perché non vi sentite più così spesso?*

*CC_CopyCat: Mah, sai, ha famiglia, ha la sua vita. Io non ci sono, è difficile.*

*Tex: Non vorrei insistere troppo, ma mi sembra un po' una mezza scusa*

*Tex: Ho capito che non me la racconti tutta, non mi fa piacere, ma come ti dicevo non voglio insistere troppo. Però VOGLIO lasciarti il mio numero di cellulare. Non devi usarlo per forza, ma voglio fartelo avere, nel caso un giorno tu abbia voglia di parlare. Penso che ormai ci siamo conosciuti abbastanza, possiamo passare da un rapporto esclusivamente online a qualcosa di più. A volte mi piacerebbe sentire il suono della tua voce. Ormai mi sembra che siamo diventati amici. Allora, oggi cosa combini?*

*CC_CopyCat: Beh, sai che posso lavorare dovunque mi trovi, oggi devo fare due lavori, poi niente di speciale, e tu?*

*Tex: Io sento i miei amici, voglio controllare che sia tutto tranquillo, poi per oggi ho in programma qualcosa di pazzesco.*

*CC_CopyCat: E cosa sarebbe?*

*Tex: C'è un nuovo giallo che voglio leggere da tempo*

*CC_CopyCat: LOL. Davvero pazzesco*

*Tex: Sai com'è*

*CC_CopyCat: Senti, Tex, dovresti uscire, incontrare più persone*

*Tex: Senti da che pulpito*

*CC_CopyCat: Ma sì, però tu sei tu. Anche se non ti ho mai visto in foto, scommetto che sei bello. Probabilmente sei alto e massiccio. Avrai i capelli troppo lunghi, ma di sicuro non c'è donna che non si volti per darti una bella occhiata.*

*Tex: Gli uomini non sono belli!*

*CC_CopyCat: Col cavolo, certo che sono belli*

*Tex: Beh, non io. Non penso di avere i capelli troppo lunghi, ma l'unico motivo per cui le donne si voltano per dargli un'occhiata è la compassione per le mie ferite*

*CC_CopyCat: Ti sbagli. Sono sicura al 100% che ti sbagli. La prossima volta che esci, guardati attorno. Guardati attorno per DAVVERO. Scommetto che ti sorprenderai.*

*CC_CopyCat: Senti, mi dispiace molto, ma devo andare. Ho un impegno tra una ventina di minuti e mi devo preparare.*

*Tex: OK Melody. Come sempre, mi ha fatto piacere chattare con te*

*CC_CopyCat: Sì, anche a me. Davvero, non sai quanto. Comunque, dicevo sul serio, Tex. Devi uscire di più, devi* trovare la donna giusta per te. Te lo meriti tanto quanto i tuoi amici, di sicuro ti direbbero la stessa cosa.

Tex: Ci proverò. A più tardi?

CC_CopyCat: Sì

Tex: OK, ciao. Buona giornata

CC_CopyCat: Anche a te. Ciao

Tex camminava avanti e indietro nel suo appartamento. Non era affatto felice, non riusciva a mettersi in contatto con Melody. Non era strano che passassero un paio di giorni senza sentirsi, ma ormai era già una settimana. Da quando le aveva inviato il primo messaggio, diversi mesi prima, non erano mai stati così tanto tempo senza tenersi in contatto. Tex guardò lo schermo del suo computer. Le ultime parole che le aveva scritto sembravano prendersi beffa di lui.

*Tex: Mel? Ci sei? Non ci sentiamo da un po'*

*Tex: Sono preoccupato per te. Per favore, fatti sentire... mi manca il tuo sarcasmo*

*Tex: Se non mi rispondi, dovrò trovare il modo di assicurarmi che tu stia bene. So che non hai mai voluto parlare al telefono o scambiarci delle foto, ma devo sapere che stai bene. Ti ho già dato il mio numero, quindi per favore chiamami o mandami un messaggio.*

Tex non sapeva bene quanto Melody fosse diventata così importante per lui. Molte notti era rimasto sveglio fino a tardi, solo per chattare con lei online. Era divertente, ironica, l'aveva catturato in un modo diverso, non come tutti gli altri amici suoi, che erano tutti SEAL della marina. Tex si era confidato con Mel sulle sue insicurezze nei confronti delle donne, dopo l'infortunio e le varie operazioni chirurgiche, dicendole che ormai si toglieva la protesi solo quando andava dal medico.

Tex sapeva che tutto quel coraggio gli veniva solo perché digitava al computer invece di parlare a quattr'occhi, per questo era riuscito a confidarsi con lei. L'anonimato di Internet gli dava più sicurezza, si sentiva più a suo agio scrivendo, piuttosto che parlando dei suoi problemi. Perfino gli psichiatri della marina avevano cercato di farlo aprire, ma lui non c'era riuscito.

Con Melody invece c'era riuscito e si era confidato. Le aveva raccontato tutto di sé. Ormai però non la sentiva da sette lunghi giorni e stava capendo quanto poco sapeva di lei. Gliel'aveva detto, in passato, senza stare troppo a pensarci. Sapeva che Mel si metteva molto sulla difensiva, ogni volta che lui provava a farla parlare di sé, quindi aveva lasciato perdere. Tex non voleva spaventarla, gli piaceva troppo chattare con lei.

A quel punto si sarebbe preso a calci da solo. Non sapeva quasi nulla su di lei e si stava preoccupando.

Tex tornò a guardare lo schermo del suo computer. Poi cliccò qualche pulsante e aprì la chat che usava sempre per contattare Mel.

*Utente sconosciuto.*

Tex si lasciò cadere sulla sedia e cliccò altri pulsanti freneticamente. Imprecò a lungo e più volte, ripetendo le parole più originali che aveva imparato quando era ancora in servizio. Melody aveva cancellato il suo account. Non si era solo scollegata, aveva troncato di netto l'unico legame che avevano.

C'era decisamente qualcosa che non andava. Pur non conoscendo tutti i dettagli della sua vita, Tex sapeva che non sarebbe mai sparita così, nel nulla, senza nemmeno dirgli una parola... a meno che non le fosse successo qualcosa di male.

Così cercò di ricordare ogni singola informazione che lei si era lasciata sfuggire negli ultimi mesi. Creò un nuovo documento e cominciò a digitare.

*Rosa*

*Cibo messicano*

*Disney?*

*Amica di nome Amy - lavora nell'edilizia - governo?*

*Lavora da casa - lavoro che richiede orari precisi*

*Fuso orario? Comincia a lavorare quando qua sono le 10 di sera*

*CC_CopyCat - vorrà pur dire qualcosa, ma cosa?*
*Si sente osservata. Ha paura*

Tex si appoggiò allo schienale e fissò quell'elenco. Non erano tante, le informazioni. Cavolo, era uno schifo di niente. Ma anche quei pochi indizi, messi insieme, cominciavano a non piacergli. La sua Mel era in fuga. Non sapeva minimamente da chi o da che cosa, ma lo capì all'improvviso chiaramente, come se lei glielo avesse sussurrato dall'altra parte del mondo e le parole gli fossero giunte solo allora all'orecchio.

Mel era prudente, non voleva dirgli nulla di sé. Non parlava con la sua migliore amica, anche se era ovvio che le mancava. Era spaventata, le sembrava di essere sorvegliata. Qualunque fosse il modo in cui si guadagnava da vivere, era capace di lavorare in remoto, quindi non aveva un lavoro tradizionale.

Melody aveva il numero di cellulare di Tex, ma probabilmente non lo avrebbe usato. Era troppo preoccupata e attenta a non approfittarsi degli altri, aveva troppa paura. Quindi non l'avrebbe chiamato. Se non aveva telefonato alla sua migliore amica, non avrebbe cambiato le abitudini che l'avevano tenuta al sicuro fino a quel momento. Mel probabilmente non era in contatto con Amy perché temeva che la sua situazione difficile potesse ritorcersi contro l'amica.

Tex si tirò su le maniche. Cacchio, non si era mai sentito così, per nessuno, in tutta la vita. Gli sembrava che, non riuscendo a trovare Melody, avrebbe perso un pezzo importante della sua vita. Negli ultimi sei mesi, era diventata molto importante per lui. Anche se lui non sapeva come era successo, ormai era così. Anche se non sapeva nemmeno com'era fatta, ma sapeva che non gli importava. Poteva anche pesare più di due quintali o avere sessant'anni, ma almeno era sua amica e Tex doveva ritrovarla e aiutarla.

Ebbe quasi l'impressione che quel momento fosse come il punto di arrivo dei mille percorsi della sua vita. Aveva trovato le donne dei suoi amici, poteva trovare anche Melody. Forse per la prima volta nella vita, Tex si sarebbe concentrato su se stesso. Non doveva pensare ai suoi amici, non doveva pensare alla sua gamba o al continuo dolore. Doveva solo ritrovare Melody per aiutarla.

———

Tex si passò una mano in faccia. Che ore erano? Che *giorno* era? Non ne aveva idea, ma pensava di essere riuscito *finalmente* a rintracciare l'amica di Melody, Amy. Non ne ero sicuro, ma valeva la pena controllare. Aveva rastrellato tutte le piste, contattando le agenzie di tutto il paese per cercare di restringere il campo in base a quanto gli aveva detto Melody sul lavoro di Amy. Tex non era sorpreso dall'enorme numero di Amy che lavoravano per il governo. Ne aveva trovate circa duecento; poteva sembrare un pazzo che cercava un ago in un pagliaio, ma il suo sesto senso gli diceva che *quella* Amy era quella giusta.

Così Tex prese il cellulare e compose il numero di Amy Smith. Era un nome molto comune, il cognome Smith l'aveva resa più difficile da individuare.

"Pronto?"

"Parlo con Amy Smith della Key Contracting?"

"Ma chi cavolo è?"

"Sono un amico di Melody e... pronto?" Tex guardò lo schermo del telefonino che teneva in mano, all'improvviso aveva sentito solo il segnale di linea. Non poté fare a meno di rimanere impressionato del suo sesto senso, che gli aveva fatto presagire che *quella* era l'amica di Melody. Tutte le altre Amy che aveva contattato gli avevano parlato molto educatamente, dicendogli che non conoscevano nessuna di nome Melody. Ma *quella* Amy aveva riattaccato subito, appena sentito il nome di Mel.

Se Melody era nei guai, come pensava Tex, la sua amica aveva reagito nel modo giusto; ma lui ci rimase male lo stesso. Ricompose immediatamente il numero e ovviamente Amy non rispose. Così lasciò un messaggio.

"Mi chiamo Tex. Sono un militare in congedo, ero un SEAL delle forze speciali. Sono in contatto con Mel online da circa sei mesi, mi ha parlato di te. Temo che sia nei guai. Non la sento da dieci giorni e sono preoccupato. Potresti richiamarmi? Della serie, alla tua amica serve aiuto."

Tex non era sicuro di aver detto abbastanza, ma

puntò sul fatto che Amy, sentendo che lui era stato un SEAL, potesse cambiare idea su di lui. Altrimenti, forse il suo ultimo commento l'avrebbe convinta.

Sei minuti dopo aver lasciato il messaggio, sentì il cellulare che squillava, come sperava. Tex rispose, dopo aver riconosciuto il numero.

"Che cavolo succede?" Amy non perse tempo in convenevoli.

"Come dicevo, sono in contatto online da un po' di tempo con Mel. Non mi ha mai detto niente di personale sulla sua vita, ma sono preoccupato per lei. Di solito ci sentiamo almeno una volta la settimana, ma non la sento da una settimana e mezzo."

"Senti, senza offesa, ma io non ti conosco. Come faccio a sapere che non sei uno degli stalker che la perseguita?"

"Allora è perseguitata da qualche stalker?"

"Cazzo."

Tex sentì che la voce di Amy era piena di disprezzo. Non voleva dare alcun indizio. "Senti..." Tex fece una pausa e pensò a cosa poteva dirle per tranquillizzare l'amica di Melody. "So che è spaventata. Me l'ha confessato direttamente. Mi ha parlato di te quando le ho chiesto delle sue amicizie. Ha detto che le manchi. Amy, ho bisogno del tuo aiuto. Bisogna che tu mi dica tutto ciò che puoi, dove pensi che sia. Ovviamente è nei guai e ha bisogno di aiuto. Io posso aiutarla."

"Dimmi come ti chiami, così controllo. Se penso che tu sia chi dici di essere, ti richiamo."

Tex non esitò. "John Keegan. Congedato per motivi di salute qualche anno fa dalla marina. Hai bisogno di un numero da chiamare, per controllare?"

"No. Se dici la verità, ti troverò. Ho anch'io i miei contatti."

Tex posò il telefono. Amy aveva già chiuso la conversazione, senza nemmeno salutare, di nuovo. Ma a lui non importava. Gli importava solo di Melody. Ora che sapeva di aver trovato l'Amy giusta, Tex si rimise al computer. Poteva trovare un sacco di altre informazioni, ora che sapeva da dove veniva Melody.

Dopo trenta minuti, il telefono di Tex squillò di nuovo. Lui lo afferrò con impazienza e rispose, immaginando fosse Amy. Ovviamente *doveva* avere dei buoni contatti, se lo stava già richiamando, dopo aver controllato la sua identità così alla svelta.

Amy non si preoccupò nemmeno di salutare. "La mia amica Melody è la persona più gentile che si possa incontrare. Il tipo di persona che mi aiutava, tenendomi d'occhio i bambini senza chiedere nulla in cambio; anzi, mi pregava di poterlo fare. Faceva continuamente da baby-sitter ai miei bambini, a loro piaceva tantissimo. Lavorava sodo ed era molto brava nel suo lavoro. Non parlava male di nessuno, era fin troppo gentile con tutti."

"Perché ne parli al passato?" Tex fu molto colpito dal sentir parlare Amy di Melody al passato, come se non fosse più viva, anche se forse non avrebbe dovuto stupirsi così tanto.

La voce di Amy si ammorbidì per la prima volta. "Non me n'ero nemmeno accorta."

"Da quanto tempo è sparita?" Tex cercò di allentare il suo tono da militare in comando. Anche Amy era chiaramente preoccupata.

"Da circa sette mesi, più o meno."

"Le hai parlato, da quando è sparita?"

"No, quasi per nulla, ma mi dispiace molto, perché mi manca. Anche i miei figli sentono la sua mancanza. I suoi genitori, cavolo, persino il suo *cane* sente la sua mancanza."

"Il suo cane?" Tex non ricordava che Melody gli avesse mai parlato di un cane, nelle loro chat.

"Sì. Un giorno mi ha chiesto se le potevo tenere il cane, perché doveva sbrigare delle commissioni a Pittsburgh. Quindi ho preso io Baby, quel giorno, ma Melody non è più tornata."

"Il suo cane si chiama Baby?" Tex si accorse che Amy si stava agitando e cercò di farla concentrare per un momento su qualcos'altro, per poi tornare a farla parlare di Melody.

"Sì. Baby è una levriera e pesa più di una ventina di chili. Melody adora quella cagnolona. Ogni volta che ho parlato con lei, da quando se n'è andata, e non è successo molto spesso, mi ha chiesto sempre della sua Baby. Anche il cane sente la sua mancanza. Chissà come fa a saperlo, se ne sta sdraiata per terra ogni sera con gli occhi fissi sulla porta. Lo sa. Anche dopo tutti questi mesi, Baby sa che la sua padrona non c'è e aspetta che torni da un momento all'altro, così l'aspetta alla porta."

"Ma cos'è successo? Perché Melody è scappata? Cosa ti ha detto?" Tex sapeva di essersi espresso in modo un po' burbero, ma non poteva farci nulla. Gli servivano tutte le informazioni che Amy poteva dargli, per ritrovare Melody. Il pensiero del cane di Mel che ne sentiva la mancanza gli aveva fatto venire una stretta allo stomaco, un dolore maggiore di quanto avrebbe sofferto, sentendo solo Amy che diceva quanto le mancava la sua amica.

"Non conosco tutti i dettagli, perché Melody non me li ha voluti dire, ma da quanto ho capito ha ricevuto per un po' di tempo dei biglietti strani. Non proprio delle minacce, ma neanche messaggi carini. Poi il tono è cambiato, il tono si è fatto più cattivo. Melody non mi ha voluto dire il contenuto di quei messaggi nel dettaglio, ma penso che le minacce siano state rivolte ai suoi genitori, poi persino a Baby. Una volta mi ha detto che non se ne sarebbe mai andata, fosse stato solo per lei. Io ne sono convinta, con tutto il cuore."

"Perché se avessero minacciato solo lei, non le sarebbe importato, ma le minacce nei confronti di qualcuno che ama... non ha voluto mettere nessuno in pericolo." Tex riconosceva Melody in quella descrizione. Anche se l'aveva conosciuta solo per pochissimo tempo, dal modo in cui l'aveva sostenuto, da come lo aveva difeso, pur non conoscendolo nemmeno tanto bene, Tex aveva intuito che Melody si sarebbe spaventata a morte, al pensiero che qualcuno si facesse del male per causa sua.

"Esatto." Amy rispose a voce bassa. "Allora *sì* che la conosci."

"Sì, la conosco."

"Sono preoccupata, Tex. Non le parlo da circa tre mesi, l'ultima volta che ci siamo sentite non stava messa bene."

"In che senso?"

"Di solito quando parla con me cerca sempre di essere tutta allegra e felice, ma l'ultima volta non ha nemmeno cercato di nascondere il suo stato d'animo. Era spaventata, depressa. Continuava a ripetermi quanto voleva bene a me e ai miei figli, dicendomi di coccolare tanto Baby anche da parte sua." Amy respirò profondamente. "Quando ci siamo salutate, era diversa, non era mai stata così."

"Sembrava un addio."

"Esatto. Io ho cercato di tenerla al telefono, ma mi ha detto che doveva andare e ha chiuso la chiamata."

"La troverò, Amy."

"Se la trovi, avrà paura. Qualcuno la sta inseguendo. Se hai detto la verità, se non ti conosce di persona, non saprà come riconoscerti e scapperà."

"Non scapperà, vedendomi."

"Mi sembri sicuro di te stesso."

"Lo sono." Tex non le spiegò il perché.

"Per favore, riportala a casa."

"Lo farò. Posso chiederti un favore?" Tex sapeva di

dover chiedere qualcosa di molto strano, molto probabilmente avrebbe dovuto convincere Amy, ma dopo
averle parlato, sentiva che era la mossa giusta da fare,
una mossa che doveva fare.

Dopo che Amy ebbe accettato di fargli quel favore,
pur mettendo qualche paletto, Tex chiuse la chiamata.
Amy gli aveva rivelato moltissime informazioni utili, tra
cui il cognome di Melody: Grace. Tex sapeva di poterla
trovare, era solo una questione di tempo. Una volta
ritrovata, si sarebbe premurato di tenerla al sicuro,
perché potesse tornare a casa.

## CAPITOLO DUE

TEX SORRISE alla levriera seduta vicino a lui in macchina. Baby era seduta sulle zampe posteriori, sembrava quasi una persona, aveva il muso rivolto verso il finestrino, annusava la brezza che entrava dallo spiraglio appena aperto. Tex non era un esperto di cani, ma chissà perché sapeva di aver *bisogno* di Baby, doveva averla con sé per cercare e trovare Melody.

Sentiva di aver instaurato un legame personale con Melody, avere al fianco il cane che lei amava tanto gliela faceva sentire più vicina. E poi Baby era la cagnolona più carina che avesse mai visto, non era certo un problema, portarsela dietro. Aveva le gambe fin troppo lunghe per la sua corporatura, le zampe erano grosse, ma era molto snella. Era marroncina e bianca, aveva quasi tutta la pancia bianca, mentre il dorso e la testa erano marrone chiaro. Le orecchie di Baby penzolavano, non erano lunghe come quelle di un bassotto, ma le davano sempre un'aria piuttosto triste. Erano i suoi occhi che avevano convinto Tex a portarla con sé. Erano marroni, ma di una tonalità unica. Dovendo provare a descriverli, Tex avrebbe detto che erano del colore dell'ambra. Ogni volta che Baby lo guardava, era come se gli guardasse dentro, nell'animo, facendo chissà come sparire ogni paura, ogni insicurezza.

Per fortuna, Baby gli si era subito affezionata. Gli si era avvicinata come se l'avesse conosciuto da sempre, gli si era seduta sui piedi. Tex le aveva accarezzato le orecchie e Baby lo aveva guardato, con gli occhi pieni di fiducia, una fiducia che Tex non aveva mai visto prima. Era come se quella cagnolona sapesse che Tex era venuto per riportarla da Melody.

Al telefono, Amy aveva accettato di lasciargli prendere il cane di Melody, ma una volta arrivato a casa sua, aveva dovuto convincerla di nuovo. Tex aveva detto ad Amy che sarebbe andato in macchina a Bethel Park, in Pennsylvania, per prendere Baby. Ma quando era arrivato, aveva passato due ore sotto torchio con Amy e con la sua famiglia. Gli avevano fatto un milione di domande, dandogli un'infinità di indicazioni su ciò che piaceva a Baby e su come occuparsi di lei.

Alla fine di tutti i discorsi e di tutti i preparativi, Amy aveva abbracciato Tex prima che partisse, sussurrandogli solo nell'orecchio: "Ti lascio prendere Baby solo perché so che troverai Melody. Portami a casa la mia amica, Tex, per favore."

E così era ripartito per il nord della Pennsylvania,

aveva con sé due computer portatili e una sacca da viaggio enorme. Aveva anche un borsone di cibo di prima scelta per cani, un assortimento di accessori e di spuntini, oltre ovviamente alla cagnolona di Mel.

Tex era diretto in California. Era un viaggio lungo in macchina, da una parte all'altra del paese, ma lui era abituato a dormire poco. Non intendeva fare molte fermate, contava di arrivare in California in circa tre giorni. Voleva arrivare il prima possibile, sapeva bene che ogni giorno in cui non sentiva nulla da Melody significava un giorno in più di problemi. La fermata in Pennsylvania gli aveva fatto perdere un giorno, ma Tex non voleva rinunciare a Baby.

Il suo istinto lo aveva spinto a portare con sé il cane, lui ascoltava sempre il suo sesto senso. In più di un'occasione, il suo istinto aveva salvato la vita a lui e ai suoi compagni SEAL. Tex non sapeva bene perché fosse così importante, se non per il fatto che Melody amava quel cane.

Il programma prevedeva di percorrere l'interstatale 70 e attraversare gli Stati Uniti fino a St. Louis, per poi passare all'interstatale 40 verso Barstow, in California, per poi finalmente dirigersi verso sud sull'interstatale 15 e raggiungere la zona di Los Angeles.

Dopo essere passato in Pennsylvania, Tex era più che certo che quella pista fosse quella giusta, per trovare il nascondiglio di Melody. Mettendo insieme tutti i dettagli trapelati dalle sue conversazioni con Melody e tutto ciò che le aveva detto Amy, si era convinto che il nascondiglio di Mel fosse nella costa occidentale.

Aveva fatto molte ricerche online, prima di andare in Pennsylvania, a casa di Amy. Era riuscito a seguire i movimenti di Mel, dopo la sua fuga da casa. Dapprima si era diretta a sud, poi a ovest, verso la California. Molte delle informazioni che aveva raccolto provenivano da operazioni poco lecite, ma Tex era abituato a trovare ciò che voleva, sempre coprendo le proprie tracce per non farsi scoprire.

Los Angeles era una città enorme, era molto difficile trovare una persona in poco tempo, ma Tex sapeva di dover cominciare dalla zona di Anaheim. Melody gli aveva chiesto qual era il suo personaggio Disney preferito, una domanda strana da fare così, a bruciapelo, senza un motivo. Tex aveva chiesto ad Amy se Melody avesse una certa "mania" per Disney, ma non era così. Quindi Tex aveva dovuto concludere che la domanda di Melody dovesse avere un legame con ciò che vedeva ogni giorno.

Amy aveva detto a Tex anche che Melody si occupava di sottotitolare notizie. Corrispondeva al suo profilo. Poteva lavorare dove voleva, le bastava un collegamento a Internet. Non c'erano molte aziende che si occupavano di sottotitoli per emittenti e notiziari, Tex sapeva di potersi avvicinare di più, seguendo quella pista. Anche se ovviamente Melody usava delle reti pubbliche, collegandosi in Wi-Fi, Tex poteva superare quella difficoltà restringendo il campo alla zona da cui si collegava, risalendo al terminale a cui si collegava.

Tex era contento di andare nella zona di Los Angeles anche perché avrebbe avuto modo di incontrare i suoi amici e le loro compagne. Gli sembrava di conoscerli già tutti bene, ma non vedeva l'ora di incontrarli di persona. Da un lato voleva affrettarsi nella ricerca di Melody, ma sapeva anche di dover riposare una sera, per prendersi cura della sua gamba. Così aveva deciso di passare da Riverton per andare a trovare Wolf e il resto della squadra, prima di rimettersi in marcia per LA e trovare Melody.

Aveva telefonato a Wolf la sera prima, avvertendolo del suo viaggio verso la costa ovest. Tex sorrise, ripensando al grido di gioia di Caroline, quando Wolf le aveva detto del suo arrivo in California.

Tex ricordò il commento di Melody, preoccupata che gli amici si stessero approfittando di lui. Ma lui sapeva che non era così, anche se gli faceva piacere l'attenzione che Melody gli aveva rivolto. Wolf gli aveva detto che stavano tutti organizzando un viaggio in Virginia entro pochi mesi, per andarlo a trovare. Quando Tex gli aveva chiesto chi fossero "tutti", era rimasto colpito, scoprendo che c'erano davvero *tutti*. Wolf, Caroline, Abe, Alabama, Cookie, Fiona, Mozart, Summer, Dude, Cheyenne, Benny e Jessyka, si sarebbero presi tutti una settimana di vacanza per andare a trovarlo in Virginia. Tex stentava a crederci. Era ridicolo che tutti si mettessero in viaggio per andare a trovare lui, quando poteva spostarsi lui semplicemente, andando in California a trovare loro.

Wolf aveva reagito ridendo e dicendogli: "Prova a raccontarlo alle nostre donne."

A Tex piacevano molto le compagne dei suoi amici. Erano veramente toste, ma soprattutto facevano felici i suoi amici. Tex era fiero di aver contribuito al salvataggio di alcune di loro, avrebbe continuato ad assisterle finché volevano. Sapeva di dare l'impressione di un testone, al telefono, quando aveva il piacere di parlare con loro, ma non sapeva bene cosa aspettarsi, incontrandole di persona. Era pur sempre un SEAL, sapeva uccidere qualcuno anche a mani nude, ma il trauma e la mutilazione lo avevano cambiato profondamente. Al telefono, al computer, era l'uomo di sempre, ma di persona... continuava a chiedersi se gli altri lo vedessero come un debole. Quell'insicurezza si era ormai radicata nella sua psiche.

Pur con tutta l'emozione di poter rivedere presto i suoi amici, quel viaggio a ovest lo faceva sentire in modo strano, con stati d'animo altalenanti. Senza dubbio si sarebbe divertito alla grande con tutti, ma il suo scopo principale era trovare Melody, scoprire cosa le fosse successo.

Baby abbaiò dal sedile vicino a Tex.

"Devi sgranchirti le gambe, Baby?"

Baby lo guardò, alzando il muso.

"Sì, va bene, aspetta che trovo un posto comodo per fermarci. Anch'io ho bisogno di una sosta."

Tex accostò nell'area di sosta successiva dell'interstatale e attaccò il guinzaglio al collare di Baby. Mai e poi mai avrebbe voluto rischiare di perdere il cane di Melody. Sapeva che i levrieri tendono a seguire il loro fiuto più dei comandi; si trovavano nel bel mezzo dell'Indiana, circondati da alberi, Tex non voleva che Baby sentisse l'odore di un coniglio e partisse sparata di corsa.

Baby saltò fuori dalla macchina dietro a Tex, trotterellando allegramente dietro di lui verso il prato. Poi fece i suoi bisogni e non protestò, quando Tex la tirò per farla tornare in macchina. Saltò nell'abitacolo con estrema naturalezza, come se l'avesse già fatto milioni di volte. Tex staccò il guinzaglio e la lasciò in macchina, con i finestrini leggermente abbassati, per poter andare nella stazione di servizio.

Quando tornò indietro, dopo cinque minuti, Baby era seduta sul sedile del passeggero, sembrava proprio che lo aspettasse.

"Sei pronta a ritrovare Melody?" Tex si sentiva un mezzo scemo a parlare con un cane, ma Baby sembrava capirlo, tanto che abbaiò e gli mise una zampa sul braccio. Tex la grattò dietro le orecchie e avviò il motore. Avevano ancora molta strada da fare.

———

Tex accostò nel vialetto di Wolf e spense il motore. Era stanco, la gamba gli faceva male, anche se quella gli faceva sempre male, ma starsene seduto in macchina per tre giorni di fila non aveva certamente alleviato il dolore. Era stata una decisione sofferta, ma Tex aveva evitato la zona di Los Angeles per dirigersi più a sud, verso San Diego, per vedere i suoi amici e le loro compagne. Non era una deviazione enorme, poi Tex aveva proprio voglia di vedere Wolf e gli altri, però gli era costato, mettere da parte la ricerca di Melody anche se solo per un giorno; ma quello era stato il suo piano fin dall'inizio.

Tex passò la mano sulla testa di Baby, che si riposava, appoggiata a lui. Lui non aveva mai avuto un cane, da ragazzo, ma negli ultimi tre giorni si era innamorato di Baby. Era un cane facile da amare, era molto docile, senza eccessive pretese, addestrata in modo sorprendente, per un levriero.

"Ce l'abbiamo fatta, Baby. Sei pronta a conoscere i miei amici?" Ormai era diventata un'abitudine, Tex diceva sempre a Baby tutto ciò che stavano per fare, prima di farlo. Tex aprì la portiera e Baby fu subito pronta a seguirlo. Si mise seduta al posto di guida, finché Tex attaccò il guinzaglio al collare, poi saltò giù allegramente per seguirlo.

Tex si incamminò verso la porta d'ingresso, gli venne in mente che forse sarebbe stato meglio pernottare in albergo per una notte, invece di andare a disturbare i suoi amici, in quel viaggio, ma ormai era troppo tardi. La porta si aprì di colpo e Caroline gli corse incontro.

Tex si fermò e si preparò ad abbracciare la donna

che gli correva incontro, ma Caroline non arrivò a travolgerlo. Baby si spostò e gli si mise davanti, ringhiando, con un suono minaccioso e profondo che Tex non le aveva mai sentito fare, da quando l'aveva presa con sé. Caroline si fermò subito e Tex abbassò lo sguardo, sbalordito. Baby non aveva mai mostrato un grammo di aggressività verso nessuno, negli ultimi tre giorni. Era rimasta seduta di fianco a lui per migliaia di chilometri e non aveva mai ringhiato o abbaiato, in tutto il viaggio. Avevano incontrato tantissimi sconosciuti, Baby non aveva mai mostrato alcun interesse particolare. Una volta si erano persino fermati in un'area di servizio piena di strani figuri, con motociclisti dall'aspetto piuttosto truce, ma Baby non li aveva nemmeno guardati due volte. Adesso invece si era decisamente interessata.

"Santa paletta!" disse Caroline senza fiato, poi arrivò Wolf, le passò un braccio dietro la schiena e la tirò dietro di sé, allontanandola dal cane che ringhiava.

"Baby! No!" le ordinò Tex goffamente.

La levriera non si acquietò completamente, si sedette ai piedi di Tex. Chiaramente non era rilassata. Era tesa in ogni muscolo del corpo, pronta all'attacco, per proteggerlo.

"Che bella cagnolona che ti porti dietro, Tex," disse Wolf sarcasticamente.

"Mi dispiace. È stata sempre buona, per tutto il viaggio."

"Ti stavo correndo incontro, Tex, vuole solo proteggerti. L'hai addestrata bene," disse Caroline, con un tono di voce vagamente divertito.

"Non è mia, non l'ho addestrata io. L'ho incontrata solo tre giorni fa." Tex non capiva perché Baby si stesse comportando così, anche se si sentiva inevitabilmente compiaciuto. Evidentemente Baby lo aveva adottato come padrone di fatto. Quella fedeltà lo faceva star bene.

"Insomma, a quanto pare il tempo che avete passato insieme in viaggio vi ha fatto legare, almeno nella sua testa. Ormai è convinta di appartenerti, sono d'accordo con Ice: ti sta proteggendo," aggiunse Wolf non senza un certo divertimento.

Tex si abbassò quanto poteva; con la sua protesi, non poteva accovacciarsi troppo, altrimenti non si sarebbe più rialzato, e lui lo sapeva bene. Afferrò la collottola di Baby con una mano, mettendole l'altra sotto al muso e costringendola ad alzare la testa in modo da farsi guardare in faccia. "Va tutto bene, Baby. Questi sono i miei amici, diventeranno amici anche di Melody, quando la troviamo. Non puoi morderli, anzi, probabilmente non dovresti nemmeno ringhiare verso di loro."

Poi la lasciò andare e le passò una mano sulla testa. Baby gli leccò la mano, poi cominciò a scodinzolare.

"Pensi che possa abbracciarti, adesso, oppure mi salterà alla gola?" scherzò Caroline.

"Vieni qui, amica mia," le disse Tex in tutta risposta, allungando le braccia per tirarla più vicina.

Baby non ringhiò e non mostrò alcun segno di aggressività, così Caroline si rilassò tra le braccia di Tex.

"Cacchio, che bello vederti, Ice. È passato troppo tempo, ma Wolf lo tieni in riga?"

"Ma va là, Tex, lo sai che è impossibile," ribatté Caroline scherzando. "Su, dai, andiamo dentro così ti accomodi. Di sicuro sarai stanco e vorrai farti un pisolino di qualche ora. Ti abbiamo già preparato il seminterrato."

Tex si fece indietro e sorrise. Caroline voleva sempre prendersi cura degli altri. Poi schioccò le dita verso Baby, cominciando a camminare. Pur tenendo il guinzaglio in mano, cercava di farla reagire anche ai comandi gestuali, senza usare la voce. Baby stava reagendo molto bene, almeno fino a quel momento. Era una cagnolona intelligente. Molto intelligente.

Mentre camminavano, Wolf prese Tex per una spalla. "Che bello vederti, amico mio! Un bel viaggetto, tutto a posto?"

"Sì, un viaggio lungo, ma è andato tutto bene."

I due amici si guardarono negli occhi, Wolf riconobbe nello sguardo di Tex un segno di intesa "ti dirò". Tex non voleva che Caroline si preoccupasse troppo di lui, di come stava o della ricerca di Melody. Ne aveva parlato un poco a Wolf, gli aveva detto perché era venuto in California, anche se non gli aveva spiegato tutta la storia.

Entrarono tutti in casa, con Baby che trotterellava di fianco a Tex, come se lo conoscesse da sempre. Lui le staccò il guinzaglio appena la porta d'ingresso si chiuse. Ma lei rimase vicino a Tex, al suo fianco, senza esplorare la casa, senza nemmeno mostrarsi curiosa di conoscere quel posto. Aveva occhi solo per Tex.

Dopo essere stati seduti in cucina per una mezz'ora, conversando del più e del meno, Caroline decise di andare a dormire. Baciò Tex sulla fronte e passò la mano sulla testa del marito, in un gesto molto amorevole, prima di uscire dalla cucina. Baby alzò il muso e guardò Caroline che usciva, sempre senza muoversi dal proprio posto, ai piedi di Tex.

I due amici guardarono Caroline che se ne andava, poi aspettarono un altro paio di minuti, infine Wolf parlò per primo.

"Dimmi tutto, che succede? Ti conosco, non ti metti ad attraversare il paese in macchina solo per un capriccio. Cosa rappresenta questa tipa, per te?"

"Wolf, non l'ho mai incontrata, ma è nei guai."

"Non fraintendermi, odio sapere che ci sono donne in pericolo, o in difficoltà, ma mi sembri molto preso da questa donna, che non conosci nemmeno. Mi sembra strano."

"Ho detto che non l'ho mai incontrata," ripeté Tex, "non che non la conosco. Sono in contatto con lei da circa sei mesi. Ora è nei guai e la devo aiutare."

"Va bene, dimmi cosa possiamo fare noi della squadra."

Tex sorrise. Gli mancava, far parte di una squadra. Ricordava bene la lealtà indiscussa con cui ognuno si appoggiava ciecamente agli altri, senza mai mettere in discussione l'istinto, quando chiaramente c'era qualcosa di strano, o qualcosa di buono.

"La verità? Non lo so. Al momento mi muovo d'istinto, ho pochi indizi. Non so nemmeno se Melody sia *veramente* ad Anaheim."

"Sai che siamo molto vicini, ti possiamo raggiungere in breve, se hai bisogno di noi. Farò sapere al comandante che potremmo aver bisogno di allontanarci per qualche giorno, se ti serve il nostro aiuto."

"Grazie, Wolf, lo apprezzo."

"A proposito del Comandante, c'è rimasto male, quando gli hai messo addosso Julie Lytle."

Tex sorrise. "Ehi, ho sentito che Julie voleva parlare con Cookie, quindi ho pensato fosse una buona idea per tutti, anche lei cercava di voltar pagina, dopo quanto era successo giù in Messico."

"Lo sai che lei e il comandante adesso stanno insieme, vero?" domandò Wolf.

Tex si limitò a inarcare le sopracciglia verso Wolf.

"Ma certo che lo sai. Santo cielo, Tex, non dovrei essere così sorpreso per la tua abilità di conoscere sempre tutto, di anticipare ciò di cui gli altri hanno bisogno prima ancora che se ne accorgano, eppure mi sorprendo sempre."

"No, dai, davvero," commentò Tex, "non lo sapevo che si sarebbero messi insieme, ma se c'era qualcuna che aveva bisogno di un po' di fortuna nella vita, era proprio Julie. Se Hurt è contento, meglio anche per lui. Ho tutta l'intenzione di chiedere al comandante di ricambiare il favore, se Melody ne ha bisogno."

"Ma certo. So che non esiterà a fare qualunque cosa per aiutarti. Sai che noi della squadra siamo tutti in debito con te. Alla grande." Wolf sapeva di non poter insistere troppo sul tema, altrimenti Tex si sarebbe stufato, così cambiò argomento. "Ti porti anche il cane? Se vuoi la puoi lasciare qui da noi."

"Grazie, ma preferisco portarla con me."

Baby alzò il muso, sembrava quasi capire che i due stavano parlando di lei, così mugolò. Tex le mise una mano sulla testa.

"Va bene, allora vai a farti una bella dormita. Tanto per fartelo sapere, Caroline ha invitato tutto il clan domattina a colazione. So che non vedi l'ora di rimetterti in viaggio, ma mi farebbe piacere se rimanessi un poco, vogliono tutti conoscerti di persona."

Tex sospirò, fingendo di lamentarsi. La verità era che anche lui non vedeva l'ora di incontrare tutti, donne comprese. "Penso di poter rimanere qualche ora."

Wolf rise e si alzò. "Allora ci vediamo domattina. Penso che Ice abbia comprato da mangiare abbastanza per farti vivere in cantina per dei mesi, ma se ti serve qualcosa che manca, puoi venire quassù. Vado fuori a prendere la tua borsa."

"Grazie, lo apprezzo." Tex era sincero. La gamba gli faceva male, doveva togliersi la protesi per un po' di tempo. "C'è anche una borsa di cibo per cani. Baby ne avrà bisogno, domattina."

Wolf alzò una mano mentre usciva dalla porta, senza fermarsi, tanto per mostrare di aver capito quanto diceva Tex.

"Hai bisogno di uscire ancora, Baby?" Tex domandò alla cagnolona seduta ai suoi piedi. Baby non si mosse e si abbassò, sbuffando, così Tex capì che non aveva bisogno di uscire. "Allora andiamo a farci una dormita. Domattina ci sarà un bel casino. Quelle donne sono mezze matte." Erano parole di presa in giro, dette con affetto.

Tex si spinse in piedi non senza dolore, spostando la sedia dal tavolo, poi si avviò verso la porta del seminterrato. Appena guardò le scale che scendevano, Baby fu subito al suo fianco. Nello scendere, Tex incespicò una volta, ma Baby era al suo fianco, così lui appoggiò il peso sulla gamba buona e in parte anche su di lei, per non cadere. "Grazie, bella."

Quando Wolf gli portò giù il borsone, Tex andò in bagno e si tolse la protesi, poi si massaggiò il moncone della gamba con la crema che si portava sempre dietro. Gli faceva più male del solito, perché aveva passato molto tempo immobile, viaggiando in auto per tutto il paese.

Baby saltò sul letto, vicino a lui. Fece una decina di giri su se stessa, poi finì per accontentarsi della sua nuova "cuccia". Sbuffò ancora una volta e mise la testa tra le gambe di Tex. Lui si allungò e le dette qualche colpetto sulla testa. "Brava ragazza."

Legato a un filo di speranza, Tex si allungò per prendere il computer portatile che aveva messo sul comodino, prima di togliersi la protesi. Lo aprì e lo accese, attendendo che si collegasse alla rete Wi-Fi di Wolf.

Poi entrò nella chat in cui comunicava con Melody e attese, sperando che anche lei accedesse. Aveva controllato ogni sera, non si sa mai. Dopo qualche minuto, sospirò, deluso. Lei non c'era... o almeno non era tornata con lo stesso nome utente che aveva usato in passato. Poteva sempre usare un nome diverso, Tex non ne aveva idea, comunque non aveva ricevuto alcun messaggio privato. Così Tex spense il portatile e lo rimise sul comodino. Poi si sdraiò sul letto e fissò il soffitto.

Non aveva idea di dove fosse Melody o di cosa le stesse succedendo, ma sperava che fosse al sicuro, ovunque si trovasse. Doveva tenersi al sicuro, almeno finché non la trovava. Non aveva alcun dubbio che *l'avrebbe* trovata. Doveva trovarla. Non aveva altra scelta.

## CAPITOLO TRE

TEX SORRISE, mentre si allontanava in auto dalla casa di Wolf. Le ultime tre ore erano state un po' folli, non se le sarebbe perse per nulla al mondo. Non si era dimenticato di Melody, del motivo per cui era in California, ma l'incontro con le compagne dei suoi amici era stato anche meglio del previsto.

Appena aveva messo piede in cucina, si era ritrovato circondato da donne in lacrime. Fiona gli si era avvicinata per prima, semplicemente in lacrime. Tex sentiva con lei un legame più profondo. Le aveva parlato per tre giorni di fila, sentendola ogni quattro ore, mentre Cookie e il resto della squadra erano all'estero in missione. Anche se Fiona a quel tempo era colta da allucinazioni, si ricordava ogni loro conversazione, parola per parola.

Così, mentre Tex l'abbracciava, gli aveva sussurrato

all'orecchio: "Grazie per avermi sostenuta quando Hunter non poteva esserci."

Tex l'aveva stretta forte e le aveva sussurrato in tutta risposta: "Ogni volta che avrai bisogno di me, io ci sarò sempre."

Poi anche le altre lo avevano abbracciato forte a turno. Tex aveva aiutato gli uomini della squadra a trovarle e salvarle da situazioni orribili. Prima di staccarsi dall'abbraccio, Jessyka gli aveva persino sussurrato: "Grazie per aver convinto i ragazzi che anche loro hanno bisogno degli apparecchietti di localizzazione."

Quando Jess era stata adescata da un suo ex, che aveva rapito Benny, se l'era presa con i SEAL perché non pensavano a proteggersi; aveva ragione. L'unico motivo per cui era stata presa dall'ex era che stava cercando di proteggere Benny. I SEAL avevano chiesto a Tex di fornire alle loro compagne dei localizzatori, ma non si erano preoccupati di prenderne anche per loro.

Gli uomini del gruppo avevano scosso la testa, alle reazioni emotive delle loro donne nell'incontrare Tex. La colazione era stata un'occasione di risate e di ricordi dei bei tempi, i momenti migliori delle loro vite. Baby era riuscita a farsi dare di nascosto fin troppi pezzi di pancetta e di salsicce, ma non aveva mai lasciato il fianco di Tex, nemmeno per un momento.

Infine, Tex sentì che era ora di andare. Per quanto volesse crogiolarsi nella felicità che traspirava da ogni poro dei corpi dei suoi amici, non poteva dimenticare Melody. Era in giro... da qualche parte... non aveva nessuno. Non aveva amici come questi che la proteggevano. Niente compagni d'armi ad aiutarla. Aveva paura, lo aveva ammesso lei stessa. Tex odiava quella situazione.

Così, per quanto amasse essere circondato da Caroline e dalle altre, doveva andare. Baby si era alzata con lui e si era avviata trotterellando verso la porta. Sembrava anche lei pronta a ripartire.

Ora la testa di Tex pensava ai mille all'ora. Non aveva un piano vero e proprio, sapeva solo di dover andare ad Anaheim, poi avrebbe scoperto qualcosa. Doveva controllare gli hotel e scoprire se una Melody Grace risultava aver pernottato da qualche parte, anche se non se lo aspettava. Aveva con sé una foto che gli aveva dato Amy, poteva mostrarla agli impiegati delle reception, ma probabilmente nessuno avrebbe riconosciuto Melody dalla foto, c'erano tantissimi turisti nella zona. Tex si sarebbe dovuto affidare di nuovo alle sue abilità informatiche per restringere il campo, tuttavia era ottimista, sapendo che forse era almeno nella stessa città in cui era lei.

Dopo un paio d'ore nel traffico cittadino, Tex accostò nel parcheggio di un albergo a pochi isolati di distanza da un enorme parco dei divertimenti. Ovunque guardasse, c'erano segni inconfondibili, personaggi Disney dappertutto. Tutto confermava la sua ipotesi, che quando Melody gli aveva chiesto il suo personaggio preferito, era perché ne era circondata ed era un argomento di cui era facile parlare.

Tex si registrò alla reception, chiedendo specificamente una stanza al piano terra, per avere meno problemi a uscire con Baby. Portò in camera il suo borsone, oltre al cibo e ai giocattoli di Baby. Lasciò perdere il letto per cani, sapeva bene che Baby sarebbe saltata sul materasso vicino a lui per dormire. Poi mise per terra una ciotola piena d'acqua e sorrise, mentre Baby beveva.

Tex si sedette al tavolino d'angolo della stanza, vicino alla finestra, poi collegò il suo portatile. Avrebbe cominciato con le aziende di sottotitoli per vedere cosa riusciva a trovare.

Dopo una trentina di minuti di ricerche, si appoggiò allo schienale della poltroncina. Si stava avvicinando. Era molto vicino. Lo sentiva nel midollo. Era stato molto semplice trovare l'azienda per cui lavorava Melody. Proprio quel giorno, Melody aveva trascritto un filmato di laurea preso in Indiana. Evidentemente funzionava così: chi voleva il servizio si metteva in contatto su Skype. Melody guardava l'evento, in questo caso una festa di laurea, scrivendo tutto ciò che veniva detto. Poi chiunque era presente alla festa e aveva bisogno del servizio poteva usare una App per guardare sullo smartphone le parole che lei scriveva, rimanendo tranquillamente nel pubblico.

Era un servizio in diretta davvero fantastico, qualcosa a cui Tex non aveva mai nemmeno pensato, in passato. Ecco perché Mel poteva digitare così velocemente, quando chattavano. Se l'era sempre chiesto, ma non gliel'aveva mai domandato.

Dato che Melody si era collegata online proprio quel giorno per sottotitolare la cerimonia di laurea in Indiana, Tex fu in grado di rintracciare il segnale, che lo portò a un paio di router Wi-Fi ad Anaheim. Cominciò a sentire la pelle d'oca. Era davvero vicino. Si massaggiò distrattamente la coscia sinistra, cercando di eliminare il dolore immaginario alla gamba, un dolore che lo accompagnava sempre. Con le ultime informazioni che aveva trovato, gli sembrò il momento giusto per uscire a prendersi una bella tazza di caffè. Se Melody era riuscita a collegarsi a internet una volta, quel giorno, forse era abbastanza al sicuro e si sarebbe collegata di nuovo, così almeno sperava Tex.

———

Melody si sedette contro il muro della sua camera d'albergo, dietro al letto, con le ginocchia piegate vicine alla testa. Aveva il cellulare stretto in una mano, con la testa appoggiata alle ginocchia. Era ora di voltare pagina, ma era in California da tanto tempo e le dispiaceva davvero doversene andare. A dire la verità, l'unico posto in cui Melody voleva andare era casa sua.

Ma chi la perseguitava, chiunque fosse, l'aveva trovata di nuovo ed era ancor più determinato di prima. Melody credeva di aver trovato una soluzione intelligente, cambiando camera d'albergo ogni settimana e usando punti diversi per collegarsi a internet, ma lo stalker che la perseguitava evidentemente era molto più furbo di quanto lei credesse. Melody non sapeva proprio come facesse a trovarla, ma ormai era stanca, le mancava Amy, le mancava Baby, le mancavano i genitori e la Pennsylvania.

Melody fissava la lettera che giaceva sul pavimento, dove l'aveva lasciata cadere dopo averla letta. L'addetto alla reception gliel'aveva consegnata, quando era rientrata; Melody sapeva che in quella lettera non c'era nulla di buono. Una volta entrata in camera e chiusa la porta, l'aveva aperta con riluttanza. Non avrebbe mai dimenticato quelle parole.

*Non importa dove vai, ti troverò sempre. Siamo uguali, io e te, ma non lo capisci?*

Melody non aveva idea di cosa volesse dire quella frase. Era inquietante, come tutte le altre. Ma non c'era il francobollo, quindi chi l'aveva consegnata era entrato in albergo e l'aveva consegnata di persona alla reception. Perciò lo stalker era vicino. Ecco perché Melody se ne doveva andare. Subito.

Appoggiò di nuovo la testa alle ginocchia, non sapeva più dove andare, cosa fare. Beh, un'idea ce l'aveva, ma doveva trovare il coraggio di metterla in atto. Strinse più forte il telefono in mano. Aveva comprato un lotto di cellulari usa e getta, li usava per telefonare ai suoi parenti e ad Amy. Aveva visto in televisione in molte trasmissioni che quegli aggeggi non si potevano rintracciare. Ora però non faceva più alcuna differenza. Lo stalker l'aveva trovata comunque.

Melody alzò la testa di nuovo,alzò il telefono e lo fissò. Aveva imparato a memoria il numero di telefono che Tex le aveva dato. Non aveva mai pensato veramente di telefonargli, ma aveva imparato il numero a memoria comunque.

Era davvero tentata. Ripensò alle loro chat. Tex era un brav'uomo. Emanava bontà da tutti i pori. Era un eroe onesto fino al midollo, a lei serviva proprio un eroe, ma non voleva mettere nei guai anche lui. Se l'avesse chiamato si sarebbe fatto coinvolgere nella sua situazione intricata, avrebbe cercato di "risolvere" tutto, ma Melody non sapeva proprio come.

Però era troppo stanca, troppo spaventata. Aveva i soldi per andarsene e ricominciare, grazie al suo lavoro nei sottotitoli e all'aiuto di Amy, ma dove poteva andare? In un altro hotel, in un'altra città, per ricominciare tutto daccapo, sempre la stessa storia? Era arrivata il più lontano possibile dalla Pennsylvania, eppure lui l'aveva trovata, chiunque fosse lo stalker che la perseguitava.

Melody aprì senza troppa convinzione l'App di messaggi del cellulare e compose lentamente, cifra dopo cifra, il numero che aveva imparato a memoria. Poi, senza pensarci troppo, digitò la prima cosa che le venne in mente.

Poi posò il telefono a terra, senza cliccare invio, e tornò con la testa appoggiata sulle ginocchia. Ciocche dei suoi capelli, tinti di castano scuro, le caddero sulle gambe. Discusse mentalmente con se stessa. *Che male c'è, se gli mando il messaggio? Tanto Tex non sa dove sono. Mi mancano le nostre chat. Mi manca lui. Mi ha aiutata a non impazzire negli ultimi mesi. Mi ha fatta sentire normale.*

*E se poi è arrabbiato, perché ho cancellato il mio account sulla chat? E se poi non mi risponde? E se invece risponde? Ho bisogno di sentire qualcuno, almeno per un po'. Non posso sentirmi così sola. Lui è un SEAL. Magari mi può aiutare.*

Senza pensarci troppo, Melody prese il cellulare e cliccò *Invio*. Le due parole che aveva scritto sembravano vibrare sul piccolo display, riassumendo perfettamente il suo stato d'animo in subbuglio. Tex avrebbe risposto? L'avrebbe presa sul serio? Melody appoggiò di nuovo la testa sulle ginocchia e chiuse gli occhi, aveva paura di sperare, paura di muoversi, paura di restare ferma.

———

Tex era seduto al tavolino del bar davanti alla libreria, guardava, aspettava. Baby era sdraiata al suo fianco, anche i suoi occhi sembravano concentrati sul negozio dall'altra parte della strada. Era come se anche lei sapesse che Melody era vicina.

Tex era nervoso, anche se non gli capitava mai di

essere nervoso. Lui passava sempre per quello più tranquillo, un vero stoico. Sapeva di essere vicino: Melody aveva cancellato il suo account, poi il silenzio, i tanti lavori in breve tempo. Si stava preparando a scappare di nuovo, doveva raggiungerla prima che si rimettesse in fuga. Per questo Tex sperava che Melody si collegasse ancora per lavorare. Era stata molto brava a tenere nascosta la sua località precisa, ma Tex sapeva che se poteva rintracciarla lui, poteva rintracciarla anche lo stalker.

Il pensiero che qualcuno terrorizzasse una persona dolce come Melody feriva Tex come una coltellata alla schiena. Di persone "buone" al mondo lui non ne conosceva tante, ma da quel poco che sapeva, Melody era una di queste. Aveva parenti e amici che non potevano dire una sola cosa negativa su di lei. Cavoli, persino la sua cagnolona era tutta triste e sentiva la sua mancanza. Eppure qualcuno osava terrorizzare una persona dolce come Melody... Tex era davvero incazzato.

A dirla tutta, Tex era anche un po' stranito per quanto teneva a quella donna, una donna che non aveva mai veramente incontrato. Francamente, era un po' folle. Melody gli aveva detto di avere ventisette anni, forse era un po' troppo giovane, rispetto alla donne che lui si immaginava di trovare. Lui aveva trentacinque anni, tra l'altro molto vissuti; in ogni caso non la stava cercando per cominciare una storia con lei... o forse sì?

Tex prese il portafogli e tirò fuori la foto che gli aveva dato Amy, era una foto di Amy e Melody insieme.

Si abbracciavano e sorridevano in posa. Indossavano entrambe pantaloncini corti e magliette, Amy gli aveva detto che l'avevano scattata a una grigliata all'aperto che aveva organizzato lei nel giardino di casa sua, non tanto tempo prima che Melody sparisse.

Tex sfiorò con le dita il viso di Melody. Non aveva pensato molto all'aspetto esteriore di Mel, gli piaceva per il suo spirito, per la sua ironia. A Tex piaceva confidarsi con lei, sapeva che gli sarebbe piaciuta a prescindere dall'aspetto esteriore. Ma la verità era che Melody era anche carina. Aveva i capelli biondi, lunghi fino alle spalle, con dei ricci. Non era né troppo alta né troppo bassa, non gli sembrava snella come una tipica modella; corrispondeva proprio all'idea che lui aveva di una donna "sensuale". Scuotendo la testa, Tex rimise la foto nel portafogli per tenerla al sicuro.

Era nervoso, confuso, nessuna donna l'aveva mai fatto sentire come lo faceva sentire Melody. Lo calmava, lo sosteneva, non aveva paura di fargli notare quando diceva delle stronzate. Tex si era aperto con lei più che con chiunque altro. Lei lo *conosceva*, il che gli faceva anche paura. Lei sapeva come si era sentito, sulla mutilazione alla gamba, sulla protesi, sull'essere un SEAL, sui suoi amici. Sapeva tutto. Tex era un po' risentito, perché Melody lo aveva tagliato fuori da tutto. Aveva condiviso molto, eppure lo aveva tagliato fuori molto facilmente, era come un colpo allo stomaco.

Baby alzò la testa quando il telefono di Tex vibrò per la notifica di un messaggio ricevuto. Lei lo guardò con le orecchie rivolte in avanti. Tex si abbassò per accarezzarla sulla testa. "Sarà Caroline, o una delle altre, vorranno sapere se sto bene," disse alla cagna per rassicurarla.

*Ho paura*

Il messaggio era tutto lì, solo due parole. Tex non riconobbe il numero, ma capì subito chi era. Si mise seduto bene sulla sedia e digitò rapidamente una risposta. Il cuore all'improvviso gli batteva molto forte, come se avesse appena finito una mezza maratona.

*So che hai paura, Mel. Dove sei?*

Tex attese una risposta col fiato sospeso. Sperava davvero che gli rispondesse. Non sapeva esattamente cosa le stesse succedendo, ma se Melody ammetteva di aver paura, dopo quasi due settimane di silenzio, senza alcun contatto con lui, Tex sapeva che non era un bel segno. Ovviamente Melody doveva essere molto sul chi va là, poteva scattare in qualunque momento, e Tex lo sapeva.

*In nessun posto.*

*Basta stronzate. Dimmi dove sei*

Tex sapeva di doverla convincere. Era depressa e spaventata, un mix poco promettente.

*California*

*DOVE esattamente?*

*Anaheim*

*E poi?*

*Che importa?*

*A me importa. In che hotel? In che camera?*

*E poi, vuoi venire a prendermi?*

*Hotel? Camera?*

*Holiday Inn Express. 305*

*Rimani dove sei. Non ti muovere. Non aprire a nessuno.*
*Andrà tutto BENE*

Tex non attese una riposta. Scattò in piedi dalla sedia e prese il guinzaglio di Baby. "Sei pronta a rivedere la mamma, bella?" Baby guaì in tutta risposta, come se sapesse esattamente cosa stava succedendo e dove stavano andando.

Tex ringraziò il cielo, perché Melody lo aveva contattato. Si diresse al parcheggio dove aveva lasciato la macchina. Andava a prendere la sua ragazza. Mel non era più sola.

## CAPITOLO QUATTRO

MELODY MISE GIÙ il telefono e appoggiò di nuovo la testa alle ginocchia, chiudendo gli occhi. Rimani dove sei. Facile. *Certo* che poteva rimanere dov'era. Non aveva comunque la forza di andare via. Era stufa, sfinita. Non aveva idea dei piani di Tex, ma un po' la sollevava sapere che qualcun altro sapeva dov'era, oltre allo stalker.

Ripensò a una chat online che aveva avuto con Tex non molto tempo prima. In quell'occasione, aveva finalmente trovato il coraggio di chiedergli se volevano scambiarsi delle foto. Non avrebbe mai dimenticato il modo in cui lui le aveva risposto. *Non mi serve una foto per sapere che sei bella.*

Melody si era messa a ridere sonoramente, poi gli aveva chiesto cosa intendesse, se scoprendo che lei pesava trecento chili avrebbe cambiato idea. Lui le aveva detto che l'amicizia, il modo incondizionato in cui lo sosteneva, per lui erano importantissimi, e che era sicuro che lei fosse una bella persona. Quelle parole l'avevano fatta sorridere per molti giorni.

Ma ora Melody avrebbe preferito conoscere l'aspetto esteriore di Tex. Gliel'aveva chiesto una volta, ma lui si era limitato a dire che era "un militare in congedo mezzo sbandato a cui mancava mezza gamba". A Melody non importava delle cicatrici, non le importava che fosse basso, mezzo calvo o con la pancia, perché magari mangiava ciambelle ogni giorno. Nella sua nuova situazione, nella follia che stava vivendo, lui rappresentava l'unica ancora di salvezza. Le aveva detto che la perdita della gamba era un deterrente per molti, che preferivano non avvicinarlo, ma per lei era solo parte del suo passato, parte dell'uomo che era. E lui era un uomo molto sensibile, affettuoso, che la sosteneva. Agli occhi di Melody, queste attenzioni erano molto più importanti dell'aspetto fisico.

Eppure lei continuava a immaginarselo come un uomo alto, coi capelli scuri, affascinante. Senz'altro più alto di lei, il che non era difficile, dato che lei era alta a malapena uno e settanta. Se lo immaginava abbastanza forte da poterla avvolgere tra le braccia, per poterla circondare col calore del suo corpo. Non si sentiva al sicuro da tantissimo tempo, sarebbe bastato quello per sentirsi al settimo cielo. Lo immaginava forte, muscoloso, abbastanza da vedere le curve dei muscoli, ma non in modo esagerato. Lo immaginava con i capelli corti, ma un po' più lunghi del taglio militare, con spalle ampie abbastanza per... a quel punto Melody fermò di scatto le proprie fantasie.

Che importava? Erano tutti stereotipi. A lei non importava che avesse l'aspetto di un eroe da copertina di un romanzo d'amore. Aveva solo bisogno di *lui*. Delle sue parole, della sua forza. Ormai si era arrangiata da sola per troppo tempo, c'era riuscita anche bene. Ma un po' di aiuto le avrebbe davvero fatto comodo.

Le venne in mente che gli amici di Tex, i SEAL, vivevano in California. Forse lui li aveva chiamati per cercare il loro aiuto. Doveva essere quello il piano. Si immaginò che Tex le avrebbe mandato presto un messaggio per farle sapere qual era il piano. Le aveva detto di non aprire la porta. Le venne da ridere, una risata amara. Non c'era bisogno che Tex le dicesse di non aprire la porta agli sconosciuti, lei non apriva già a nessuno. Non si sentiva molto al sicuro, accovacciata sul pavimento, ma era sempre meglio che andarsene in giro, sempre meglio che aprire la porta a qualcuno che non conosceva, che poteva anche essere il suo stalker che voleva farle del male. Certo che non avrebbe aperto.

Melody chiuse gli occhi e si concentrò sul suo respiro. Nient'altro, solo il respiro. Forse poteva dimenticare... anche solo per un momento... che qualcuno la voleva uccidere, dimenticare che era sola al mondo.

———

Tex ignorò l'occhiataccia rivoltagli dall'impiegato alla reception e continuò a camminare più veloce che poteva attraverso l'atrio dell'hotel, andando verso l'ascensore. In genere preferiva le scale, ma aveva la gamba ancora gonfia e non voleva esagerare, caricandola più di quanto non avesse già fatto. Sapeva che presto avrebbe dovuto riposare, ma non aveva tempo, prima doveva assicurarsi che Melody fosse al sicuro.

Baby lo seguiva al suo fianco, silenziosa. Tex si accorse che era tesa, ma non faceva rumore. Per fortuna l'albergo era aperto agli animali, anche se l'impiegato alla reception sembrava pensarla diversamente. L'ascensore si aprì al terzo piano e Tex uscì, poi seguì le frecce per raggiungere la camera 305.

Si fermò davanti alla porta e mandò un messaggino rapido a Melody.

*Tra un attimo sentirai bussare alla porta. Va tutto bene, guarda dallo spioncino.*

Tex respirò profondamente, si abbassò e prese in braccio Baby. Poi bussò alla porta con la mano libera, tenendo in alto il cane in modo che fosse all'altezza dello spioncino. Avrebbe anche potuto semplicemente mandarle un messaggio per dirle che era lui, che era arrivato, perché lo facesse entrare, ma non era sicuro che gli avrebbe creduto. Non sapeva in che altro modo convincere Melody ad aprirgli la porta, se non mostrandole Baby, la sua amata cagnolona. Ovviamente poteva essere anche uno stalker, con il cane, ma Tex sperava che Mel fosse sorpresa ed entusiasta di rivedere la sua

Baby e che quindi l'avrebbe lasciato entrare. Le avrebbe ricordato di fare più attenzione solo dopo essere entrato.

Attese, trattenendo il fiato, poi improvvisamente la porta si aprì.

La donna che si ritrovò di fronte lo fece rimanere senza parole. Sembrava stanca, stressata, ma a parte i capelli tinti era identica alla foto che gli aveva dato Amy. Tex aveva passato un po' di tempo a contemplare quella foto, ma non si era mai immaginato che fosse così carina, di persona.

Melody era di altezza media, per una donna, gli arrivava più o meno al mento. Aveva lunghi capelli marroni, che al momento sembravano proprio aver bisogno di una bella lavata. Indossava un paio di jeans logori, che forse avrebbe dovuto cambiare già da qualche anno, sembravano comodi, anche se ben rovinati. Indossava una maglietta molto semplice che mostrava tutto e niente allo stesso tempo. Era piuttosto rotondetta. Lui non si intendeva di taglie di vestiti, sapeva solo ciò che gli piaceva, e quel che vedeva in quel momento gli piaceva senz'altro. Nella foto che la ritraeva di fianco ad Amy non si vedevano bene le sue forme, che a lui piacevano molto.

Melody sembrava stressata, ma in salute. Da quando era arrivato in California, aveva visto tantissime donne che pensavano di dover morir di fame, per essere belle. Diamine, aveva visto tantissime donne tremendamente sottopeso, nelle sue tante missioni, donne che avrebbero ucciso per poter mangiare qualcosa, per poter avere anche solo metà delle curve che aveva Melody.

I seni modellavano la maglietta che indossava, i fianchi sporgevano dalla cintura dei jeans, a Tex venne voglia di afferrarli per poterla stringere a sé. Sarebbe rimasto ad ammirarla molto più a lungo, ma Baby si agitava per liberarsi e non voleva farla cadere.

Così Tex mise Baby a terra e la vide balzare addosso a Melody. Le saltò letteralmente addosso. Qualora Tex avesse avuto dubbi sull'identità di quella donna, il comportamento del cane gli confermò che quella era *davvero* la sua Melody.

Sentendo il pericolo nell'aria, Tex si spostò dal corridoio per entrare nella camera di Melody, sempre osservando il cane e la padrona che festeggiavano pieni di gioia il loro incontro, dopo essere stati separati per tanto tempo. Melody finì per terra con il viso pieno di lacrime, mentre il levriero di oltre venti chili le saltava sulle gambe preso dall'eccitazione, tra guaiti e leccate.

"Baby! Oh mio Dio, Baby. Non posso credere che tu sia qui! Mi sei mancata tantissimo."

Le parole di Melody erano le più sentite e spontanee che Tex avesse mai sentito. Tex rimase pazientemente appoggiato alla porta, in attesa che Melody lo notasse. Era la prima volta che un cane gli rubava la scena, catturando tutta l'attenzione, ma a lui faceva molto piacere.

Melody abbracciò il suo cane, appoggiandole la testa alla collottola. Aveva temuto di non rivedere mai più Baby. La parte più difficile, quando se n'era andata dalla

Pennsylvania, era stata abbandonare il suo cane. Aveva visto quel cane in un annuncio online, promosso da un canile del posto. Baby a quel tempo era emaciata, piena di pulci e di piaghe. Erano stati i suoi occhi tristi a intenerire Melody fin dal primo momento in cui l'aveva vista, sullo schermo del computer.

Così Melody aveva mollato tutto per andare al canile quel pomeriggio stesso. Gli impiegati le avevano detto che probabilmente il cane aveva subito degli abusi e che aveva una paura folle delle persone. Doveva essere soppressa il giorno dopo, ma i volontari avevano fatto un ultimo tentativo di farla adottare. Melody allora si era recata nella zona delle gabbie e si era quasi messa a piangere, la prima volta che aveva visto Baby. L'aveva trovata accovacciata contro il muro in fondo alla gabbia, tutta tremante. Melody aveva chiesto il permesso di entrare nella gabbia con lei. Là era rimasta per circa mezz'ora, si era seduta con calma e aveva parlato continuamente. Aveva parlato ininterrottamente per mezz'ora.

Infine, Baby le si era avvicinata, all'epoca era sottopeso, sì e no una quindicina di chili; continuava a tremare, mentre Melody l'accarezzava, cercando di tranquillizzarla. L'aveva portata a casa quella sera stessa, Baby era uscita dal suo guscio. Melody sapeva che non l'avrebbe trasformata nel cane più socievole al mondo, ma erano arrivate ad amarsi incondizionatamente.

Però lo stalker aveva minacciato di uccidere anche Baby, ecco perché Melody l'aveva lasciata in Pennsylvania. Un biglietto che aveva ricevuto diceva: *Odio gli animali. Se non te ne liberi le taglio la testa e la pianto su un palo nel tuo giardino.*

Melody aveva creduto a quella minaccia. Anche perché il mattino dopo, al risveglio, aveva trovato uno scoiattolo senza testa davanti alla porta d'ingresso, infilato in uno spiedo, in un vaso di fiori. Era stato un avvertimento che aveva colpito Melody al cuore. Così aveva deciso di portare Baby a casa di Amy già il giorno dopo, poi era scappata dalla Pennsylvania dopo pochi giorni, lasciando la sua amata Baby dalla sua migliore amica.

Finalmente Melody alzò la testa e vide tra le lacrime l'uomo che era in piedi nella sua camera d'albergo. Non aveva detto una parola, aveva assistito al suo incontro con Baby. Per un attimo si sentì spaventata. Sì, le aveva portato Baby, ma poteva essere comunque lo stalker. Ovviamente non aveva pensato abbastanza alla svelta, c'era arrivata in ritardo, come al solito. Quel tipo poteva aver usato il cane per entrare in camera sua. Si sentiva un'idiota. Quando Melody cominciò a spaventarsi, l'uomo si mosse.

Si abbassò e si tirò su la gamba sinistra dei jeans, quanto bastò per far vedere a Melody il metallo scintillante della protesi.

"Tex," sussurrò Melody, stentando a credere che l'avesse raggiunta. *Trovata.* Tex l'aveva trovata ed era lì con lei. Si alzò in piedi, imbarazzata, non sapeva cosa dire.

"Vieni qui, Mel."

Melody sospirò sollevata. Fece un passo verso Tex e si ritrovò subito tra le sue braccia. Avvolse quell'uomo con le braccia, non era del tutto un estraneo, ma nemmeno qualcuno che conosceva bene; poi pianse.

Pianse dal sollievo, perché non era più sola. Pianse perché le aveva portato la sua Baby. Pianse perché aveva avuto paura per troppo tempo. Non si sentì spostata da Tex, ma chissà come si ritrovò seduta sulle sue gambe, mentre lui si sistemava sulla poltroncina nell'angolo della camera.

"Shh, Mel. Va tutto bene. Sono qui con te, sei al sicuro."

Melody non voleva pensare a quanto quella situazione fosse imbarazzante, anche se, chissà perché, lei non si sentiva a disagio; non voleva pensare a nient'altro, appoggiò la testa al petto di Tex e lo strinse più forte.

Tex strinse più forte la donna seduta sulle sue gambe. Nella sua mente, le emozioni si alternavano caoticamente; eccitazione, compassione, gioia di averla finalmente incontrata, di aver finalmente tra le braccia la donna che aveva conosciuto negli ultimi mesi. La verità era che aveva già pensato più volte di abbracciarla, negli ultimi mesi, ma la realtà gli piaceva molto più di ogni fantasia.

Tex sentì il momento in cui Melody cominciò a riprendersi, così aspettò. Per quanto volesse chiederle spiegazioni, per quanto volesse farsi dire tutto e rimproverarla, perché non l'aveva contattato prima, non poteva farlo: avrebbe atteso che fosse pronta a parlare.

Melody respirò profondamente. Doveva ricomporsi. Così tirò su la testa e si guardò intorno, in cerca di Baby. Era seduta ai piedi di Tex, li fissava entrambi. Quando si accorse che Melody la guardava, si avvicinò e appoggiò la testa sul bracciolo, con la coda che andava a destra e a manca a ritmo serrato. Melody allungò una mano e accarezzò il suo cane. "Santo cielo, quanto mi sei mancata, Baby."

Baby guaì e leccò la mano di Melody.

"Va bene, ora basta, piccola. Vai, devo parlare con la tua mammina." La voce di Tex era affettuosa, ma nel contempo decisa.

Melody fu meravigliata nel vedere il suo cane fare esattamente ciò che le diceva Tex.

"Come ci sei riuscito? Io non sono mai riuscita ad addestrarla a far nulla. È una testona."

"Mel, guardami."

Tex aveva una voce profonda, roca, che le fece venire la pelle d'oca su tutto il corpo. Per Melody... quell'uomo andava oltre ogni aspettativa. Si era ripromessa di non dar peso al suo aspetto esteriore, ma cavolo... incontrarlo di persona era un'emozione troppo forte. Non era bello... era *troppo bello*. Il suo corpo non mostrava alcuna traccia di grasso. Sentiva sotto il sedere le sue cosce, dure come il marmo. Il petto a cui si era appoggiata negli ultimi dieci minuti era muscoloso, Melody avrebbe scommesso fino all'ultimo centesimo che sotto la sua maglia c'era una bella tartaruga di addominali. Aveva i capelli scuri e corti, almeno per come era abituata lei, ma erano stati gli occhi a colpirla. Erano di un color nocciola scuro, la guardavano come se fosse la persona più importante del mondo. Tex non si agitava, non si muoveva. Melody sentiva il suo sguardo fisso su di sé, nell'attesa che anche lei lo guardasse negli occhi.

Così alzò lo sguardo. Eh sì, quegli occhi così profondi e penetranti erano concentrati su di lei.

"Mi chiamo John Keegan, ma tutti mi chiamano Tex. Ho trentacinque anni. Sono un militare in congedo, ero nelle forze speciali della marina, nei SEAL. Ho subito un infortunio grave alla gamba nell'ultima missione e me l'hanno dovuta amputare sotto al ginocchio. Ora porto una protesi. Il moncherino della gamba non è un gran spettacolo. Non ho mai avuto un cane, non ci ho mai nemmeno pensato, ma dopo aver passato gli ultimi tre o quattro giorni con Baby devo dire che ci ho ripensato. Ero preoccupato per te, Mel, ero fuori di testa. Ho conosciuto Amy e la sua famiglia, ho attraversato il paese in macchina, tre giorni di strada, per arrivare da te. Te lo giuro, anche se non sono più tutto intero, sono tuo amico. Sono qui per aiutarti. Vedremo come fare per farti tornare alla tua vita normale, non dovrai più scappare, non dovrai più aver paura."

Melody sentì le labbra che le tremavano. Cercò di trattenere le lacrime. Aveva pianto fin troppo, negli ultimi giorni.

Così seguì il suo esempio, tenendo la voce bassa. "Mi

chiamo Melody Grace. Ho ventisette anni. Mangio troppo cibo spazzatura e devo perdere qualche chilo, forse fin troppi. Di lavoro metto i sottotitoli ai video di solito per dei notiziari, sono anche piuttosto brava. Posso digitare cento parole al minuto con un margine di errore inferiore al tre percento. Nel tempo libero, quando mi sentivo sola, di solito andavo su internet per trovare qualcuno con cui chiacchierare. Poi, qualche mese fa, ho incontrato qualcuno che mi piaceva davvero." Melody abbassò lo sguardo, ma sentì la mano di Tex sotto al mento, che la invitava a rialzare la testa.

"Vai avanti, Mel," sussorrò Tex.

"Ho un cane, una cagnolona testarda che amo con tutto il cuore. Infine ho paura, un aiuto mi farebbe proprio comodo."

Tex le si avvicinò, facendole battere il cuore a mille. La baciò sulla fronte e le portò una mano dalla schiena al viso. Le prese il viso nel palmo della mano, sempre tenendo gli occhi fissi in quelli di lei.

"Ora non sei più sola, Mel. Ti sei aperta a me, mesi fa, non ti lascerò sfuggire così. Troveremo il modo di metterti al sicuro. Anche Baby sarà al sicuro. Però non mi tagliare più fuori così, per favore. Non sai quanto sono stato male, quando ho visto che avevi cancellato il tuo account."

"Va bene, non lo farò." Quelle parole le uscirono con un filo di voce, erano appena percettibili, ma Tex le sentì.

"Da quanto tempo non dormi?"

"Non lo so. Che giorno è, oggi?"

Tex imprecò. "Va bene, ci arriviamo tra un attimo. Cos'è successo, oggi?"

"Cosa intendi dire?"

"Cos'è successo oggi, che ti ha spinta a farti sentire, a scrivermi? So che dev'essere successo qualcosa. Non mi avevi mai contattato al telefono, nemmeno un SMS... fino ad oggi. Cos'è successo?"

Melody cominciò ad agitarsi. Capperi, Tex era troppo sveglio. Fece un cenno verso la lettera, che giaceva sul pavimento in mezzo alla camera. "Mi ha trovata, mi ha fatto arrivare quella lettera."

"Consegnata a mano?"

"Sì, niente francobollo, me l'hanno data alla reception."

Il cervello di Tex si mise subito in azione. Se lo stalker sapeva dov'era, dovevano muoversi alla svelta. Senza mostrare troppa agitazione, le portò la mano dietro la nuca, accarezzandola con il pollice. Non voleva spaventarla, ma immaginò che Melody fosse abbastanza intelligente da sapere che la situazione era critica e che se ne dovevano andare. Cavolo, l'aveva contattato, sapeva bene di non essere al sicuro.

"Mel, sai che sono venuto per aiutarti, vero?" Tex attese che lei rispondesse, poi quando la vide annuire proseguì. "Sei stata eccezionale, sei riuscita a sfuggire a questo tipo, chiunque sia." Lei lo guardò incredula, ma lui proseguì. "Dico davvero. Hai fatto tutto nel modo giusto. Io ho più risorse a mia disposizione, rispetto a chiunque altro, per questo ti ho trovata in così poco tempo. Ma è evidente che questo stalker non si fermerà. Ho bisogno di sapere se accetterai il mio aiuto. Se mi permetterai di prendere delle decisioni anche per te. Devo preparare un piano, ma non posso farlo, se poi dovremo litigare per ogni decisione."

Melody guardò l'uomo che aveva di fronte. Poteva cedere a lui il controllo? Lei non era una donna che lasciava volentieri agli altri le sue decisioni. Non le piaceva prendere ordini. Cavolo, quando era andata al college non voleva nemmeno chiedere prestiti studenteschi, quei pochi che aveva dovuto chiedere li aveva ripagati subito dopo la laurea. Poteva permettere che quell'uomo, praticamente un estraneo, si assumesse la responsabilità anche per lei?

"Io..." Fece una pausa, poi riprese. "Vorrei. Sono stanca di scappare, di nascondermi. Però non sono molto brava a farmi aiutare."

"Lo so, Mel. Credimi, lo so. Proprio per questo te l'ho chiesto. Ma ti prego di fidarti di me. Fammi scoprire chi è che ti sta facendo tutto questo. Lascia che ti aiuti a tornare alla tua vita."

Messa così, come poteva rifiutare? Melody annuì, senza dire una parola.

"Grazie. Te lo giuro, non te ne pentirai. Ora devi fare i bagagli, dobbiamo andarcene di qui. Andiamo a Riverton e passiamo qualche giorno da Wolf. Poi torniamo in Pennsylvania."

"No!"

Tex reagì solo inarcando un sopracciglio.

"È solo che... tornare in Pennsylvania? Proprio dove tutto è cominciato? Ci sono i miei amici... la mia famiglia..."

"Lo so, Mel, ma bisogna finirla. Dobbiamo andare in un posto dove tutto *possa* finire. Se lo stalker viene da quelle parti, sarà più facile rintracciarlo e fermarlo."

Melody annuì. "Sì, capisco la logica, ma..."

"Io sarò con te, Mel. Non vado da nessuna parte."

"Ma..."

"Niente ma."

"Ma mi lasci finire?" Melody sbottò esasperata, sorridendo per far capire a Tex che non era arrabbiata davvero, ma che diceva sul serio.

"Scusa, ho la tendenza a interrompere. Fammelo notare, quando esagero."

"Lo farò. Quello che *volevo* dire è che anche tu avrai una vita. Non puoi mollare tutto, venire in Pennsylvania e stare con me tutto il tempo. E se poi non succede nulla? Se lo stalker aspetta che tu te ne vada?"

"Hai finito?" le chiese Tex, totalmente serio. "Tira fuori tutto, poi ti rispondo."

"Sei irritante. Perché non ho capito quanto sei irritante, quando chattavamo insieme, in tutti quei mesi?"

Tex stavolta sorrise, stringendo la presa dietro la nuca di Melody per un attimo, prima di riprendere la leggera carezza con il pollice sulla sua pelle sensibile. "Perché sono affascinante e ho carisma?"

Melody si limitò a scuotere la testa. Le piaceva la

sensazione del tocco dietro la nuca, ma cercò di ignorare il modo in cui i capezzoli le si erano induriti; il modo in cui la sfiorava col pollice all'attaccatura dei capelli era davvero molto sensuale, ma lei si ricompose e proseguì, tirando fuori tutto, come le aveva chiesto.

"E se poi fa del male a Baby, o ad Amy, o a qualcuno a cui voglio bene? Se poi tu ti stanchi di stare al mio fianco e cominci a odiarmi? E se fa del male *a te?* Se questa storia non dovesse mai finire? Non penso di poter andare avanti così per tutta la vita."

Tex attese un attimo, quando Melody smise di parlare, voleva essere sicuro che avesse finito. Gli piangeva il cuore ad ascoltarla. Non aveva mai capito bene che effetto facesse, sentirsi perseguitati, ma vedendo Mel ferita e spaventata Tex cominciò a capire.

"Mel, io sono in pensione, il congedo mi garantisce una paga mensile, se voglio posso anche non far nulla. Ho tutto il tempo e tutti gli strumenti per venire a casa con te per tutto il tempo che servirà. Ma vedrai che questa storia non durerà ancora a lungo. Dobbiamo riportare tutto dove è cominciato, per poter chiudere con questa storia. Chiunque sia questo stalker, non gli piacerà che tu torni a casa. Non gli piacerà vedere che torni a casa *con me*. I tuoi amici saranno al sicuro, perché racconterai loro tutto, così staranno all'erta. Io ho molti contatti, organizzeremo un servizio di sorveglianza per tutte le persone che vorrai. Non perderemo mai di vista Baby."

"Ma cosa intendi fare?"

Tex sospirò. Non gli piaceva quanto stava per dire, ma era necessario. "Dobbiamo provocarlo, Mel. Non possiamo combattere contro un nemico invisibile. Dobbiamo fargli fare un errore."

"Vuoi usarmi come esca?" Melody vide Tex che reagiva con una smorfia.

"Voglio? Col cazzo, certo che no. Quello che *voglio* è che tu sia al sicuro. Voglio che tu possa vivere dove vuoi, senza doverti preoccupare che qualche stronzo faccia del male a te, al tuo cane, oppure ai tuoi amici. Voglio tenerti il più lontano possibile da chiunque ti stia facendo questo. Se potessi, ti chiuderei in un nascondiglio sicuro, così nessuno potrebbe mai trovarti. Ma è chiaro che nascondersi non ha funzionato; guarda, io vorrei tanto poter fare una passeggiata in città, andare liberamente in giro con te sottobraccio, senza dovermi preoccupare che qualcuno ci spari. Ma per ottenere questo risultato, purtroppo, dobbiamo tornare dove tutto è cominciato. Mi servono più informazioni per capire fino in fondo. Mi fa incazzare, ti garantisco che odio ogni secondo in cui sei in pericolo, ma il mio istinto mi dice che questo è l'unico modo per farla finita." Tex smise di parlare per un attimo, guardando Mel dritto negli occhi.

L'idea già buona che Mel si era fatta di Tex si consolidò. Ovviamente non gli piaceva doverla mettere in pericolo, ma le stava dicendo la verità.

Poi Tex proseguì. "Sì, odio che tu sia in pericolo, ma ascoltami bene, Mel, io sarò con te. Nessuno ti farà del male. Questa storia *finirà*. Non dovrai più continuare a vivere così. Sfrutterò ogni contatto, farò tutto il necessario perché tu sia al sicuro. Te lo giuro su Dio."

"Va bene."

"Va bene?"

"Sì, va bene. So di non poter continuare a fuggire, odio scappare. Stavo già pensando di tornare a casa prima di contattarti. Odio stare lontano dai miei parenti, da Amy. Odio questa paura costante, preferire affrontare questo stronzo a quattr'occhi, invece di leggere le sue lettere, che mi spaventano a morte."

Tex non poté resistere. Le si avvicinò, poi avvicinò la mano che le teneva dietro la nuca, fino a trovarsi con la fronte contro quella di lei. "Sei un osso duro, Melody Grace." Poi la baciò. Fu un bacio leggero, quasi sfuggente. Forse più leggero e sfuggente di quanto lui avrebbe voluto, ma non voleva confondere Mel, che probabilmente era già abbastanza incasinata. Senz'altro sarebbe stata grata nei suoi confronti, ma non era quello che Tex voleva. Tex voleva di più.

Tirandosi indietro, Tex cercò di ignorare quanto gli piaceva tenerla in braccio, le portò le mani sui fianchi e le disse: "Va bene, ora dobbiamo andare. Io prendo la lettera, tu fai i bagagli, poi andiamo al mio albergo a prendere le mie cose e quelle di Baby. Andremo a casa di Wolf e vedremo cosa fare."

Melody si alzò lentamente, Tex la sostenne, prima di toglierle le mani dai fianchi; fu solo in quel momento che Melody capì quanto le piaceva sentire il tocco delle sue mani. Lo sentiva fino al midollo. Era passato troppo tempo, dall'ultima volta che si era sentita toccata, le mani di Tex la facevano proprio star bene. Melody si ricompose e andò a prendere le borse che aveva già preparato, dopo aver deciso di scappare da quell'hotel e dalla California.

Vide che Tex raccoglieva la lettera dal pavimento con in mano un fazzoletto. Capì che stava cercando di mantenere integre eventuali impronte digitali che potevano essere rimaste sulla carta. Tex strinse i denti leggendo le parole su quella lettera, ma non disse una parola.

Melody guardò Baby. Era seduta tutta tranquilla alla porta, con gli occhi che guardavano prima lei, poi lui. Forse avrebbe dovuto offendersi, sentirsi ferita, perché il suo cane guardava Tex nello stesso modo in cui guardava lei, ma Melody non era fatta così, non aveva alcun risentimento. Tex le aveva portato la sua Baby, ci teneva a tal punto da attraversare il paese in macchina per trovarla. L'avrebbe aiutata a capire chi mai poteva odiarla al punto da minacciare di fare del male a lei e alle persone che amava.

Non vedeva l'ora di andarsene da quella camera, da quell'hotel, da Anaheim. Per quanta paura avesse di tornare a casa, non vedeva l'ora: era giunto il momento di riprendersi la sua vita, la sua vera vita.

# CAPITOLO CINQUE

Tex guardò Melody, era seduta sul sedile anteriore della macchina, mentre Baby era seduta in mezzo a loro, tra i sedili, con la testa appoggiata sulle gambe della sua padrona. Mel invece aveva appoggiato la testa al poggiatesta del sedile e passava distrattamente una mano sulla testa di Baby, che aveva gli occhi chiusi; ogni tanto Tex sentiva il cane che sbuffava leggermente.

Non aveva mentito a Melody: in vita sua non aveva mai avuto un cane, ma trovava Baby meravigliosa. Era una cagnolona sensibile, facile da curare, sorprendentemente protettiva. Gli piaceva molto.

Parlando a voce bassa, Tex disse a Melody: "Devo parlarti dei miei amici, prima che arriviamo. Probabilmente li troverai molto esuberanti."

Mel rispose senza nemmeno aprire gli occhi. "Molto esuberanti? Puoi tradurre?"

"Traduco: le signore ieri erano molto contente di

vedermi, ma adesso saranno super contente ed entusiaste di vedermi *con te*. Pensano che io faccia troppo l'eremita, probabilmente mi considerano uno stralunato. Cercheranno sicuramente di spingerci a stare insieme, crederanno che facciamo l'amore. Per la nottata, Caroline ci sistemerà tutti e due nel seminterrato."

"Wow. Ah, va bene."

"E i miei amici sanno di te. Cioè, sanno ciò che sapevo io fino a ieri. Saranno preoccupati per te, probabilmente saranno molto invadenti e faranno i maschi alfa. Ma ci penso io. Tu sii spontanea e sappi che farò tutto ciò che riterrò meglio *per te*, a prescindere da cosa vogliono *loro*."

Tex guardò Mel e vide che aveva girato la testa per guardarlo. Non riuscì a capire cosa pensasse, così proseguì: "Sono persone molto 'di contatto', Mel. Gli uomini ti toccheranno, senza malizia, ma ti metteranno le mani addosso, sulla schiena, sulla testa, sul collo. Le signore ti abbracceranno parecchio. Di sicuro si faranno un po' troppo i fatti tuoi, pur avendoti appena conosciuta, ma sono fatte così. Se non vuoi che ti facciano troppe domande, dimmelo subito e dirò loro di stare un po' tranquille. Se ti sembra un po' troppo, fammelo capire e dirò loro di darsi una calmata. Possono diventare appiccicosi, è più forte di loro."

"Ti va di raccontarmi qualcosa di più, su di loro? Come vi siete incontrati? Come sono? Cos'hai fatto, per aiutarli?"

"Non hanno delle storie molto divertenti, Mel."

"Sì, si sono trovati."

"Allora alla fine sono delle belle storie."

Tex tolse una mano dal volante e la mise sul viso di Mel. Le passò le nocche sulla guancia, poi tornò a concentrarsi sulla strada.

"Wolf ha incontrato Caroline su un aereo, che era appena stato dirottato. Poi è partito in missione e alcuni terroristi legati ai dirottatori l'hanno trovata per portarla via. Io ho aiutato Wolf a trovare il nascondiglio in cui la tenevano. La storia di Abe e di Alabama è un po' da film, in pratica lei gli ha salvato la vita aiutandolo a scappare da un edificio che andava a fuoco, poi si sono messi insieme. Abe si è comportato un po' da scemo, Alabama se n'è andata, io l'ho aiutato a ritrovarla; anche se è stato molto più difficile, perché non usava alcun tipo di apparecchio elettronico quindi era facile per lei nascondersi. Poi c'è stata Fiona."

La voce di Tex era rotta dall'emozione. La storia di Fiona era quella che sentiva di più. Sentì Baby che si girava, poi il cane alzò la testa e gli leccò una volta la faccia. Tex rise e allontanò lentamente il muso di Baby. "Ehi, ragazzona!"

Melody rise, si avvicinò a Baby e la abbracciò, tirandola più vicina a sé.

"Te ne ho parlato un po' nelle nostre chat, comunque, la squadra era andata in Messico per salvare la figlia di un senatore che era stata rapita, senza sapere che avrebbero trovato un'altra vittima, era Fiona. Una volta tornata, si stava riprendendo, ma quando i ragazzi sono andati in missione ha cominciato ad avere dei brutti ricordi, così è scappata. L'ho trovata solo perché ha usato la carta di credito di Cookie, l'ho chiamata e abbiamo parlato ogni giorno, ogni quattro ore, finché Cookie non è tornato in patria e l'ha raggiunta."

Tex abbassò la voce, così fu il turno di Mel, che gli si avvicinò mettendogli una mano su una coscia, senza aggiungere altro.

"Poi è arrivato il turno di Mozart e Summer. Mozart l'ha incontrata quando è andato a Big Bear. Lei lavorava nel motel in cui lui soggiornava. La persona che Mozart stava cercando l'ha rapita e l'ha torturata, voleva ucciderla. Per fortuna io sono riuscito a rintracciare il cellulare di un'altra ragazza che era stata rapita quella sera stessa. Così gli altri sono arrivati in tempo per salvare entrambe. Ho sentito che Elizabeth, l'altra donna che è stata salvata con Summer, non si stava riprendendo da quanto le era successo, così si è trasferita in Texas. Devo ricordarmi di sentire come sta... se si sta riprendendo.

"Comunque, Dude e Cheyenne hanno una storia simile. Dude è un esperto di esplosivi, ha incontrato Cheyenne quando è stato chiamato in un supermercato per disinnescare una bomba che dei rapinatori le avevano avvolto al corpo con del nastro. Ovviamente ci è riuscito, ma poi alcuni parenti dei rapinatori hanno rapito Cheyenne e hanno cercato di ucciderla, facendo saltare un intero condominio."

Tex respirò profondamente e finì la storia alla svelta. "Gli ultimi sono stati Benny e Jessyka. Lei aveva un ex malvagio di cui si sono occupati i ragazzi, ma per vendicarsi lui ha attaccato Benny e così ha adescato Jessyka. Nonostante le sue difficoltà a camminare, lei è riuscita a salvare la vita di Benny. Sarebbe stato difficile trovare Benny, se Jessyka non mi avesse condotto da lui."

"Condotto da lui?"

Tex sospirò. Sapeva di dover spiegare anche la parte difficile. "So che ti sembrerà strano, specialmente considerando la tua storia personale. Ma ascoltami fino in fondo, va bene?"

"Vaaa beneeee."

Tex sentì il tono trepidante della risposta, così proseguì. Prima o poi avrebbe dovuto spiegarle, tanto valeva parlare chiaro e senza misteri.

"I miei amici mi hanno chiesto di monitorare le loro donne, così ho preparato degli apparecchi GPS e glieli ho mandati. Li tengono negli orecchini, negli orologi, nelle scarpe, nei vestiti... credo non siano da biasimare, ognuna di loro in qualche modo era stata rapita o era sparita... non volevamo che succedesse ancora."

Nell'abitacolo della macchina scese il silenzio per un poco. Tex lasciò che Mel riflettesse su quanto le aveva appena detto.

Finalmente lei parlò. "Non è la stessa cosa."

"Come?"

"Non è la stessa cosa. I tuoi amici lo fanno per amore, non è la stessa cosa."

Tex tirò un sospiro di sollievo. Non pensava che Melody se la prendesse, ma non era sicuro al cento per cento. "Hai ragione, Mel. Non è la stessa cosa. Io sono l'unico a ricevere il segnale, i ragazzi potrebbero, ma si fidano di me, preferiscono che riceva io i dati. Ne abbiamo avuto bisogno solo una volta, con Jessyka. Si è fatta prendere solo perché sapeva che Benny non era rintracciabile, mentre lei sì. Sapeva che io avrei capito che c'erano dei problemi."

"Posso averne uno anch'io?"

"Davvero?" Tex stentava a credere a quanto aveva appena sentito.

Con un tono più basso rispetto a quello di prima, Melody chiese di nuovo, con un po' di esitazione: "Puoi farne indossare uno anche a me? Non so cosa voglia questo tipo. Se poi mi prende? Tu puoi ritrovarmi, se ho addosso uno di quegli aggeggi, vero? Puoi venire a salvarmi?"

Tex era al limite. Il tremore nella sua voce, l'incertezza, la sentiva così vulnerabile. Così accostò con la macchina sul ciglio della strada e fermò il veicolo. Poi si voltò di fianco sul sedile e portò la mano verso Melody, mettendogliela su una guancia, mentre la fissava negli occhi.

"Amerei tanto poterti dire che non succederà mai, Mel, però purtroppo so meglio di chiunque altro che può succedere. Farò tutto quello che posso per tenerti al sicuro, ma a volte non basta. Quindi sì, se lo desideri posso darti un localizzatore, così se lo stalker ti rapisce ti posso trovare subito. Qualunque cosa succeda, tu non arrenderti mai. Se ti trova e ti porta via, tu non provocarlo. Non dargli un buon motivo per ferirti o per ucciderti. Qualunque cosa succeda, la possiamo superare. Ti basta ricordare che io sto arrivando e che ti troverò. Perché ti troverò, Mel. Certo che ti troverò, devi solo darmene il tempo. Va bene?"

Melody annuì. Sapeva che chiedere un localizzatore era un segno di debolezza, ma in quel momento si sentiva davvero debole. Le parole che le aveva detto la facevano star meglio. Si sentiva più sicura, sapendo che qualcuno, una persona diversa dal suo stalker, sapeva dov'era in qualunque momento. Qualcuno di cui si fidava, e di Tex si fidava. Lo aveva conosciuto meglio, negli ultimi mesi, chattando online. Cavolo, lo conosceva meglio di alcune delle persone con cui era cresciuta, come i suoi compagni di scuola. Lo conosceva, e soprattutto si fidava di lui.

"Grazie per la tua onestà. So che mi troverà, è solo questione di tempo prima che mi raggiunga. Grazie per non aver fatto finta che non succederà. Ti giuro che non mi arrenderò mai. Se mi prende, cerco di resistere e aspetto che tu mi trovi."

Senza insistere sugli aspetti negativi, sapendo che c'era la possibilità *concreta* che lo stalker la raggiungesse, Tex proseguì: "Non c'è di che. Stai bene? Vuoi che ci fermiamo? Hai fame?"

Melody scosse la testa. "Sto bene. Anche se i tuoi amici mi salteranno addosso e mi metteranno paura, non vedo l'ora di incontrarli comunque."

"Non sentirti intimidita, Mel. Sono persone come

me e te. Le signore sono forti, donne toste, non si fanno prendere per il naso dagli uomini. I miei amici? Beh, basterà darti un'occhiata ed entrerai subito nella cerchia delle persone 'da proteggere'."

"Io non sono una donna forte, Tex."

"Col cavolo che non lo sei."

"Sono comunque contenta che tu mi veda così."

"Ti renderai conto anche tu di essere forte. Te lo garantisco."

"Va bene."

"Ottimo." Tex tirò Melody più vicina, ignorando il brontolio di Baby, scontenta di venire schiacciata tra i due, e baciò Mel sulla guancia. Poi si fece indietro e annuì. "Forte e tosta, Mel."

Tex rimise la macchina in marcia, rientrando in autostrada.

———

"Prendi fiato."

Melody ci provò, prese fiato, era molto nervosa perché stava per incontrare gli amici di Tex. Le donne sembravano così splendide, meravigliose, gli uomini invece le mettevano addosso un'ansia indescrivibile. Non si sentiva affatto pronta, ma sapeva che queste persone erano molto vicine a Tex, erano quasi la sua famiglia, quindi voleva fare una buona impressione.

"Sto bene."

"Vedrai che ti accoglieranno molto bene."

Melody non fece altro che annuire, poi Tex uscì dalla macchina e venne ad aprirle la portiera, l'aiutò a uscire, mentre Baby le saltava dietro, seguendola. Melody tenne stretto il guinzaglio, poi Tex le prese la mano e lei ne approfittò per tenersi stretta a lui.

Si avvicinarono alla casa e la porta si aprì prima ancora che la raggiungessero. Un uomo grande e grosso era in piedi sull'uscio, Melody poteva sentire molte altre voci dietro di lui. L'uomo alla porta si avvicinò e quasi si chiuse la porta alle spalle.

"Tex. Melody. Son contento di rivederti così presto."

"Wolf." Tex salutò l'amico con un movimento del mento. "Ci sono tutti?"

"Dal primo all'ultimo."

Tex sorrise. Ovviamente c'erano tutti. "Ti va bene se ci fermiamo a dormire stasera?"

"Cavolo, Tex, pensi che Caroline ti lascerebbe andare da qualche altra parte?" Wolf si voltò verso Melody e le porse la mano. "Melody, piacere, io sono Wolf. Lieto di conoscerti. Sono contento che Tex ti abbia trovata, anche se ovviamente non avevo dubbi. È un mago. Sappi che sei la benvenuta e puoi rimanere per tutto il tempo che ti serve."

Melody strinse la mano di Wolf. "Grazie, andrò dove mi porta Tex."

Wolf annuì, come se si aspettasse quella risposta. "Te lo dirò alla svelta, perché, se conosco mia moglie, tra pochissimo arriverà anche lei. Hai la mia protezione, Melody, tutti noi della squadra siamo con te. Qualunque cosa ti serva, ce l'hai. Tex è un brav'uomo, lui ti terrà al sicuro, ma se hai bisogno di noi, se Tex ha bisogno di noi, noi ci siamo. Capito?"

Melody si sentì in grado solo di annuire. Non le venne in mente alcuna parola. Il giorno prima era da sola, mentre dopo un solo giorno c'era un'intera squadra di SEAL cazzuti che la proteggeva. Era difficile capire come fosse successo.

Al suo fianco, Baby cominciò a ringhiare. Melody si accorse che Wolf le teneva ancora la mano. Così la lasciò andare rapidamente, poi Baby si mise davanti a lei, quasi a spingere via Wolf.

"Che bel cane da guardia che abbiamo..."

"Non è un cane da guardia."

"Forse non per tutti, ma si è comportata nello stesso modo quando Tex è arrivato e Ice gli stava correndo incontro per abbracciarlo."

Melody si girò verso Tex. "Davvero?"

"Eh sì, proprio così."

Melody si accovacciò davanti a Baby e le sussurrò: "Ma che brava."

I due uomini ancora in piedi si misero a ridere.

"Andiamo, Mel, vial il dente, via il dolore."

Wolf rise alle parole di Tex, che sembravano giocosamente rassegnate.

Tex porse la mano a Mel per aiutarla ad alzarsi, poi le mise un braccio intorno alla vita e i due seguirono Wolf in casa.

Melody capì che Tex era stanco, faceva più fatica a

camminare di quanta non ne faceva quando lo aveva incontrato. Si ricordò che in una delle loro conversazioni online Tex le aveva detto che faceva più fatica a camminare, quando si sforzava troppo.

Prima che potesse dire qualcosa, si ritrovarono in un salotto pieno di persone.

"Ecco Tex!" Una donna gridò e si alzò rapidamente, tutti gli altri presenti la seguirono.

"Calma, Baby." Melody sentì le parole con cui Tex cercava di far stare tranquilla Baby per evitare che si agitasse troppo per la confusione.

"Tu devi essere Melody," disse un'altra donna, con un po' più di calma. "Io sono Summer, di sicuro Tex ti avrà raccontato tutto di noi, anche se forse non avrà usato i nomi *veri* ma solo i soprannomi dei ragazzi." Summer alzò gli occhi al cielo e Melody sorrise.

"Allora, hai già conosciuto Wolf," poi indicò uno a uno gli altri uomini presenti e li presentò: "Abe, Mozart, Dude, Benny e Cookie."

"Wow, Summer, sono colpito, ti ricordi tutti i soprannomi," disse Cookie, scherzando.

"Ma stai buono, Hunter. Certo che mi ricordo tutti i soprannomi. Li usate continuamente!"

Melody guardò divertita gli sguardi di intesa tra i presenti. Se avesse passato un po' più di tempo con loro, sapeva che le sarebbero piaciuti molto. Le ricordavano il rapporto che aveva con Amy, facevano un po' le sceme, tanta ironia, si divertivano fino a ridere a crepapelle.

"Ciao," disse Melody timidamente.

"Vieni qui a sederti tra di noi, siamo ansiose di conoscerti meglio!"

Melody distolse lo sguardo da Summer e si rivolse a Tex. Prima che potesse dirgli qualcosa, lui le si avvicinò e le sussurrò in un orecchio: "Va bene, Mel, io sarò di là con gli altri, se hai bisogno di me."

Melody annuì. "Va bene."

Prima ancora di rendersene conto, si ritrovò seduta tra altre sei donne, con Baby ai suoi piedi, ridendo e scherzando, raccontandosi storie sui loro uomini. In tutti quei racconti, Melody poté sentire l'amore nel tono di voce delle altre donne. Adoravano i rispettivi uomini, e si sentivano amate almeno altrettanto.

"Allora, Melody, raccontaci di Tex." La domanda provenne da Fiona.

"Cosa volete sapere?"

"Come vi siete conosciuti?"

"Beh, veramente l'ho incontrato di persona solo oggi."

"Wow! Che forte! Anch'io l'ho conosciuto solo questa mattina. Caroline lo aveva già incontrato, ma io e le altre no," disse Jessyka. "Ma quanto è *forte*, non è vero?"

Melody sorrise sentendo la voce di Jessyka piena di affetto. "Eh sì, proprio forte."

"Allora? Dai, racconta ogni dettaglio!" chiese Caroline, ammiccando maliziosamente.

"Ci siamo conosciuti online. Mi annoiavo, così una sera sono entrata in una di quelle chat. Lui mi ha mandato un messaggio e abbiamo cominciato a chattare." Melody si fermò e si fece seria, ricordandosi le storie difficili vissute dalle altre. "Era sempre molto preoccupato per voi. Fiona, un giorno l'ho contattato quando ti stava aiutando, era preoccupatissimo per te." Melody poi si rivolse verso Jessyka. "Poi mi ha raccontato di quando si era arrabbiato con te, Jess, ma anche molto orgoglioso di te perché ti sei messa in pericolo per salvare Benny. Anche tu sei fortunata di averlo." Smise di parlare per non scoppiare in lacrime. Normalmente non era di lacrima facile, ma lo stress degli ultimi mesi si stava facendo sentire.

Fiona si alzò dalla sedia e si avvicinò a Melody, inginocchiandosi davanti a lei, poi le mise le mani sulle ginocchia. "Vogliamo molto bene a Tex. Per noi è una persona importante, più di quanto possiamo esprimere a parole. Non sono parole scontate, siamo davvero tutti molto contenti che sia qui. Volevamo incontrarlo da un'eternità. Prenditi cura di lui anche da parte nostra."

"Io... noi... non stiamo insieme, almeno non in quel senso."

"A giudicare da come vi guardate a vicenda, lo sarete presto."

Melody non sapeva cosa dire. Continuò a guardare Fiona e le altre donne. Avevano tutte qualcosa in comune, stavano insieme a dei SEAL tutti d'un pezzo, disposti a dare la vita per le loro compagne. Melody avrebbe tanto voluto un rapporto come quelli. Fino a quel momento non se n'era mai resa conto, ma lo desiderava molto.

Quando gli uomini entrarono in salotto, le donne si voltarono tutte verso di loro. Melody vide la fronte di Tex segnata dalla tensione, camminava a fatica, era chiaramente in preda al dolore.

Ignorando tutte le altre che la circondavano, Melody si alzò e andò dritta da lui. Baby la seguì a ruota. Melody pensò velocemente, non voleva metterlo in imbarazzo davanti agli altri, così gli disse a voce abbastanza alta per farsi sentire da tutti: "Sono stanca, Tex."

Tex capì la mossa, capì che stava mentendo solo per aiutarlo, per farlo riposare il prima possibile, ma non glielo disse. Non gli dispiaceva l'idea di avere più tempo da solo con Mel, sapeva che le ragazze potevano andare avanti a chiacchierare anche tutta la notte, se ne avessero avuto l'occasione. Le parole di Melody furono come un segnale per tutti, le varie coppie si prepararono ad andarsene, poi vennero a salutare Tex, Melody, Caroline e Wolf.

Cheyenne abbracciò brevemente Melody e fece un passo in disparte per lasciar passare il suo compagno. Dude mise una mano sotto al mento di Melody e le sollevò la testa per costringerla a guardarlo negli occhi.

"Forse ancora non lo sai, ma sei riuscita a trovare l'uomo giusto. Tex farà tutto ciò che è in suo potere per tenerti al sicuro. Può fare miracoli al computer, è instancabile. Noi tutti ci affidiamo a lui, il governo si affida a lui, so per certo che anche vari uffici dei servizi segreti si affidano a lui. Ma soprattutto puoi fidarti di lui, Melody. Poi ci siamo noi, possiamo aiutare sia lui che te; quando devi affrontare un momento difficile, fidati sempre di Tex."

Melody poté solo annuire, mentre fissava negli occhi l'uomo che aveva davanti, che le aveva parlato con tanta intensità. Le aveva quasi dato un ordine, più che un consiglio, ma Mel si sentì quasi in dovere di concordare. Non fosse stato per Cheyenne in piedi vicino a lui, con una mano sul suo braccio e un sorriso enorme, probabilmente Melody si sarebbe preoccupata: quell'uomo aveva un modo di fare diverso dagli altri, era più... intraprendente. Non era quella la parola giusta per descrivere ciò che Melody provava, ma prima che potesse pensarci troppo, Dude si abbassò per darle un bacio sulla guancia, poi si allontanò per lasciare spazio anche agli altri, che si avvicinarono per salutare.

Tutti gli altri abbracciarono Melody, prima di andarsene, sempre rassicurandola che con Tex sarebbe stata al sicuro. Passò da un saluto all'altro finché non rimasero solo in quattro. Tex aveva ragione, i suoi amici amavano il contatto fisico, ma anche a Melody non dispiaceva. Erano tutti gesti di affetto, ovviamente erano tutti molto legati a Tex.

"Vi ho preparato la camera giù da basso. Melody, ho preso il cibo per Baby dalla macchina, lo trovi in camera. Anche i vostri bagagli sono giù da basso, nel seminterrato. Se vi serve qualcosa, potete chiamarci oppure se preferite fate come se foste a casa vostra e prendete ciò che volete. Tex sa già come funziona."

Tex annuì a Wolf. "Grazie mille, amico, lo apprezzo."

"Ci vediamo domattina."

Tex si girò e si avviò verso la porta del seminterrato. Baby si mise di nuovo al suo fianco e lo seguì giù dalle scale. Tex dovette staccarsi da Mel per scendere le scale, nel frattempo cercò di pensare rapidamente a come risolvere la situazione. Sapeva che il letto non era grande, una piazza e mezza, grande abbastanza per ospitare entrambi, ma forse Mel non era della stessa idea. Le aveva detto in macchina che Caroline probabilmente li avrebbe sistemati insieme nella stessa camera, nel seminterrato, ma tanti si sarebbero sentiti a disagio, in quella situazione strana... si erano appena incontrati e già dovevano dormire nello stesso letto. A Tex sembrava però di conoscere Melody cento volte meglio di tantissime altre donne con cui aveva dormito in passato.

Il problema che lo opprimeva di più era come gestire la sua protesi. Non voleva farle vedere il moncherino della gamba, ma non poteva certo dormire con la protesi addosso. La gamba gli faceva un male tremendo, doveva massaggiarla con la crema e farla respirare fuori dai vincoli della protesi.

"Se per te va bene, andrei prima io in bagno," disse Tex, cercando di sembrare naturale.

"Nessun problema." Melody lo guardò, mentre lui si avviava claudicante verso il bagnetto. Non era sicura di capire il suo stato d'animo. Diamine, lo conosceva a malapena, per forza non poteva capirlo al volo. Chattando al computer avevano trovato una forte intesa, ma di persona era diverso.

Melody si guardò intorno. C'era un letto in mezzo alla camera, una cassettiera contro al muro, in un angolo c'era un cucinotto con un piccolo frigo e un lavandino. Sul bancone della cucina c'era la macchina del caffè, poi un tavolino con due sedie infilate sotto.

Pensò che probabilmente avrebbe dovuto chiedere a Caroline di dormire in un'altra stanza. Dormire nello stesso letto con Tex, dopo averlo incontrato solo qualche ora prima, era pazzesco. Ma dopo tanto tempo in fuga, senza alcuna certezza, finalmente si sentiva sicura, quindi non le importava più di tanto. Conosceva Tex, sapeva che era anche lui un SEAL bello tosto, un uomo in grado di far del male in un'infinità di modi diversi, ma ne conosceva anche le incertezze. Avrebbe fatto di tutto per farla sentire a suo agio, non le avrebbe mai fatto del male. Forse la sua convinzione la rendeva un po' naïf, ma dopo aver incontrato Wolf e gli altri SEAL, che ovviamente rispettavano e ammiravano Tex, dopo aver ascoltato la voce delle donne che lui aveva contribuito a salvare, Melody sapeva di essere al sicuro, sapeva di non voler essere altrove, se non al suo fianco.

Così si voltò verso la porta del bagno e piegò la testa di lato. Cosa passava per la testa di Tex? Baby saltò sul letto e fece qualche giro su se stessa. Melody sorrise: chiaramente il cane era già stato su quel letto.

Poi Melody sentì la porta del bagno aprirsi dietro di

lei e si voltò. Tex uscì con indosso una maglietta mezza strappata e un paio di pantaloncini comodi sotto al ginocchio, che lui aveva abbassato in vita. Melody fu sbalordita. Ricordava di aver pensato che non le importava, se Tex era sovrappeso, non le importava del suo aspetto esteriore, ma lui era davvero affascinante. Qualunque donna l'avesse respinto solo per il problema alla gamba era chiaramente una pazza.

"Bagno libero, tutto tuo. Fai con comodo."

Melody guardò Tex un po' perplessa. Ripensò al carattere che aveva conosciuto, a ciò che sapeva di lui... c'era qualcosa di strano. Ci pensò un po' meglio e così capì.

"Non devi sentirti in imbarazzo per la tua gamba, con me."

Tex si bloccò e si girò verso di lei, senza dire una parola.

"Davvero. Mi ricordo che mi dicevi quanto ti faceva male la gamba, quando indossavi la protesi tutto il giorno. Mi hai detto che la dovevi massaggiare per alleviare il dolore. So che ti vengono dei dolori immaginari anche alla parte mancante, Tex, me l'hai detto tu. Lo vedo che ti fa male, per favore, non sentirti in imbarazzo con me."

"Non è un bel vedere, Mel."

"Non mi aspetto certo che lo sia."

Tex guardò Mel, era combattuto, non sapeva bene cosa fare. Non voleva farle vedere la gamba, anzi, era proprio ciò che cercava di evitare. Voleva fare una buona impressione, dare una buona immagine di sé, non credeva di poterlo fare mostrandole una gamba martoriata. Odiava quella sensazione di disagio, nascondersi era l'opposto del suo carattere, eppure era proprio così che si sentiva.

"Fidati di me. Io sto mettendo la mia vita nelle tue mani. Fidati, non ti deluderò," gli sussurrò Melody, senza muoversi. Quando lo vide annuire, cercando di affrontare la cosa in modo molto pratico, gli disse: "Va bene, allora, togliti quei pantaloni e mettiti a letto, però non togliertela ancora. Voglio vedere come funziona."

"Adesso chi è che vuole comandare?"

Tex parlò col sorriso sulle labbra, ma Melody vide che i suoi occhi non erano sereni. Non gli fece pressione, si voltò e andò in bagno, lasciandogli del tempo per mettersi a suo agio senza lei intorno che lo osservava. Melody si sbrigò nella sua routine serale, contenta che Wolf avesse già pensato di portare da basso la sua borsa; poi tornò in camera. Si era messa una maglietta lunga e un paio di pantaloncini comodi corti.

Tex aveva abbassato le luci ed era seduto sul letto, sostenuto dai cuscini che si era messo dietro la schiena. Si era tolto i pantaloni ed era rimasto coi boxer. Melody si avvicinò al letto e ci salì.

"Santo cielo, Tex, lo so che sei nervosissimo e che davvero, *proprio* non vuoi condividere questo momento con me, ma ti dico che sei un bel cazzo di bocconcino. Dico davvero."

"Mel..."

"No, Tex. Ma guardati." Melody squadrò l'uomo sdraiato davanti a lei. "Io in confronto sono completamente fuori forma. Vorrei tanto avere la vista ai raggi X perché scommetto che sotto quella maglietta c'è una tartaruga di addominali ben scolpiti. Hai dei muscoli pazzeschi alle braccia, e le gambe! Cavolo, non riuscirò mai più a guardare un paio di boxer senza pensare a questo momento. Ti sei sempre preoccupato di come può reagire una donna vedendo la tua gamba? Ti dico chiaramente che non interessa a nessuna. Sono tutte troppo impegnate a guardare tutto il resto, da quanto sei beeellooo."

Tex scoppiò a ridere. Aveva paura che Mel fosse disgustata, alla vista della sua gamba. Avrebbe dovuto arrivarci prima. Quelle parole gli fecero tornare una parte dell'autostima che aveva lentamente perso negli anni, dopo l'infortunio. "Mel, guardami."

Melody gli fece un cenno con la mano, rifiutando di distogliere lo sguardo dal suo corpo. "Scusa, ora sono occupata." Gli parlò sorridendo, ma continuò a squadrarlo.

Tex prese con la mano il mento di Mel e le fece girare gentilmente la testa per guardarla negli occhi. "Grazie, Mel. Comunque ti sbagli. Tu per me sei perfettamente in forma."

"Ma no, non è vero, ma va bene lo stesso."

Quando lei fece per girare la testa da un'altra parte, lui strinse leggermente la presa sul mento, impedendoglielo. "No, guardami. Vuoi sapere cosa ho pensato, la prima volta che ti ho vista, in piedi nella tua camera d'albergo?"

"Non direi."

Tex ignorò quel commento e proseguì. "Ho pensato che non mi meravigliava il fatto che qualcuno diventasse ossessionato da te. Lo so che era pensiero orribile, una stupidaggine, ma comunque è vero."

Melody guardò Tex sbalordita, le labbra le tremavano per la confusione.

"Sì, tu sei bella."

"Non è vero."

"Va bene, per me non sei solo bella, sei meravigliosa. Hai un corpo perfetto."

"Ma se non mi hai nemmeno vista, Tex. Sono tutt'altro che meravigliosa."

"Ti sbagli, io ti ho vista bene. Hai detto che non riuscirai mai più a guardare un paio di boxer senza pensare a questo momento? Lo stesso vale per me. Sei sinuosa e seducente. Agli uomini piace un fisico come il tuo. È proprio quello che *vogliono*. In televisione si vedono sempre delle donne stecchino, ci vogliono far credere che sia quello l'ideale di donna, ma la verità è proprio l'opposto. Sono curve come le tue che fanno impazzire. So che probabilmente tu non te ne rendi conto, queste cose sono sempre difficili da capire, per una donna, ma davvero, Mel, a noi uomini non piacciono le donne pelle e ossa, le donne mascoline vanno forte solo sulle riviste di moda, ma è molto più bello essere abbracciati da una donna con la pelle morbida, senza troppi muscoli o senza ossa sporgenti. A noi piace la donna morbida, Mel. A *me* piace la donna morbida."

Melody si accorse che stava respirando in modo affannato, non riusciva a togliere gli occhi di dosso a Tex. Quelle parole la stavano confortando come una coperta calda, appena asciugata al sole.

"Se dopo avermi visto, tutto intero, ti interesso ancora, Mel, sappi che sono tutto tuo. A me, tu piaci. Ti ho conosciuta negli ultimi mesi e mi piace cos'ho scoperto di te. Dopo averti vista, dopo aver sentito la chimica che c'è tra noi? Assolutamente perfetta. Sì, ti voglio."

"Ci conosciamo solo da un giorno," gli sussurrò Melody, incerta; quasi stentava a credere persino alle proprie parole.

"Non è solo da un giorno, lo sai bene. Abbiamo cominciato a conoscerci sei mesi fa. Io non sono il tipo di uomo che chatta normalmente con una donna qualunque ogni giorno per sei mesi, Mel. Magari un paio di giorni, ma non sei mesi. Ci saremo anche *incontrati* di persona oggi, per la prima volta, ma ti conosco da mezzo anno. Pensi che sarei venuto a cercarti, se non ci fosse stato un legame speciale?"

"Forse sì. Sei un SEAL, Tex. È il vostro mestiere."

"Ma va là, dai! Una volta, sì, un tempo salvavo persone per mestiere, ma adesso sono congedato. Non ho mollato tutto all'improvviso, non ho attraversato il paese in macchina per andare a cercare una persona scomparsa qualunque. Dal secondo stesso in cui *tu* hai cancellato il tuo account online, ho cominciato a cercare il modo di trovarti."

Tex tolse la mano dal mento di Melody e indicò la propria gamba, come per cambiare argomento, come per darle l'ok per proseguire.

Senza fiatare, col cervello pieno delle parole che le aveva detto Tex, Mel portò la sua attenzione alla gamba mutilata. Cercando di nascondere quanto quelle parole l'avessero confusa, emozionata e anche eccitata, si spicciò a dire: "Va bene, fammi vedere come funziona."

"Allora, la mia è stata una amputazione transfemorale, cioè appena sopra il ginocchio. La protesi rimane inserita sotto vuoto per aspirazione, come una ventosa, quindi non servono altri accessori di sospensione per tenerla a posto. Si adatta perfettamente a ciò che è rimasto della gamba e c'è una guarnizione ermetica che le impedisce di scivolare."

"Come fai a staccare la ventosa per togliertela?"

"La superficie di contatto è a guarnizione interna, crea un'unione forte ed ermetica che permette alla gamba di aderire bene, c'è un pulsante, basta premere e la guarnizione si stacca."

Melody non riuscì a trattenere una risatina che le sfuggì, insieme al commento non del tutto appropriato che le venne da dire: "Hai un pulsante magico."

Tex fece un gran sorriso... santo cielo, quanto era carino. Tex non riuscì a trattenere il commento allusivo che gli venne in mente: "Eh già, Mel, adesso abbiamo entrambi il nostro pulsante magico." Lei arrossì, come si aspettava lui, poi Tex rise, ma tornò subito serio, sapendo cosa le stava per mostrare. "Non è un bello spettacolo. Mel, se proprio devi guardare, sarà meglio procedere."

Melody allungò una mano per premere il pulsante che Tex le aveva indicato. La tenuta ermetica fu interrotta e la protesi si staccò, rimanendole in mano.

Melody si mosse in fretta per non tenerlo troppo in imbarazzo, in quel momento. Sollevò la protesi e si abbassò di lato per posarla sul pavimento vicino al letto. Poi tornò a girarsi verso Tex, che nel frattempo si stava tirando su la gamba del pantalone che nascondeva l'aggancio della protesi.

Le aveva detto la verità, la pelle in quel punto non era affatto bella, era rossa e gonfia, Melody sussultò, immaginando le difficoltà con cui Tex doveva sempre convivere.

"Cacchio, Tex, ti deve fare un male cane. Hai una crema da metterci, qualcosa per alleviare il dolore?"

"Sì, la devo spalmare ogni sera, ma in questi ultimi giorni non me la sono tolta spesso."

"Dov'è la crema?"

Senza aggiungere altro, Tex si allungò verso il comodino e afferrò una bottiglietta che Melody non aveva visto. Doveva averla preparata mentre lei era in bagno.

Melody gliela prese dalle mani e si spremette una bella dose di crema all'eucalipto sui palmi, poi si abbassò sulla gamba di Tex.

Lui le afferrò il polso prima ancora che lei potesse toccarlo. "Non devi farlo, posso farlo da solo."

"Ma voglio farlo, per favore."

Tex allora appoggiò la schiena ai cuscini, chiuse gli occhi e si abbandonò alla sensazione del momento.

## CAPITOLO SEI

MELODY SI RIFIUTÒ di lasciarsi andare al pianto. Guardò Tex che si sdraiava e chiudeva gli occhi. Poi tornò a guardare ciò che era rimasto della sua gamba. Dove era stata fatta l'amputazione c'erano grosse cicatrici, aveva davvero un aspetto terribile, le veniva male solo a guardare. Si strofinò le mani per scaldare la crema prima di iniziare a trattare la gamba di Tex.

Poi cominciò a massaggiare il moncherino, strofinando la crema e facendo in modo di spalmarla in ogni punto. Arrivò fino alla parte alta della coscia, cercando di far distendere i muscoli irritati. Quando ebbe finito, si alzò dal letto.

Andò in bagno a lavarsi le mani, poi tornò nella stanza. Tex si era messo sotto le coperte. Melody spense la luce sul comodino e salì sul letto. Rimase così sdraiata per qualche momento. Sapeva che Tex era un gentiluomo e non avrebbe fatto alcuna mossa per approcciarla, in quell'occasione.

Così si girò sul fianco e si avvicinò al lato del letto dov'era sdraiato lui. Gli mise un braccio sul petto e gli appoggiò la testa su una spalla, un gesto che le venne naturale, come se lo avesse fatto già da molte sere.

"Grazie," gli sussurrò.

Tex si girò fino a poter mettere un braccio sulla spalla di Mel e le rispose sussurrando: "No, grazie *a te*."

Melody rimase a lungo sdraiata in quella posizione ad ascoltare il respiro lento di Tex che pian piano prendeva il ritmo del sonno. Quando capì che si era addormentato, finalmente si lasciò andare alle lacrime. Pianse in silenzio per il soldato coraggioso che Tex era stato e per il dolore e le difficoltà che ora era costretto ad affrontare ogni giorno. Da quanto le aveva confidato nelle loro numerose chiacchierate online, si capiva che era ancora molto sensibile nell'affrontare la propria disabilità, odiava attirare l'attenzione su quell'aspetto del suo corpo. Melody sapeva anche che quella gamba gli faceva molto male.

Quando finalmente le lacrime furono sfogate, Melody si accoccolò meglio al fianco di Tex; sospirò serenamente, quando sentì che lui la stringeva per un momento col braccio, per poi mormorare nel dormiveglia, senza svegliarsi, anche se non del tutto addormentato.

"Dormi, Mel."

"Va bene," gli rispose sussurrando. Melody chiuse gli

occhi e si addormentò in pochi attimi. Era la prima volta da tantissimo tempo che si addormentava sentendosi al sicuro.

Il mattino dopo, Melody si stiracchiò nel letto, dopo essersi svegliata sentendo Caroline che dal piano di sopra, vicino alle scale, chiamava: "Buongiorno!"

Si guardò intorno e vide che lei e Tex avevano spostato le coperte tutte da una parte, durante la notte, probabilmente perché i loro due corpi messi insieme si scaldavano a sufficienza, senza bisogno di troppe lenzuola; così Tex aveva la gamba esposta. Melody vide lo sguardo di panico sul volto di Tex, che temeva che Caroline scendesse e lo vedesse senza la protesi. Senza stare troppo a pensarci, per proteggere Tex, Melody si allungò per prendere una coperta e la tirò sul letto per coprire entrambi fino alla vita, proprio quando Caroline fece capolino dall'angolo della stanza.

"Buondì, voi due! Pensavo vi avrebbe fatto piacere svegliarvi presto stamattina, quindi eccomi qua, sono la vostra sveglia. Quando siete pronti potete venire di sopra, vi sto preparando la colazione. Non cincischiate troppo." Poi sparì e si avviò su per le scale.

Senza guardare Tex, Melody fece per scendere dal letto quando sentì la mano di Tex sul braccio. Fece un cenno verso il bagno dicendo: "Devo solo andare…"

Ma non riuscì a terminare la frase, perché lui la tirò per il braccio fino a farla sdraiare di nuovo sul letto, per poi incombere su di lei. "Perché l'hai fatto?"

Melody capì al volo cosa intendeva chiederle Tex e

rispose in tutta onestà: "Perché so che ti senti in imbarazzo a far vedere la tua gamba a qualcuno." Melody era irrequieta, Tex continuava a osservarla. "Vuoi che..."

"Shh."

Tex non aggiunse altro, ma continuò a osservarla, così Melody provò di nuovo: "Tex, io..."

"Non ti sei schifata; ti ho guardata, ieri sera, hai visto la mia gamba e non hai fatto una piega. Mi hai massaggiato la gamba, mi hai spalmato la crema sulla coscia, però hai impedito ad Ice di vederla. Tu, bella come sei, ti sei appoggiata al mio petto ieri sera, sei dolce e un po' introversa. Ti ho detto che se potevi reggere la vista della mia gamba, sarei stato tuo, se mi volevi. Ora te lo posso dire, Mel: sono tuo."

Melody cercò di nuovo di parlare. "Tex..."

Lui la interruppe nuovamente. "Non mi sono mai fidato di altri, solo i medici hanno visto e medicato la mia gamba, dall'incidente. Nemmeno gli altri della squadra. Nessuno. Solo tu."

"Ma la smetti di interrompermi?!" Melody sbuffò, mezza irritata, ma segretamente contenta che Tex le avesse permesso di vedere la gamba, pur non avendola mai mostrata a nessuno dei suoi amici.

Tex le fece un gran sorriso e si scusò, anche se non con troppa convinzione: "Scusa."

"Non so proprio perché sei così in difficoltà con la tua gamba. Sì, si vede che ti fa male. Sì, hai una camminata un po' difficoltosa. Sì, non è il massimo dello spettacolo, ma tu, Tex... tu sei meraviglioso. Sei molto di più di una gamba. A me piaci, mi piacevi già da prima di incontrarti. Mentre ero in fuga e mi nascondevo, non sono rimasta in contatto con nessun altro. Solo con te. Mi è dispiaciuto tantissimo non farmi più sentire, sparire da quella chat. Ma il motivo non era *affatto* la tua gamba. L'ho fatto *per te*. Ai tuoi amici non interessa della tua gamba, non ti trattano con compassione, non pensano male di te. Ti vogliono molto bene. Però mi metti in confusione, proprio tanto. Un minuto vorrei prenderti a schiaffi, quello dopo vorrei baciarti. A volte dici delle cose che non capisco, non so cosa vuoi dire, quando dici che sei mio."

Sempre sorridendo a quell'adorabile sfogo, Tex le rispose: "Significa quello che vuoi, Mel. Abbiamo molta strada da fare, dobbiamo capire chi è che ti perseguita. Devi riprendere le redini della tua vita, ma io spero che tra una cosa e l'altra potremo trovare il tempo di conoscerci ancora meglio, nella vita reale, non solo al computer. A un certo punto spero che tu possa decidere se *vuoi* che sia tuo."

"Va bene, Tex." Melody capì di essere disposta a dire qualunque cosa, pur di avere un secondo per sé, per pensare a quanto Tex le aveva appena detto.

Vedendola confusa, commosso per lo smarrimento che le vedeva in volto, Tex le disse: "Va bene, Mel. Dai, preparati. Fai prima tu la doccia."

"Hai bisogno di aiuto con..."

Come al solito, Tex la interruppe con un briciolo di

sarcasmo: "Ci penso io. Ormai mi sono abituato, lo faccio già da un po'."

"Ma adesso ci sono io. Posso aiutarti. Anzi, *voglio* aiutarti."

"Non oggi. Ieri sera è stato già abbastanza difficile, per me, lascia che mi abitui."

Melody scosse la testa. "Va bene, ma se diventerai mio, devi lasciare che ti aiuti, prima o poi."

"D'accordo."

"Dico sul serio, devi... un momento... che c'è?"

"C'è che adesso ti bacio, prima di farti andare in doccia."

Il cervello di Melody si spense all'improvviso. Tex cambiava argomento così rapidamente che lei faceva fatica a tenergli dietro, ma... un bacio? Aveva visto quel bacio in sogno più volte, da quando lo aveva incontrato nella camera d'albergo, cavolo, veramente anche prima, ma non si aspettava che lui la baciasse *davvero*. Non l'avrebbe mai ammesso nemmeno sotto tortura, ma era andata a dormire più di una volta sognando a occhi aperti quell'uomo meraviglioso con cui chattava online.

"Mi hai sentito, Mel?"

"Ehm... sì."

Tex sorrise. "Cazzo se sei bella, quando sei persa." Poi le si avvicinò e appoggiò la bocca a quella di lei. Immaginava di doverla baciare leggermente, in modo dolce, ma lui non si sentiva dolce e leggero, in quel momento. Si sentiva esposto, crudo; la chimica che fermentava tra loro dal giorno prima esplose nel momento stesso in cui le loro labbra si toccarono.

Melody inclinò la testa per migliorare l'angolo del bacio, poi con le mani si aggrappò ai suoi fianchi. Tex infilò la lingua nella bocca di Melody e la assaporò, leccandole le labbra e poi affondandola di nuovo in bocca, ricreando con la lingua i movimenti di quando avrebbero fatto l'amore, perché sapeva che prima o poi sarebbero andati oltre, non limitandosi a dormire insieme, nello stesso letto.

Tex si sentì quasi perso, quando Melody gli catturò la lingua con le labbra, succhiandola, per poi accarezzarla con la propria lingua. Poi alzò la testa e la guardò.

"Cacchio, che donna."

Melody gli sorrise e si leccò le labbra. Poi distese le mani e le fece scorrere su e giù ai suoi fianchi, lentamente. "È stato... sì... beh... wow."

La bocca di Tex accennò un sorriso malizioso. "Eh già. Wow. Grazie per la cura con cui ti occupi di me."

"Non c'è di che."

Tex poi si spostò sul letto e si mise seduto, dicendo: "Ora vai in doccia. Intanto che ti prepari, io porto fuori Baby."

Melody si mise a ridere, si era completamente dimenticata del cane; Baby era ancora appallottolata ai piedi del letto e li guardava. "Va bene, Tex, come preferisci." Poi si alzò, regalò a Baby un bacino sul muso e si incamminò verso il bagno, riuscendo a non guardarsi alle spalle per vedere l'uomo super sexy seduto sul letto.

# CAPITOLO SETTE

"TI VA DI FARE UN GIOCO?" chiese Melody a Tex. Era passato un giorno da quando avevano lasciato la California e lei si stava annoiando. Il primo giorno era stato molto emozionante, anche perché era stato molto diverso dal solito. Quando era fuggita dalla Pennsylvania, aveva noleggiato una macchina pagando in contanti, con i soldi che aveva prelevato dal conto corrente, per poi attraversare il paese guidando; ma ormai era tutto diverso. Non aveva più paura, quasi sempre guidava Tex, quindi poteva guardare i paesaggi sempre mutevoli che attraversavano.

La prima notte del viaggio, si erano fermati da qualche parte, nella zona est del New Mexico. Melody pensava che la prima fermata sarebbe stata imbarazzante, ma Tex aveva reso tutto più semplice di quanto lei si immaginasse.

Le aveva chiesto di rimanere in macchina mentre lui

effettuava i *check-in*, dicendole che, anche se pernottare nella stessa stanza poteva sembrarle strano, non la voleva lasciare da sola, neppure nella porta accanto. Melody si era detta d'accordo senza alcuna riserva; in fondo non erano più estranei e avevano già dormito insieme, la notte prima, abbracciati. E poi si sentiva al sicuro con Tex. Non voleva rimanere in camera da sola, voleva stare con lui.

Tex aveva prenotato una camera con due letti separati, non voleva spingere Mel in una situazione per la quale lei poteva non sentirsi pronta; ma al momento di andare a dormire, lei gli aveva chiesto di dormire nello stesso letto. Lui aveva accettato, poi lei gli aveva di nuovo massaggiato la gamba, spalmandogli la crema, infine si erano sdraiati nel letto abbracciati.

Proprio quando Melody stava per addormentarsi, Tex le aveva detto sottovoce: "Odio viaggiare." Lei si era ridestata all'istante.

"Perché?"

"Perché senza la mia protesi sono vulnerabile. Se succede qualcosa nel bel mezzo della notte, non posso reagire subito, saltar fuori dal letto come facevo una volta. Se qualcuno bussa alla porta, se qualcuno cerca di fare irruzione, se scoppia un incendio, qualunque cosa... io sono bloccato a letto devo prima calzare la protesi... è una rottura."

Melody non sapeva bene cosa dire. Non ci aveva mai pensato, ma dopo averlo ascoltato, non era più riuscita a togliersi dalla testa quelle immagini. "Sei l'uomo meno vulnerabile che abbia mai incontrato." Aveva cercato di mettere nella sua voce tutta la convinzione possibile.

"Non devi dirmi..."

Melody lo aveva interrotto: "No, dico davvero." Poi aveva sentito del movimento sotto la guancia, così aveva alzato la testa e lo aveva visto ridere.

"Non sai nemmeno cosa stavo per dire."

"Non mi importa. Qualunque cosa stavi per dire, era una cavolata. Penso che saresti in grado di spezzare le ossa a chiunque volesse fare irruzione in questa stanza. In pochi balzi sei in grado di raggiungere la porta, di uscire e di scappare da qualunque incendio. Se qualcuno bussa, posso aiutarti a indossare la protesi prima ancora che chiunque possa aprire bocca. Anzi..." Melody si era tirata su nel letto e si era messa faccia a faccia con Tex, nella stanza buia. "Scommetto che ti sei allenato a indossarla più veloce che potevi... non è vero?"

Sentendo che lui sghignazzava sornione, Melody aveva sorriso e con le mani aveva cominciato a fargli il solletico ai fianchi. "Quanto ci metti? Quanto sei veloce? Dimmi il tuo record!"

Lui di scatto si era girato e le aveva preso entrambe le mani con una delle sue, mettendogliele sopra la testa e facendola urlare dalla sorpresa.

"Ecco, io che volevo fare il sentimentale e tu hai rovinato tutto." Aveva parlato col sorriso sulle labbra, facendole l'occhiolino, con tono scherzoso, ma Melody si era subito innervosita.

"Davvero, Tex, mi dispiace che tu ti senta così, ma

se dovessi scegliere tra tutti i tuoi amici, se dovessi decidere chi voglio avere qui, in camera con me, sceglierei sempre e soltanto te. Sei *tu* che mi fai sentire al sicuro. Due gambe, un braccio, niente gambe, niente braccia... scelgo sempre e comunque te."

Senza dire una parola, Tex le si era avvicinato e l'aveva baciata con grande passione, cercando di trasmetterle tutte le emozioni che non sapeva come esprimere a parole. Per lui, sentire quella fiducia significava tutto. Dopo l'operazione, si era sempre sentito in soggezione rispetto ai suoi amici SEAL. Melody, con quelle parole sentite, gli aveva fatto tornare tutta l'autostima di cui aveva bisogno.

Tex non si era sentito di portare avanti troppo quel bacio, trasformandolo in qualcosa di più, gli sembrava troppo presto, così si era girato e si era messo di nuovo nella posizione di prima. Baby non si era mossa per tutto il tempo; dormiva, russava leggermente, appallottolata in fondo al letto.

Così si erano sistemati per dormire, ma quando Melody stava per riaddormentarsi, aveva sentito Tex sussurrare: "Ventitré secondi."

Così aveva sorriso, si era voltata e lo aveva baciato sul petto, riappoggiando poi la guancia sul cuscino, senza dire una parola. L'istinto le aveva detto che senz'altro lui si era esercitato per indossare la protesi in poco tempo.

Ormai stavano viaggiando da circa quattro ore,

doveva essere una lunga giornata in macchina, Melody si stava annoiando.

"Che tipo di gioco avevi in mente?" le chiese Tex, guardandola di sfuggita.

"Beh, non è proprio un gioco, è più un modo per scambiarci delle informazioni. Io ti dico qualcosa di interessante su di me, poi tu ricambi."

Aspettandosi qualche tipo di obiezione, Melody fu sorpresa di sentire che Tex accettò immediatamente. "Ma certo, comincia tu."

Melody guardò Baby che dormiva, tra i due sedili anteriori. Era un'eccellente compagna di viaggio. Non aveva mai viaggiato con lei in macchina per così tanto tempo, ma non fu una sorpresa: Baby era sempre stata molto tranquilla, a cuccia, sempre desiderosa di accontentarla. Probabilmente era stata influenzata da quanto le era successo prima che venisse portata al canile. Melody le passò una mano sul muso e sulla schiena. Baby non si mosse, si lasciò sfuggire solo qualche gemito nel sonno, facendo sorridere Melody.

"Da ragazzina mi piacevano i gatti. I miei genitori avevano dei gatti, io ho sempre pensato che crescendo avrei avuto anch'io la casa piena di gatti."

"Poi cosa è successo?"

"Poi ho cominciato a essere troppo impegnata, non mi sembrava giusto lasciare a casa da soli degli animali, se stavo sempre in giro per lavoro. Quando però ho visto Baby online, sul sito del canile, ho letto che la dovevano sopprimere il giorno dopo se nessuno la prendeva... L'espressione del suo muso mi ha toccata nel cuore e sono andata subito al canile."

"È stata fortunata."

"No," ribatté Melody. "Sono stata io la fortunata. È il cane migliore che potessi chiedere, quando l'ho dovuta lasciare in Pennsylvania per scappare, mi piangeva il cuore, ma ho dovuto farlo perché sapevo che il mio stalker poteva farle del male, persino ucciderla. Non so cosa farei senza di lei."

Dopo un momento di silenzio, Melody pungolò Tex: "Tocca a te."

"C'è mancato poco che non ti mandassi alcun messaggio, la prima sera."

"Davvero? Come mai hai cambiato idea?"

"Beh, c'era una a cui ho mandato un messaggio, prima di te, si chiamava Busty Betty. Ma lei non ha risposto."

"Quindi sono stata un ripiego?" Melody guardò Tex e vide che faceva fatica a trattenere un sorriso. Così lo colpì sul braccio con uno schiaffo. "Che stronzo. È una balla, vero?"

Tex non riuscì più a trattenersi e si mise a ridere sonoramente. "Sì, cioè, è vero che quasi non ti mandavo il messaggio, ma qualcosa mi ha convinto che ne valeva la pena."

"Ed è stato così?"

"Diamine, certo che sì. Cavolo, la decisione migliore di tutta la mia vita." Tex guardò Mel per farle capire che diceva sul serio.

"Sono contenta di quella decisione."

"Anch'io. Va bene, tocca di nuovo a te."

"Ho il secondo dito del piede più lungo dell'alluce."

Tex si fece un'altra grassa risata. Non si era reso conto di quanto poco aveva riso, prima che Mel entrasse nella sua vita.. "Mi sa che dovrò controllare personalmente." Poi ci pensò un momento e decise come proseguire nel loro gioco. "Non sopporto le banane."

"Le banane?"

"Sì, è strano, vero? Non so se è la consistenza che hanno, o per qualche altro motivo, però proprio non riesco a mandarle giù."

"E delle caramelle alla banana?" chiese Melody incuriosita.

"Niente da fare."

"Che strambo."

"Ehi!"

Melody rise. "Scusa, ma è così." Poi pensò a cosa dire, per proseguire nel gioco. "La mia mania segreta è guardare COPS[1]."

"Ti prego, dimmi che non è vero."

Ridacchiando, Melody ammise: "No no, è vero. L'adoro. A volte le persone si comportano come dei perfetti idioti, mi piace soprattutto quando i poliziotti si mettono a ridere per quello che fanno i criminali."

"Devo confessarti qualcosa," le disse Tex.

"Ah sì?"

"Non ho mai visto un solo episodio di COPS."

"Oh santo cielo! Stasera appena arriviamo in albergo ne troviamo subito uno in televisione."

Tex guardò Mel e sorrise. Era davvero una persona divertente. Se ne era già accorto dalle loro chat online, ma non si aspettava che fosse almeno altrettanto pimpante anche di persona.

Il resto del viaggio trascorse abbastanza rapidamente. Si scambiarono informazioni a turno, parlando delle loro vite. Melody si accorse di aver riso di più nelle ultime ore che negli ultimi anni.

Si fermarono qualche volta per mangiare e per lasciare che Baby si sgranchisse le gambe; quando arrivarono all'hotel in cui avrebbero passato la notte, a Melody sembrava di conoscere Tex da sempre. Faceva già scuro, quando parcheggiarono davanti all'albergo, Melody era sfinita. Era incredibile, quanto ci si potesse stancare a star seduti in macchina tutto il giorno. Notò che Tex si stava massaggiando la coscia.

"Vuoi che vada io dentro a prendere la camera?" Melody non voleva che Tex si sentisse a disagio, voleva solo rendersi utile.

"No. Preferirei andarci io. Così sarai più tranquilla, in macchina sei al sicuro, mentre vado a fare il *check-in*; però la gamba mi sta uccidendo, mi fa incazzare, probabilmente è meglio davvero se ci vai tu. Non penso che siamo in pericolo, nessuno ci ha seguiti e siamo in mezzo al nulla... però mi dà un fastidio tremendo dovertelo chiedere. Ti dispiace?"

Ignorando l'evidente frustrazione di Tex, Melody gli

rispose con calma: "Se mi dispiacesse non te l'avrei chiesto." Melody fu sorpresa di vedere che Tex accettò la sua offerta, specialmente sapendo quanto era importante per lui occuparsi di lei, sentirsi responsabile.

Lui si piegò di lato per tirar fuori il portafogli, poi le passò due banconote da cento senza dire una parola.

Melody sapeva bene che era inutile mettersi a discutere, ma pensò che l'avrebbe ripagato, prima o poi, così prese i soldi. "Torno subito." Poi grattò la testa di Baby e le disse: "Fai la brava, torno subito." Baby le leccò la mano e poi si girò subito, mettendo il muso sulle gambe di Tex. Melody sorrise, scosse la testa, uscì e chiuse la portiera della macchina.

Uscì dall'hotel dopo cinque minuti e riaprì la portiera. "Andiamo, possiamo usare la porta sul retro, ho preso una camera al piano terra, così è più comodo per Baby."

Tex avviò il motore e seguì le sue indicazioni. Il parcheggio era quasi vuoto. Scesero dalla macchina, Melody tenne Baby al guinzaglio, mentre Tex portava le borse.

Melody usò la carta magnetica ricevuta alla reception per entrare nell'edificio e fece strada per arrivare in camera. Aprì la porta e Baby trotterellò in camera come se non avesse altro a cui pensare.

Melody le staccò il guinzaglio dal collare e si girò verso Tex. "Prendo le borse, tu vai a cambiarti. Do a Baby dell'acqua."

Tex appoggiò la propria borsa per terra e porse a

Mel la sua. "Mi sembra di perdere qualche colpo, altro che maschio alfa..."

"Cosa intendi?"

Tex si passò una mano nei capelli e spiegò: "Dovrei essere io a dire *a te* di andarti a rilassare. Dovrei essere io a occuparmi di Baby... non sto facendo un buon lavoro, nel prendermi cura di te, finora."

"Fesserie," gli rispose Melody, appoggiandogli una mano sul braccio. "Non ho più diciott'anni. Mi sono occupata di me stessa e di Baby per molto tempo. Mi stai aiutando molto più di quanto credi. Sei venuto a cercarmi, mi hai trovata... avevo una paura folle, ho ancora paura che lo stalker si presenti alle mie spalle attaccandomi. Ma con te al mio fianco... mi sembra di avere una possibilità, di poter lottare. So che sei in preda al dolore, mi dispiace tantissimo. Quindi se anche ti dico di andarti a cambiare, di riposarti a gambe in su... cioè, a gamba in su... non vuol dire che dovrai rinunciare al tuo patentino di maschio, va bene?"

Tex le si avvicinò con passo incerto e le si appoggiò dietro la schiena. Poi la fece avvicinare e le appoggiò le labbra sulla fronte. "Grazie."

Melody mise le mani sui fianchi di Tex, gli si avvicinò e gli chiese: "Per cosa?"

"Perché sei una fantastica compagna di viaggio, perché ti fidi di me, perché lasci che ti porti a casa, perché sai che sono pronto a tutto, pur di buttarmi a letto e togliermi questa gamba."

Non sapendo bene cosa dire, Melody rispose con un semplice "prego."

Tex alzò la testa, la guardò negli occhi, le si avvicinò e la baciò; fu un bacio deciso, le passò la lingua sul labbro inferiore, ma poi si tirò indietro, senza lasciarle il tempo di approfondire il bacio. "Vai a vedere se riesci a trovare un episodio di COPS. Io torno subito."

Melody guardò Tex che si girava per andare in bagno. Rimase lì in piedi per un altro momento, finché sentì l'acqua scorrere nel lavandino del bagno. Poi scosse la testa, si tolse le scarpe e si avviò verso la cassettiera. Ci appoggiò la sua borsa e cominciò a rovistare per trovare una maglietta pulita da indossare la notte e un altro paio di boxer. Poi frugò in una borsina e tirò fuori la ciotola di Baby, che riempì di acqua dal lavandino del cucinotto. Mise la ciotola a terra e accese il televisore. Rimase in piedi in mezzo alla stanza a fare zapping tra i canali.

Quando Tex uscì dal bagno, la trovò ancora lì in piedi. "Non riesco a trovarlo," gli disse, con voce scherzosamente affranta.

"Fa lo stesso. Non credo che riusciremmo comunque a stare svegli per guardare la TV."

"Non pensare di cavartela così. Ormai la mia vita sarà dedicata a farti conoscere il miglior spettacolo che danno in televisione ai giorni nostri."

Tex scosse la testa. "Santo cielo, come sei carina. Dai, tocca a te andare in bagno."

"Lascia stare la gamba, ci penso io quando esco."

"Va bene."

"Guarda che dico sul serio, Tex."

Tex sorrise. Lei lo capiva sempre al volo. "Va bene, allora ti aspetto."

"Grazie. Mettiti comodo, faccio presto."

Tex si guardò attorno e vide il letto matrimoniale. Non le aveva detto che camera scegliere, lei aveva scelto una camera con un letto solo. Non voleva trarre necessariamente delle conclusioni, ma non poté fare a meno di pensarci. Scostò le coperte e salì sul letto, sistemandosi i cuscini dietro la schiena. Mise la bottiglietta di crema sul letto, al suo fianco, poi appoggiò la testa ai cuscini e chiuse gli occhi. Sentì Baby che saltava sul letto, gli si avvicinò e gli si accucciò al fianco, appoggiandogli il muso su una mano.

Senza aprire gli occhi, Tex le mise la mano sul muso e l'accarezzò su tutto il dorso, poi ripeté lo stesso gesto più volte. Quel movimento lento fece rilassare il cane, che si distese completamente sul letto, vicino a lui.

Quando Melody uscì dal bagno per tornare in camera, dopo non molto, sorrise vedendo Tex e il cane sul letto; si erano addormentati entrambi e russavano tranquillamente.

Melody non voleva svegliare Tex, ma sapeva di dovergli togliere la gamba. Così si avvicinò all'altro lato del letto e spinse leggermente il pulsante per far staccare la guarnizione a ventosa. La protesi si staccò e Melody sentì appena la voce di Tex.

"Scusa, mi sono addormentato."

"Non fa nulla, ci penso io. Chiudi gli occhi." Lui obbedì, mentre lei lo guardava. Melody si sentì sciogliere dentro: quel maschio alfa, ex SEAL, si fidava di lei, sapendo che avrebbe fatto tutto il necessario; così si rimise al lavoro. Tolse la protesi e prese la crema. Poi gli spalmò la crema sulla coscia, cercando di non fare troppa pressione nei punti più arrossati, ma premendo di più sui muscoli stanchi, per cercare di alleviare ogni dolore.

Quando finì, si asciugò le mani su un lenzuolo, immaginando che l'hotel avrebbe comunque cambiato la biancheria per i clienti futuri. Prima di allontanarsi da Tex, si abbassò per dargli un bacino sul moncherino della gamba. Poi si mise seduta e alzò lo sguardo. Tex aveva gli occhi spalancati e la guardava meravigliato.

Senza dire nulla, Melody girò intorno al letto e ci salì dall'altro lato. Non ebbe il cuore di far spostare Baby, così le si coricò di fianco, con la faccia rivolta verso Tex. Lui l'aveva seguita con lo sguardo, l'aveva osservata camminare intorno al letto, ora si era messo sul fianco per guardarla. Appoggiarono entrambi una mano sul cane, sdraiato tra loro, quando le loro mani si incontrarono, Tex intrecciò le proprie dita con quelle di lei.

Poi Tex parlò, tenendo la voce bassa quasi come fossero stati in chiesa. "Nessuno si è mai preso cura di me come fai tu, se non quando ero un bambino piccolo." Poi si schiarì la gola e proseguì. "Non so cosa ci trovi, in me, ma mi fai star bene, Mel."

"Sei un brav'uomo, Tex. Sei sensuale da pazzi e se

non fossimo entrambi sfiniti per il viaggio potrei anche tentare di mostrarti quanto ti trovo sexy."

Tex le sorrise, mezzo assonnato. "Che mi venga un colpo, non cercherò certo di farti cambiare idea!"

"Bravo. Perché tanto non ci riusciresti."

"Dormi sempre con Baby?"

Accettando quel cambio di argomento improvviso, Melody sbuffò. "Niente affatto. Aveva un bel lettino peloso per cani, ci dormiva di fianco al mio letto."

"Sembra che abbia cambiato abitudine."

"Eh già."

Guardarono entrambi il cane, le loro mani appoggiate al fianco di Baby andavano su e giù col movimento dei suoi respiri.

"È una cagnolona eccezionale."

"Eh sì," rispose Melody.

"Mi prenderò cura anche di lei, Mel."

Melody guardò Tex sorpresa. "Ma..."

"Niente ma. Ormai è importante per me tanto quanto lo è per te. Per quanto mi riguarda, nessuno le farà mai del male."

Gli occhi di Melody si riempirono di lacrime, prese la mano di Tex e se la portò alla bocca, baciandone il dorso; poi rimise le mani sul fianco di Baby. "Grazie," fu tutto ciò che riuscì a dire, con voce tremante.

"Per quanto io ami questo cane, farà meglio a non abituarsi a dormire tra noi due, non mi piace essere osservato... a letto."

Melody chiuse gli occhi e ridacchiò. Poi riaprì gli occhi e si accorse che Tex la stava ancora fissando.

"Ora dormi, Mel. Avremo ancora una lunga giornata di viaggio, domani, prima di arrivare in Pennsylvania. Poi dovremo cercare di capire come stanno le cose e che passi intraprendere. Ma ti dico subito che, appena la situazione si stabilizza, quando avremo un attimo per noi, quando non saremo sfiniti e non dovremo più cercare di fermare un pazzo che ti perseguita, ho tutte le intenzioni ti mostrarti quanto cominci a essere importante per me."

Melody si morse le labbra e annuì. Non vedeva l'ora.

## CAPITOLO OTTO

MELODY SPENSE il motore della macchina e strinse forte il volante. Lei e Tex avevano discusso, quel mattino, e avevano deciso di fare una tirata e arrivare dritti fino in Pennsylvania. A circa metà strada, Melody aveva convinto Tex a lasciarla guidare. Anche di questo lui non era molto contento, ma la gamba gli faceva sempre più male ed era arrivato al punto di non riuscire più a guidare dal dolore. Le aveva dato un'infinità di indicazioni, finché lei aveva sbottato, dicendo che non era un'idiota, che guidava da quando aveva sedici anni, così lui aveva smesso.

Certo, non si era opposto, quando lei aveva insistito perché la lasciasse guidare. Così, dopo tutte quelle indicazioni e la mezza sfuriata di Melody, si era limitato ad annuire; poi, quando si erano fermati a fare una pausa, anche per Baby, le aveva passato le chiavi, l'aveva baciata e si era sistemato sul sedile del passeggero.

Melody aveva cercato di accantonare il nervosismo che le dava, tornare al suo condominio. L'ultima volta che era stata in quella casa, aveva una paura folle; poi aveva perso ogni speranza di rivedere casa sua.

Da un lato, le faceva piacere essere tornata a casa, ma dall'altro era di nuovo spaventata. Aveva fiducia in Tex, ma tornare nel suo paese, dove tutto era cominciato, era puro terrore.

"Ehi, guardami."

Melody trasalì, quando Tex le mise una mano sulla spalla. Poi si voltò verso di lui, lo intravedeva appena, nella luce fioca del parcheggio.

"Vedrai che andrà tutto bene, Mel. Penserò a tutto io."

Melody annuì di scatto.

"Rimani qui, vengo io ad aprirti la portiera." Tex uscì dalla macchina e girò intorno ad essa per portarsi dalla sua parte, senza mai interrompere il contatto visivo con Melody. Le aprì la portiera, poi Melody uscì e lui le si avvicinò, chiudendola sul lato della macchina.

Tex mise le mani sul sedile dietro di lei e si abbassò. Sospirò, sentendo le mani di Mel intorno alla vita, dove lei si era aggrappata. Poté sentire il muso di Baby che gli annusava il braccio, ma in quel momento ignorò il cane.

Appoggiò il mento sulla spalla di Melody e girò la testa per poterle sussurrare all'orecchio: "Lo so che hai paura, ma sono veramente fiero di te per la forza che stai mostrando. Non sei più sola, ci sono io con te."

Poi la sentì inspirare di scatto e trattenere il fiato di

nuovo. Le appoggiò il naso tra il collo e la spalla, abbracciandola e tirandola più vicina.

Rimasero qualche minuto in piedi nel parcheggio, prima che finalmente Tex allentasse l'abbraccio. Poi le mise le mani intorno al viso. "Dico davvero." Furono parole semplici, ma sentite.

"Lo so. Mi sembra di averti trascinato in questa situazione, *qualunque* essa sia."

"Mel, non mi hai trascinato in nulla, ci sono venuto io, di mia spontanea volontà. Se non volessi essere qui, non ci sarei."

Melody si leccò le labbra e alla fine, dopo qualche momento, sussurrò: "Va bene."

Tex le si avvicinò di nuovo e la baciò sulle labbra. "Ora dammi le tue chiavi, tu rimani qui con Baby per un attimo, intanto vado a controllare il tuo appartamento. Torno subito, così possiamo entrare e dormire un poco. Domani potrai telefonare ad Amy, così cominceremo ad approfondire la situazione. Salta su, chiuditi in macchina, se vedi qualcosa di anomalo, qualcosa che ti impaurisce, allungati al volante e suona il clacson, così capirò."

"Pensi che sappia già che sono tornata? Sono in pericolo? E *tu* sei in pericolo?"

Tex appoggiò la fronte a quella di Melody e le mise le mani alla vita, stringendo. "Calmati, Mel. No, non penso che tu sia in pericolo. Mai e poi mai ti lascerei qui seduta da sola, se ti credessi in pericolo. È solo una precauzione. Non so proprio se lo stalker sa che sei tornata in città, forse non ancora; comunque torno tra un paio di minuti, voglio solo assicurarmi che casa tua sia sicura, prima di andare a rilassarci."

Tex non aggiunse un particolare: voleva controllare che lo stalker non si fosse intrufolato nell'appartamento di Melody, distruggendo tutto. Era un rischio remoto, voleva risparmiarle quel trauma. Lui non credeva che lo stalker sapesse già che erano tornati, quindi Mel doveva essere al sicuro, mente lui dava un'occhiata in giro. Tex si allontanò e le mise le mani ai lati della mandibola, guardandola negli occhi. "Non ti metterei volutamente mai in pericolo, Mel, hai capito?"

Lei sospirò e poi annuì. Poi allungò un braccio nella macchina per prendere la borsetta. Baby fu entusiasta di poter raggiungere il viso di Melody e la leccò fino a farla ridere e a farsi spingere via. "Spostati, Baby, devo prendere la borsetta così possiamo andare a casa." Quasi come capendo, Baby si sedette sulle zampe posteriori e guardò la sua padrona che frugava nella borsetta, per poi estrarre il portachiavi che non usava da almeno sei mesi. Melody si voltò e consegnò le chiavi nella mano tesa di Tex.

"Stai attento." Vedendo Tex che inarcava un sopracciglio, Melody arrossì, ma si costrinse a guardarlo negli occhi. "Lo so che eri un SEAL e che sarai anche capace di spaventare a morte qualcuno con un solo sguardo, ma non sappiamo cosa sia disposto a fare, questo tipo."

"Starò attento, promesso." Tex non perse altro tempo a rassicurarla, la baciò solo sulla fronte e le disse:

"Monta su in macchina e chiudi la portiera, blocca l'accesso. Tornerò prima che te ne renda conto."

Melody fece come le aveva detto Tex, lo vide incamminarsi con sicurezza e attraversare il parcheggio, per poi sparire nel vicolo che conduceva al suo appartamento. Baby guaì al suo fianco, Melody se la tirò in braccio, per dare conforto sia al cane che a se stessa. Baby era sempre molto bisognosa di affetto, ora ancor di più, dopo la lunga separazione da Melody. Così il cane appoggiò il muso su Melody, all'altezza della spalla. Rimasero così, sedute in macchina, in attesa del ritorno di Tex.

Tex ispezionò con attenzione l'appartamento di Mel. Era tranquillo, buio, non c'erano odori particolari, era tutto normale, per un appartamento chiuso vari mesi prima. L'aria era un po' stantia, vagamente ammuffita. Tex accese la luce dall'interruttore vicino alla porta e si mise all'erta, come aspettandosi che qualcuno saltasse fuori dall'oscurità. Era tutto tranquillo.

La porta si apriva in un piccolo corridoio che portava al salotto. In mezzo alla stanza c'era un divano in pelle marrone scuro, con davanti un tavolino da caffè nero e marrone. Di fronte al divano, sulla parete era montato un grande televisore a schermo piatto. Su un'altra parete appoggiava una libreria nera e marrone, era piena di libri e si vedevano delle fotografie sparse qua e là, su vari ripiani. In un angolo del salotto c'era un tavolo per quattro persone, la cucina era separata.

Tex fece un passo in più e guardò in cucina. Vide un

frigorifero in acciaio inox, una lavastoviglie e un forno elettrico con quattro fuochi. Sul frigo c'erano alcuni disegni, probabilmente dei figli di Amy. I mobili erano color acero, il top della cucina era in granito.

Tex si incamminò nel corridoio che partiva dal salotto in direzione opposta alla cucina. C'erano quattro porte, di cui tre erano aperte. Tex aprì anche la quarta, era uno sgabuzzino. Poi proseguì nel corridoio e guardò dentro una stanzetta da letto con un letto a una piazza e mezza e una cassettiera. La porta di fronte era il bagno.

Sempre tenendo alta l'attenzione, Tex si diresse verso quella che doveva essere la camera da letto di Mel. Si fermò nel corridoio, prima di entrare in quello spazio intimo. Il letto era a una piazza e mezza, con due cassettoni sotto. A entrambi i lati del letto c'erano due ante di armadio con dei cassetti. Su un tavolino di fronte al letto c'era un televisore. A parte quello, non c'erano altri mobili. Tra la TV e il letto era disteso per terra un grande tappeto rettangolare. Tex guardò giù e finalmente sorrise, vicino al letto vide il lettino di Baby, proprio come gli aveva detto Melody.

Tex si girò e fece capolino nel bagnetto attiguo. Era pulito e molto funzionale. L'appartamento sembrava a posto. Tex si sentì sollevato, per la prima volta, non avendo trovato niente di anomalo, niente che potesse far paura a Mel; così cominciò a guardarsi attorno come uomo, non più con gli occhi di un SEAL.

Era una camera molto comoda, femminile. Gli riuscì facile immaginarsi Mel che vi dormiva. Anzi, poteva immaginarsi di dormire lì con lei... e di fare l'amore lì con lei. Al solo pensiero, sentì che gli stava partendo un'erezione. Era quasi ridicolo, tutta quell'eccitazione solo pensando a Melody. Una parte del suo cervello gli diceva che era un pazzo, perché in fondo l'aveva appena incontrata. Ma un'altra parte gli diceva che era giusto, che si conoscevano molto bene, dopo le loro lunghe chiacchierate online.

Prima dell'incidente, Tex era sempre pronto a fare il primo passo, in un rapporto, sia che si trattasse di un rapporto a lungo termine, che di un incontro di una notte sola; ma con Mel non voleva mandare tutto all'aria. Dopo essere stato rifiutato fin troppe volte, aveva perso la sua sicurezza: troppe donne avevano rifiutato di impegnarsi con un veterano mutilato. Nemmeno il fatto che fosse stato un SEAL bastava più ad attirarle.

Tex fermò il corso dei propri pensieri. Melody era seduta da sola, incustodita, nel parcheggio, e probabilmente era anche preoccupata per lui. Non le aveva mentito, dicendole che la riteneva al sicuro, mentre lui entrava nell'appartamento, però doveva comunque smetterla di sognare a occhi aperti e raggiungerla, per farla entrare in casa, dove sarebbe stata ancor più al sicuro. Così si sforzò di smorzare la propria erezione e tornò al parcheggio, per raggiungere la donna che stava diventando rapidamente la cosa più importante della sua vita.

Melody si drizzò sul sedile, vedendo Tex che tornava. Non sembrava preoccupato, era solo concentrato sul raggiungerla. Baby alzò la testa e si voltò anche lei nella stessa direzione, come sapendo che Tex stava tornando. Cominciò a scodinzolare, ma non si tolse dalle gambe di Melody.

Tex arrivò alla portiera sul lato conducente della macchina, attese che Mel la sbloccasse e la aprì. Non la fece aspettare, non attese che glielo chiedesse: "Sembra tutto a posto. Dai, andiamo dentro."

Melody annuì e attaccò il guinzaglio al collare di Baby per poi uscire dalla macchina.

Tex aprì anche la portiera posteriore per tirar fuori i bagagli. Poi allungò una mano per afferrare quella libera di Melody, sentendo con sollievo che lei gli prendeva la mano, stringendola; poi si incamminarono verso l'appartamento.

Tex aprì subito la porta e Baby saltò dentro. Melody rise e la tirò indietro giusto il tempo di staccare il guinzaglio.

"È felice di essere a casa," commentò Tex.

"Eh sì." Melody si guardò intorno e sospirò. "Anch'io."

"Vieni qui." Tex prese la mano di Melody e chiuse la porta col piede. Poi si avviarono entrambi verso il divano, lui si sedette e la prese in braccio.

Melody si era fatta forza durante il viaggio, ma una volta tornata nel suo appartamento, dov'era stata così spaventata, dove pensava di non riuscire più a tornare, finalmente si lasciò andare a uno sfogo emotivo. Sentiva la mano di Tex sulla schiena, poi sulla testa, cercava di tranquilllizzarla. Dopo qualche minuto, cercò di riprendere il controllo. Alzò lo sguardo e rivolse gli occhi arrossati dalle lacrime verso Tex. "Gesù mio, scusami, te lo giuro, io non piango mai. Non sono così, normalmente."

"Non c'è niente di cui scusarsi, Mel. Sono sorpreso che tu abbia resistito così tanto tempo."

"È solo che avevo paura di tornare qui, adesso non sono più così spaventata perché ci sei tu, ma pensavo proprio che non sarei *mai più* tornata."

"Vedrai, riavrai la tua vita."

"Lo spero."

"Ce la faremo."

"Va bene, Tex."

"Andiamo, sono sfinito, so che anche tu sei molto stanca. Andiamo a dormire. Domattina tutto sembrerà più semplice."

Tex sostenne Melody che si alzava in piedi, e le tenne una mano sulla schiena mentre camminavano nel corridoio per andare in camera da letto. Tex indirizzò Mel nel bagno.

"Preparati per andare a dormire, io prendo le borse e faccio uscire Baby un'ultima volta."

"Ma la tua gamba..."

Tex le mise una mano sulle labbra e la interruppe. "Ti sei presa abbastanza cura di me, Mel, stasera lascia che sia io a prendermi cura *di te*." Vedendo che lei voleva ancora protestare, le disse semplicemente: "Per favore."

Mel lo guardò negli occhi per un momento, poi gli

afferrò il polso e annuì, strinse le labbra e gli diede un bacio sulle nocche della mano. "Va bene, allora ti aspetto qui."

Tex le sorrise. Lei fu molto trasparente, non lo prese in giro, gli disse chiaramente che voleva farlo dormire con sé, nel suo letto. "Torno appena possibile."

Melody annuì e andò in bagno. Tex guardò il cane. "Andiamo, Baby, vuoi uscire ancora, prima di andare a nanna?" Baby aveva la lingua fuori a penzoloni, sembrava che stesse sorridendo. Tex la vide avviarsi verso la porta, così si mise a ridere.

Quando tornò nella camera da letto, dopo una decina di minuti, vide che Melody aveva cambiato le lenzuola, aveva ammucchiato quelle vecchie in un angolo della stanza. Mel si era già addormentata, rannicchiata nel letto, come per proteggersi. Tex si sentì diverso dentro. Avrebbe fatto qualunque cosa, pur di tenere al sicuro quella donna, ma c'era di più. Non voleva solo tenerla al sicuro, voleva poterla vedere nel letto tutte le sere. Voleva svegliarsi con lei al fianco, voleva ascoltarla mentre rideva, mentre parlava con Baby con la vocina allegra che usava in quelle occasioni.

Per Tex, fu come capire che Mel era sua. Quando aveva deciso di rintracciarla e di attraversare il paese in macchina per trovarla e portarla a casa, probabilmente aveva già capito tutto. Avrebbe potuto chiamare Wolf e gli altri della squadra per rintracciarla. Avrebbe potuto fregarsene e decidere che lei aveva cancellato il suo account online nella chat per liberarsi di lui. Invece chissà come aveva capito che lei era speciale.

Sentendosi particolarmente emotivo, Tex andò in bagno a prepararsi per la notte. Ne uscì qualche minuto dopo, si sedette sul lato del letto che Mel aveva chiaramente lasciato libero per lui. Poi guardò Baby, che ronfava in fondo al letto. Capì che probabilmente non avrebbe mai più convinto il cane ad alzarsi per andare a dormire nel suo lettino, sul pavimento, così sorrise, scosse la testa e rivolse la propria attenzione alla gamba. Si tolse la protesi e si spalmò rapidamente un po' di crema sul moncherino della gamba.

Non fece un lavoro perfetto, come avrebbe fatto Mel, ma fu preso dall'improvviso bisogno di tenerla tra le braccia. Così appoggiò la protesi alla cassettiera vicina al letto e si sdraiò. Si girò verso Mel, che dormiva dandogli le spalle, e le si avvicinò. Non aveva mai dormito nella posizione del cucchiaio prima di allora, ma gli piaceva, con Mel. Le mise il braccio destro intorno alla vita e si accoccolò vicino a lei.

Indossavano entrambi maglietta e boxer, Tex riusciva a sentire il calore del corpo di Mel sul proprio.

"Tutto a posto?" mormorò Mel, mezza addormentata.

"Shh, va tutto bene. Torna a dormire."

"Ti sei dato la pomata?"

"Sì, tesoro. Fatto tutto. Dormi, sono qua con te." Tex le sussurrò quelle parole nell'orecchio e sorrise,

sentendo che Mel si sistemava, arretrando e appoggiandosi a lui, per fare una lunga dormita.

"Mmm-hummm."

Tex sorrise e chiuse gli occhi. La fiducia che Mel
riponeva in lui sembrava aver fatto svanire ogni dubbio
che lui nutriva su se stesso, dopo il congedo dalla
marina. Probabilmente lei non si rendeva conto di
questo, ma lui sì. Tenerla tra le braccia, sapere che
anche quando era assonnata si preoccupava per lui, era
una sensazione che Tex non aveva mai provato prima in
vita sua. Avrebbe fatto di tutto per tenerla al sicuro.
Qualunque cosa. Proteggere Melody, e Baby, sarebbe
stato l'unico suo pensiero per il prossimo futuro. *Lei* era
il suo futuro. Tex si addormentò con Mel tra le braccia,
pensare al futuro lo aveva emozionato, per la prima
volta da tanto tempo.

## CAPITOLO NOVE

"Sì, sono proprio io, Amy!" Melody rassicurò la sua amica per quella che le sembrava la centesima volta.

"Finalmente sei tornata?"

"Non lo so, lo spero." Melody non intendeva mentire alla sua amica, sapeva che non sarebbe riuscita a girarci troppo attorno, incontrandola faccia a faccia. Amy la conosceva fin troppo bene e con un solo sguardo poteva capire se stava mentendo o se stava omettendo qualcosa. Si conoscevano da tantissimo tempo, non aveva senso mentirsi.

"Sei da sola?"

"No, sono qui con Tex."

"Tex chi?"

Melody sentì il tono di voce ammiccante di Amy. "Ma sì, Tex." Guardando Tex, Melody capì che quella conversazione sembrava una chiacchierata tra ragazzine del liceo, così non trattenne un sorriso. Tex era seduto sul divano, di fianco a lei, coccolava Baby mentre Mel parlava con Amy. "È seduto proprio qua di fianco a me e si chiede di cosa cavolo stiamo parlando." Melody sorrise e guardò la sua cagnolona, che dormiva pacifica tra loro due.

"Mi piace, Melody. Cioè, all'inizio non ero sicura, quando mi ha telefonato, ma ti ha riportata a casa, mi piace."

"Anche a me." Appena ebbe pronunciato quelle parole, Melody capì che era vero. Guardò Tex presa dal panico, chiedendosi se avesse sentito le parole di Amy, se avesse capito il significato profondo di quella risposta.

"Va tutto bene?" le sussurrò Tex, avvicinandosi a lei con aria preoccupata.

Melody coprì il microfono del telefono con la mano e rispose: "Sì, tutto a posto."

Tex annuì e tornò ad accomodarsi contro lo schienale del divano, sempre guardandola e coccolando Baby.

"Dobbiamo parlare, amica mia!" esclamò Amy.

"Lo so, lo so, non vedo l'ora di incontrare te, Cindy e Becky."

"Anche loro sono ansiose di rivederti."

"Ma non voglio metterle in pericolo, Ames."

Melody sentì la sua amica che sospirava. "Lo so, nemmeno io. Chiamami più tardi, così possiamo organizzarci. Ho davvero bisogno di vederti, mi sei mancata."

"Lo farò. Devo parlare con Tex per capire che mosse fare adesso."

"Va bene. Sono contenta che sei tornata. Ho la sensazione che questo Tex risolverà tutto."

"Lo spero. Va bene, ti voglio bene, Amy. Ci sentiamo dopo."

"Ciao."

"Ciao." Melody chiuse la conversazione e si appoggiò allo schienale del divano.

"Siete davvero molto amiche." Le parole di Tex furono molto dirette.

"Eh sì. Uno degli aspetti più difficili, quando me ne sono andata, era non poter più parlare con Amy. Sì, mi mancavano i miei genitori, ma non è la stessa cosa, non poter parlare alla mia migliore amica."

"Sei pronta ad affrontare la situazione, parlandone potremmo trovare il bandolo di questa matassa."

"No... ma sì."

Tex rise e diede un ultimo colpetto sulla testa di Baby, per poi alzarsi. Poi porse la mano a Mel. "Andiamo, mettiamoci al tavolo. Devo usare il computer, forse riuscirò a scoprire qualcosa, prenderò appunti."

Melody afferrò la mano di Tex e si lasciò accompagnare al tavolo. Lui le estrasse la sedia da sotto il tavolo e quando lei fu seduta si prese la sedia vicina, sullo stesso lato del tavolo. Poi prese dalla borsa uno dei suoi computer portatili e lo accese.

"Che ne dici se cominciamo da come sei riuscita a

scappare, come ti sei organizzata? Questo tipo, in qualche modo, ti ha trovata in California, dobbiamo scoprire come ha fatto."

"Non sarebbe più semplice se ti dicessi chi sospetto, prima di tutto?"

"In realtà no. Arriveremo tra poco a fare un elenco dei sospetti, ma prima voglio solo farti parlare. Dimmi cosa hai fatto mentre scappavi. Raccontami tutto, senza filtri, lascia che sia io a trarre delle conclusioni."

Tex ragionava logicamente. "Va bene, sono partita senza nemmeno pensarci troppo. Non mi ero organizzata, non avevo nemmeno abbastanza soldi per scappare all'infinito, ma sapevo di non poter usare le carte bancarie, perché sono rintracciabili. Sono andata in banca, ho prelevato circa duemila dollari dal conto per avere dei contanti. Non sapevo quanto poteva essere intelligente, lo stalker, ma ho immaginato che usare il mio cellulare e le mie carte bancarie sarebbe stato un modo facile per farmi rintracciare, con qualche minima conoscenza informatica." Melody si fermò, vedendo il sorriso che Tex le stava rivolgendo.

"Appunto, come se dovessi spiegare tutto questo proprio *a te*."

"Vai avanti."

"Ho noleggiato una macchina. Ho pensato che l'avrei usata, intanto che decidevo dove andare e cosa fare. Dopo circa cinque giorni di fuga, ho telefonato ad Amy per chiederle aiuto. Sapevo che prima o poi i contanti sarebbero finiti, quindi le ho firmato una delega per la banca, così poteva andare lei a prelevare. Ogni tanto andava a fare dei prelievi e mi spediva i soldi in contanti per posta. Le lasciavo l'indirizzo del mio albergo, appena mi arrivava la lettera con i soldi, cambiavo albergo. Ho comprato quei cellulari usa e getta che si trovano nei negozietti al centro commerciale, quelli con i minuti già pagati. Così era impossibile rintracciarmi.

"Il mio lavoro è molto facile, posso svolgerlo ovunque. Lavoro con un sistema chiamato CART. Sta per Comunicazione con Accesso in Tempo Reale. In pratica ascolto un evento via Skype e scrivo tutto ciò che sento. Le parole che scrivo vengono poi trasmesse a tutti i presenti in tempo reale, tramite una App. Così chi partecipa all'evento può leggere le parole che scrivo mentre guarda cosa succede. C'è un leggero ritardo, ma non è tanto tempo. Dato che mi basta un qualunque collegamento a internet, sono riuscita a lavorare anche in fuga. Ho continuato a pagare l'affitto, nella speranza di riuscire un giorno o l'altro a tornare a casa. Amy mi ha dato una mano, andava a prendere la posta, pagava le bollette."

"Sembra proprio che senza di lei non ce l'avresti potuta fare," commentò Tex senza alcun tono particolare nella voce.

"No," lo interruppe Melody a voce bassa.

"No che cosa?"

"Amy non è coinvolta."

"Non ho detto nulla del genere."

"Finiscila. Ormai capisco cosa pensi. Pensi che lei sapeva esattamente dov'ero, che aveva accesso al mio appartamento, ma lei non mi farebbe mai niente del genere."

"Credevo che mi raccontassi tutto senza starci troppo a pensare, Mel." Quando lei sembrò rilassarsi un poco, Tex cercò di farla calmare. "Per quel che vale, non penso che sia lei il tuo stalker."

"Non lo pensi? Allora perché hai fatto quella faccia?"

"Perché per quanto possa dare fastidio, dobbiamo esaminare ogni possibilità, anche quelle più difficili e dolorose. Ma ricordati, Mel, che io l'ho incontrata. Lei si è presa cura di Baby al posto tuo, lo stalker aveva detto che voleva far del male a Baby. Amy poteva benissimo dirti che era scappata, che era andata sotto una macchina, che si era ammalata... qualunque cosa. Ma non l'ha fatto."

Melody guardò Baby, che dormiva vicino alla sua sedia. "Va bene, scusami. È solo che... è la mia migliore amica. Ovviamente mi fido di lei."

Tex appoggiò una mano a quella di Melody. "Lo so, non volevo presumere che lei sia coinvolta, ma può sempre darsi che qualcun altro, qualcuno di cui pensavi di poterti fidare, sia coinvolto o sia addirittura lo stalker."

Melody respirò profondamente. "Va bene, capisco la logica. È solo... è solo che mi fido di Amy tanto quanto mi fido di te."

Tex sollevò la mano di Mel e la baciò sul palmo,

senza mai smettere di guardarla negli occhi. "Grazie per la fiducia. Continuiamo?"

Melody chiuse il pugno, come a stringere il bacio che Tex le aveva dato sulla mano, poi proseguì. "Quindi... ah sì, cambiavo albergo quasi ogni settimana. Quando dovevo cambiare città, noleggiavo una macchina, pagavo in contanti, naturalmente, poi consegnavo la macchina appena potevo muovermi con i mezzi pubblici. Per accedere a internet andavo nei fast food o anche nelle pasticcerie."

"La lettera che mi hai fatto vedere in California è stata l'unica che hai ricevuto, da quando te ne sei andata dalla Pennsylvania?"

Melody si guardò le mani. Mentre parlava aveva stretto i pugni. "No. Ne avevo ricevuto un'altra quando ero in Florida. Diceva più o meno le stesse cose di quello che hai visto."

"Quindi questa persona, chiunque sia, è riuscita a rintracciarti almeno due volte, in Florida e in California. Allora, parliamo un po' della tua vita, in questa zona."

"In questa zona?"

"Sì, qui in Pennsylvania. Prima di scappare, uscivi con qualcuno?"

Melody cominciò ad agitarsi sulla sedia, poi si alzò all'improvviso e andò in cucina. "Posso offrirti qualcosa? Altro caffè?" Si girò per vedere se Tex voleva qualcosa da bere e gridò dalla sorpresa, trovandoselo di fronte all'improvviso. Cavolo, si era mosso davvero in silenzio.

A Tex dava molto fastidio dover fare tutte quelle

domande a Mel, ma doveva raccogliere più informazioni possibili, per trovare quel tipo. Le mise un dito sotto al mento. "Lo sai che non ti faccio tutte queste domande per impicciarmi dei fatti tuoi, vero?"

Lei gli appoggiò immediatamente la testa sul petto e sospirò. "Sì, lo so. È solo che... è dura. Non mi piace pensare che qualcuno che conosco possa farmi questo. È troppo malvagio, terribile... il solo pensiero che qualcuno con cui sono uscita, qualcuno che conosco, qualcuno con cui parlo ogni giorno mi perseguiti, voglia farmi del male, uccidere il mio cane, i miei amici e la mia famiglia, senza che io nemmeno me ne accorga? Fa schifo."

"Fa proprio schifo. Mi dispiace."

"Poi mi imbarazza farti sentire quanto era noiosa la mia vita."

"Cosa?"

Melody alzò la testa per poter guardare Tex negli occhi. "Tex, tu eri un SEAL. Eri sempre impegnato in missioni emozionanti. Hai *vissuto* la tua vita. Io? Una noia mortale. Esco con le amiche in questa piccola cittadina. Per me l'emozione massima era andare a Pittsburgh per fare shopping. È imbarazzante."

"Mel, non è imbarazzante. Le missioni emozionanti di cui parli? Erano schifose, tutte, senza eccezione alcuna. Ho ucciso delle persone, ho dato la caccia a dei fuggitivi, ho salvato persone alla fame, persone denutrite, picchiate, perfino violentate... cazzo, a volte tutte queste cose insieme. A volte è capitato anche che non riuscissimo a salvarle. Abbiamo trovato solo dei corpi morti. Ci sono stati momenti in cui avrei dato qualunque cosa, per una vita noiosa, come la chiami tu."

"Tex..."

"Quindi non c'è niente di imbarazzante in quello che mi racconti. Prima di tutto ti riguarda, e io voglio conoscere tutto di te, e poi..." Tex si interruppe e si aggrappò ai fianchi di Melody, stringendo le mani. "Mi piace pensare a te che vivi qui, al sicuro, senza nulla a che vedere con i drammi che ho visto e toccato in prima persona. È proprio quello che voglio, che tu possa tornare ad emozionarti per un semplice giro in città. Aiutami a risolvere questa situazione, così potrai tornare il prima possibile a quella vita."

"Va bene, ma mentre ti parlo devo fare qualcosa. Altrimenti è troppo stressante."

Tex la baciò sulla fronte e la guardò negli occhi. "Nessun problema."

"Perché lo fai?"

"Perché faccio cosa?"

"Perché mi baci sulla fronte? Cioè, mi piace, ma a volte mi sento come una bambina delle elementari."

"Perché se ti baciassi come voglio davvero baciarti, oggi non usciremmo nemmeno dal tuo appartamento, magari nemmeno domani. Prima possiamo scoprire chi è lo stronzo che ti vuole rovinare la vita, prima potrò portarti a letto senza alcun pensiero che qualcuno ci possa guardare, aspettando che commettiamo un errore."

"Ok."

"Eh sì, ok. Sto solo cercando di controllarmi, Mel, ma credimi quando ti dico che ho proprio una gran voglia di prenderti, di baciarti, di farti sedere su questo mobile, che è proprio all'altezza giusta, per farti venire con la mia bocca, col mio uccello, più e più volte."

Melody non poté far altro che fissare Tex per un momento. Quelle parole l'avevano fatta bagnare e lei lo sentiva. Nessun uomo le aveva mai parlato così, in passato, ma con Tex era tutto diverso, e a lei piaceva. Anzi, lo amava proprio. Riusciva a immaginarsi ogni scena che lui le aveva descritto, e quei pensieri la eccitavano.

Tex le si avvicinò e la baciò di nuovo sulla fronte. "Santo cielo, se solo potessi vederti, che faccia che hai! Adesso torno al tavolo e scrivo tutto ciò che mi racconti. Tu rimani qui, fai quello che vuoi. Quando avremo finito, andremo fuori e faremo in modo che ci vedano tutti, in città. Poi potrai chiamare Amy e organizzare il vostro incontro, da qualche parte, alla fine torneremo qui."

"E poi?"

"E poi vedremo, Mel. Non voglio proprio farti pressioni."

"Penso di volere un po' di pressione."

"Cazzo." Fu un commento breve ma sentito, Tex lasciò andare Melody e tornò al tavolo. Poi si abbassò per accarezzare Baby sulla testa, prima di tornare a sedersi. Poi mise le mani sulla tastiera del computer, cercando di non guardare Mel. Stava mantenendo il controllo a fatica. Sapere che Mel lo voleva tanto quanto lui voleva lei era una tortura. Una tortura brutale.

"Non uscivo spesso con degli uomini, qualche appuntamento ogni tanto. Ho frequentato le scuole superiori in questa città, quindi conosco molta gente. Vado nei negozi locali, vado in banca da queste parti, gli uomini con cui uscivo vivono qui."

"Fammi dei nomi, Mel."

Melody giocherellò con la tazza di caffè che aveva in mano. Le brontolava lo stomaco, quindi non voleva bere il caffè. "Lee Davis. È stato lui, l'ultimo con cui sono uscita. Ci siamo frequentati per circa tre mesi."

"Perché vi siete lasciati?"

"Perché faceva un po' lo stronzo."

"In che senso?" la voce di Tex si era irrigidita.

Melody lo guardò, sorpresa. "Mah, cosette. Quando uscivamo a cena, faceva sempre pagare me, con la scusa che guadagnavo più di lui. Poi faceva il filo alla cameriera, davanti ai miei occhi. Tante volte è capitato che gli mandassi un messaggio perché non lo trovavo, lui non si è nemmeno degnato di richiamarmi... faceva lo stronzo, così, in generale."

"Ma allora perché sei uscita con lui? Non capisco come potesse piacerti."

Melody sorrise a Tex dalla cucina. Aveva ancora in mente quanto lui le aveva detto prima. "Penso perché mi sentivo sola, però hai ragione. Appena ha cominciato a comportarsi così e ha smesso di cercare di fare una buona impressione, l'ho scaricato."

"C'è rimasto male?"

Melody appoggiò la tazza al bancone della cucina e ci si appoggiò con le mani. "No. Dopo una settimana l'ho visto insieme a Diane."

"Diane?"

"Sì, ha due anni meno di me, andavamo alle superiori nella stessa scuola. Ora lavora in banca."

"Va bene, chi altro?"

"Dobbiamo fare l'elenco di tutti gli uomini con cui sono uscita?"

"Se c'è bisogno."

"Cacchio, va bene. Vediamo. Adam Grant. Siamo usciti per due mesi, non ci sono andata a letto quindi mi ha scaricato. Jamie Wilde. Non siamo andati oltre il primo appuntamento. L'ho scaricato direttamente, me ne sono andata: il peggior maleducato che abbia mai conosciuto. Ruttava, era volgare, ha persino dato una pacca sul sedere della cameriera, mentre lei se ne andava dal tavolo. Così gli ho detto che dovevo andare in bagno e me ne sono andata."

Melody ignorò la risata di Tex e continuò, mentre nel frattempo lui digitava freneticamente sulla tastiera.

"Chris Myles, M-y-l-e-s. È stato quello con cui ho avuto il rapporto più lungo. Siamo usciti insieme per circa sette mesi. Praticamente vivevamo quasi insieme. Dormiva lui da me, oppure io da lui. Stavamo per trasferirci insieme, sapevo che stava per chiedermi di sposarlo, ma all'ultimo minuto non ce l'ho fatta. Così l'ho lasciato."

Melody respirò profondamente, ricordando la litigata che avevano avuto, la sera che aveva detto a Chris che lo stava lasciando.

"Si è arrabbiato?"

"Sì. Si è proprio arrabbiato." Era un eufemismo bello e buono.

"E tu? Tu sei stata bene?"

"Sì. Per questo sapevo di doverlo lasciare. Il pensiero di non stare con lui non mi devastava. Il pensiero di andare a vivere con lui, di stare con lui tutti i giorni, non mi attirava più di tanto. Mi piaceva, ma ormai lo vedevo più che altro come un amico. Lui però la viveva diversamente."

"Dimmi la verità, pensi che possa essere lui?"

Melody si girò verso Tex. Vide che stringeva i denti, pur tenendo la voce bassa e controllata. "Non lo so. Prima di oggi avrei detto di no. Ma tu hai detto che bisogna sospettare di tutti, quindi potrebbe anche essere, ma mi sorprenderebbe: si è sposato un anno e mezzo dopo che ci siamo lasciati. Vive nella zona, ha tre figli, l'ultima volta che l'ho visto sembrava davvero felice della sua vita con sua moglie."

"Va bene. Nessun altro?"

"Non mi piace, Tex. Cavolo, tu mi piaci, non voglio parlare dei miei ex con te, non mi sembra giusto."

"Non piace nemmeno a me, Mel. Il pensiero di qualcuno che non sono io, che ti mette le mani addosso, mi fa venir voglia di fare una strage. Ma per avere un futuro, per poter stare insieme, dobbiamo scoprire chi ti perseguita e fermarlo."

"Lo so." Mel chiuse gli occhi e li tenne chiusi mentre finiva di elencare i nomi degli uomini con cui era uscita. "Terry Neal, Larry Page, Don Ramper... con loro uscivo quando andavo al college. Robert Pletcher è stato il mio ragazzo alle superiori. Penso di non aver più parlato con nessuno di loro, negli ultimi anni. Non riesco a immaginare che uno di loro possa essere lo stalker. Cavolo, probabilmente non si ricorderanno nemmeno di me."

"Ma certo che si ricordano di te, Mel. Te lo garantisco al cento per cento. Cambio di programma. Adesso che mi sono scritto tutti i nomi mi metto alla ricerca, tra qualche ora avrò tutte le informazioni rilevanti, patente, dati bancari, casellario giudiziario, indirizzi passati e presenti, lavoro, stipendio, tutto ciò che serve."

Mel aprì gli occhi e guardò Tex. "Mi sembrano informazioni sensibili, non è illegale?"

Lui non alzò nemmeno la testa, continuò solo a digitare al computer. "Sì, ma non penso che ti dispiaccia, se riusciamo a trovare tutte le informazioni su di loro."

"No, non mi dispiace... ma non voglio che tu ti metta nei guai, per aiutarmi."

A quel punto, lui alzò la testa. La guardò fissa negli occhi, chiuse il portatile e si alzò in piedi vicino al tavolo. "Come dicevo cambio di programma. Penso di essere un uomo molto ragionevole, ma dopo averti sentita parlare degli altri uomini che potrebbero o meno averti toccata, averti avuta, aver avuto ciò che voglio così tanto, sento che sto per impazzire. Quindi evidentemente non sono poi così ragionevole. Ho bisogno di te, Mel. Ti voglio, sotto di me. Voglio spazzare via ogni ricordo di qualunque altro uomo sia stato con la donna che voglio così disperatamente. Dobbiamo uscire, andare in un luogo pubblico, dove non posso saltarti addosso sul divano, o trascinarti sul letto per fare l'amore con te tutto il pomeriggio."

"Vuoi sapere perché nessuno degli uomini con cui sono stata mi ha fatto desiderare di rimanere insieme a lui per sempre?"

"Mel, potresti smettere ora di parlare degli altri uomini?" chiese Tex a bassa voce. "Sono appeso a un filo, vedi?"

Melody proseguì come se lui non l'avesse interrotta. "Ho sempre dovuto prendere tutte le decisioni, nei miei rapporti passati. Dove andare a mangiare, trasferirsi o meno con Chris, chi pagava la cena, e così via. Siccome sapevano tutti che ero forte nel mio lavoro, era come se si immaginassero che volevo prendere io tutte le decisioni sulle nostre uscite. Invece non capivano che tutte quelle decisioni mi stancavano. Voglio stare con un uomo che ogni tanto sappia prendere le decisioni giuste. Non dico di instaurare una relazione in cui uno comanda e l'altro esegue, per carità, niente contro i rapporti un po' sado-maso, ma almeno decidere dove andare a cena, ogni tanto pagare per due... lo so, non mi sto spiegando benissimo, ma nessuno degli uomini che mi interessavano mi ha mai fatta vibrare sul posto, nessuno mi ha mai fatta eccitare solo dicendomi che mi voleva... finora.”

Melody fissò Tex, chiedendosi se era stata troppo onesta. Nella sua esperienza, agli uomini piacevano le donne forti, che prendevano l'iniziativa. L'interesse di Tex sarebbe scemato, dopo quanto gli aveva detto? Vide che Tex faceva un passo per venirle incontro. Poi un altro. Poi si ritrovarono faccia a faccia.

Tex raggiunse Mel e la prese intorno alla vita, tirandola più vicina. “Ti ho dato ogni opportunità di andare, ma tu continui a insistere. Ora salta su, mettimi le gambe intorno alla vita.” Parlò con voce gutturale. Melody non esitò e gli mise le gambe intorno al corpo; lui si girò e si incamminò nel corridoio, verso la camera da letto.

## CAPITOLO DIECI

MELODY NON DISSE una parola e si limitò a guardare il muscolo della mandibola di Tex, che stringeva i denti mentre la portava in braccio in camera da letto. C'erano centinaia di altre cose da fare, ma lei in quel momento poteva pensare una cosa sola: riusciva a pensare solo al corpo di Tex che si muoveva sotto di lei, camminando.

Tex entrò in camera da letto e si chiuse la porta dietro le spalle, ignorando i gemiti di Baby, che era rimasta bloccata fuori dalla camera.

"Sento il calore del tuo corpo sul mio, Mel. Mi ecciti da impazzire." Tex si abbassò e posò Mel sul letto, supina, poi si sdraiò su di lei. "Vorrei tanto poterti promettere che faremo l'amore per ore, ma la realtà è che sto per scoppiare al solo pensiero del tuo calore bagnato che si sfrega contro il mio corpo. Per me è passato molto tempo dall'ultima volta, ma questo non è certo un modo di togliersi un bisogno, spero proprio che tu lo sappia bene."

Melody annuì, aveva la bocca troppo secca per commentare.

"Purtroppo, questa prima volta sarà molto veloce per me, ma ti giuro che mi prenderò cura di te, non ti lascerò insoddisfatta. Sono contento che non ti dispiaccia lasciarmi prendere alcune decisioni, perché sono ormai troppo abituato a farlo per rinunciarvi. Non voglio una persona che mi obbedisca sempre, non ne ho certo bisogno, ma probabilmente a volte te la prenderai perché tendo a prendere io l'iniziativa. Quindi mi scuso in anticipo, ma sappi che non chiederò a te di occuparti di faccende al posto mio, non ho certo intenzione di fare lo stronzo. Se ti chiedo di fare qualcosa è solo perché penso sia necessario, per il bene tuo o nostro. Sì, tendo un po' a dare ordini, sono stato un SEAL e non ho mai voluto una donna nella mia vita tanto quanto voglio te, adesso."

"Oddio, Tex..."

"Togliti la maglietta."

Senza esitare, Melody si portò le braccia all'orlo della maglietta e se la tirò su. Tex non si fece indietro, così lei dovette muoversi e agitarsi un po' per sfilarsi la maglia dalla testa. Dopo essersela tolta, Mel guardò Tex che la squadrava dalla testa alla vita, per poi risalire con gli occhi, fermandosi sui seni, coperti dal reggiseno.

"Non sono magrissima..."

"Non lo sei e a me piaci così," disse Tex senza

esitare. Poi mosse una mano e spostò il peso sull'altra. Le mise una mano sulla pancia e fece un po' di pressione. "Cacchio, morbida e femminile. Un equilibrio perfetto per la mia rigidità. Quando ti prenderò, il tuo corpo attutirà bene le mie spinte. Posso spingere senza aver paura di farti del male. Voglio confidarti un segreto... quando sarai sopra di me, quando mi cavalcherai, non ci sarà nulla di più sexy che la vista delle tue tette che rimbalzano su e giù, ogni volta che affondo in te. Quando poi sarò io a spingere? Vedere il tuo corpo che vibra e la tua carne che si muove ogni volta che spingo sarà una goduria dell'altro mondo."

"Santo cielo, Tex."

La mano di Tex si spostò più in alto, le prese un seno e strinse, non fino a farle male, ma poco meno. "Fammi vedere i tuoi capezzoli."

Melody si sentì quasi in preda a un attacco di cuore. Sentiva le pulsazioni ormai impazzite, non era mai stata così eccitata in vita sua. Portò le mani al reggiseno e spinse in basso le coppe fino a far uscire i seni. La struttura del reggiseno le comprimeva le poppe, Melody guardò in basso e ansimò... aveva i capezzoli induriti e sporgenti, sembrava volessero raggiungere Tex.

"Se vuoi che mi fermi, dimmelo adesso, Mel. Se non vuoi che succeda, se non vuoi andare oltre, dimmelo subito."

Melody guardò Tex, si aspettava che lui le stesse fissando il corpo, invece la guardava dritto negli occhi. Aveva le pupille dilatate, gli occhi spalancati. Mentre lo stava guardando, lui le tolse la mano dal seno e gliela mise intorno al viso. Poi fece scorrere un dito sulla sua guancia e le sollevò il mento. Melody lo sentì che si abbassava, per sussurrarle vicino alla bocca: "Ho bisogno di te. Ti aspetto da tutta una vita. Se lo facciamo, poi non ti lascio più andar via."

Aveva parlato senza starci troppo a pensare, erano parole sentite, giuste. Parole perfette.

"Non fermarti."

Appena Mel terminò di dirgli quelle poche parole, le labbra di Tex furono su di lei. Non fu un bacio delicato, Tex affondò con la lingua assaggiandola e divorandola. Melody partecipò al bacio nello stesso modo. Le due lingue si intrecciavano e affondavano nelle rispettive bocche. Giocarono entrambi a mordicchiarsi.

Poi Tex si tirò indietro. "Cazzo, Mel." Si spostò, si alzò e le guardò i seni. Aveva i capezzoli duri come rocce. Si abbassò e ne prese uno in bocca. Non ci fu alcun preliminare, non ci furono movimenti lenti, prese il capezzolo in bocca e lo succhiò con forza.

"Tex, santo cielo!" La voce di Melody era acuta e stridula. Mel si mise una mano dietro la testa mentre lui la succhiava ritmicamente. Proprio quando lei pensava di non poter più resistere, lui si spostò sull'altro seno. Melody cominciò ad agitarsi e sollevò i fianchi come in cerca di qualcosa.

Tex lasciò uscire il capezzolo di bocca con uno schiocco. "Cosa cerchi, Mel?"

"Te, cerco te, ho bisogno di te."

Tex si tirò su di scatto e guardò Mel che si agitava nel letto. Era bellissima, tanto che non poté aspettare un momento di più. Si strappò la maglia di dosso e si sbottonò rapidamente i pantaloni. Poi mise una mano nella tasca posteriore e prese il preservativo che si era messo nel portafogli chissà da quanto tempo, si fece scivolare i pantaloni senza nemmeno pensare alla protesi. La sua erezione era più dura di qualunque altra passata, si infilò rapidamente il profilattico, pregando che non fosse scaduto.

"Sì, Tex. Aiutami." Melody muoveva le braccia dietro la schiena, sempre spingendo in avanti coi fianchi.

Tex era in piedi, nudo, senza alcuna vergogna, aveva perso il pudore del suo corpo per la prima volta, da quando era stato operato; sbottonò i pantaloni di Mel e l'aiutò a toglierseli. Così furono entrambi finalmente nudi.

"So già che appena sarò dentro di te perderò il controllo, quindi dovrai venire almeno un paio di volte, prima che ti penetri. Voglio che ti piaccia almeno tanto quanto so che piacerà a me. Magari in futuro potresti scegliere come preferisci farlo, ma adesso no. Hai detto che il tuo uomo deve prendere l'iniziativa? Bene, allora adesso prendo io l'iniziativa. Mettiti le mani sopra la testa e tienile lì."

Melody staccò a malincuore gli occhi dal corpo di Tex. Era muscoloso, ovunque. Non vedeva l'ora di esplorare quel corpo, ma evidentemente non era quello il momento. Non aveva mai fatto sesso in quel modo, in passato, ma a giudicare da come stava reagendo il suo corpo, non se ne sarebbe mai dimenticata e avrebbe voluto farlo così altre volte... sempre con Tex.

"Apri le gambe."

Tex vide che Melody gli obbedì immediatamente. Le passò le mani sull'interno coscia e gemette, sentendo che era già molto bagnata. "Eh sì, sei proprio bella bagnata, Mel. Per me, pronta per me."

La sentì parlare, ma era troppo concentrato sul suo obiettivo per ascoltare cosa stava dicendo. Si abbassò e appoggiò il naso tra le sue gambe, tra la parte alta delle cosce. "Profumi di... non so di che cosa, ma non ho mai sentito un profumo così buono. È perfetto. Tu sei perfetta." Poi si spostò e la leccò una volta da sotto a sopra. "Santo cielo, Mel. Adoro il tuo sapore. Spero che tu sia comoda perché rimarrò qui per un po'."

Melody gemette mentre Tex le afferrava le gambe facendogliele allargare di più. Lei chiuse gli occhi mentre lui si sistemava, appoggiando il peso sui gomiti, vicino ai fianchi di lei. Aveva una lingua fenomenale, la fece roteare, leccò, succhiò ogni centimetro di pelle. Melody non aveva mai ricevuto tanta attenzione prima, facendo sesso. Era solo... era proprio ciò che le piaceva. Gli uomini con cui era andata a letto in passato non le avevano mai prestato tanta cura. L'avevano toccata per un po', l'avevano leccata qualche volta, ma nessuno l'aveva mai adorata e curata come Tex.

Melody si irrigidì all'improvviso, quando Tex prese

in bocca il clitoride, succhiandolo, mentre lo stimolava anche con la lingua. "Tex! Sto per venire!" Invece di alleggerire il movimento, Tex si impegnò ancor di più, spingendole dentro un dito e scatenandole l'orgasmo, mentre lei gli si spingeva contro la faccia e contro le mani.

Infine, Tex alzò la testa, sempre senza lasciarla andare. Melody lo guardò e vide che si stava leccando le labbra. Così arrossì.

"Arrossisci, Mel? Davvero? Santo cielo, ragazza mia, andiamo sempre meglio."

"Ma non vuoi..."

"Ho detto due orgasmi, Mel. Questo era solo il primo."

"Tex..." Melody si accorse di avere la voce tremula.

"Girati."

"Cosa?"

Tex arretrò col corpo, spostando il peso sulle gambe. "Girati. A pancia in giù."

Guardandolo e vedendolo pieno di lussuria, ma anche di forte passione, Melody si voltò, affidandosi completamente a lui. Non era sicura di cosa fare con le gambe, ma lui l'aiutò. Le toccò i polpacci dicendole di spostarsi all'indietro. Lei spostò il corpo all'indietro piegando le gambe.

"Mettiti ancora le braccia sulla testa."

Melody fece come le aveva chiesto Tex. A pancia in giù, con le ginocchia piegate, davanti a Tex si sentiva completamente vulnerabile. Cominciò a respirare più di frequente e alzò la testa. "Non so se mi piace, questa posizione."

"Shh, Mel." Tex le passò le mani sulla schiena, per farla rilassare. "Va tutto bene, vedrai che non ti faccio male. Fidati di me."

Lei annuì e abbassò la testa, pensando che se poteva fidarsi di lui al punto da mettere la propria vita nelle sue mani, poteva certamente fidarsi per tutto il resto.

"Non hai idea di quanto sei bella, in questa posizione. La tua pelle è morbida, sei completamente aperta per me." Tex si avvicinò appena, facendo aprire un po' di più le gambe di Mel. La sentì mugolare, così si affrettò a rassicurarla. "Tranquilla, Mel. Sei bellissima, cazzo." Le passò la mano sui genitali, aprendole le labbra bagnate col palmo della mano. Poi spostò lentamente la mano sul sedere, vedendo i suoi succhi che riflettevano la luce. Ripeté lo stesso gesto più volte. Quando Mel cominciò a tremare, la tranquillizzò di nuovo."

"Tranquilla. Ci penso io."

Tex non riusciva a credere di essere dov'era. Non riusciva a credere di essere con Melody. Non l'aveva programmato, ma ormai non riusciva più a pensare alla propria vita, senza di lei.

Separandole le natiche, si abbassò e le leccò i genitali. Poi si allontanò e usò un dito per esplorarla intimamente. Le spinse un dito dentro e lo curvò strofinando le sensibili pareti interne. Mel sussultò e gemette. Tex le appoggiò una mano sulla schiena facendo pressione. "Calma, Mel. Aspettami, non cedere, ancora."

"Sto per..."

"No. Resisti, Mel. Non venire."

Vide che Melody tratteneva il fiato, poi la sentì espirare tutto di getto. Poi trattenne il fiato di nuovo. Il suo sedere si strinse e le dita dei piedi si incurvarono contro di lui. Stava facendo tutto il possibile per trattenersi... per lui. Tex non ce l'aveva mai avuto così duro in tutta la vita. Voleva penetrarla quasi più di quanto sentisse il bisogno di respirare, ma le aveva detto il vero: sapeva che nel momento stesso in cui l'avesse penetrata, spingendosi tra le sue cosce, sarebbe partito subito.

"Brava, Mel, proprio così... Vedrai quanto sarà bello, quando finalmente ti lascerai andare. Ma non ancora... aspetto solo ancora un po'."

"Tex, ti prego... le tue mani mi eccitano troppo. Ti voglio."

"Lo sento che ti stringi intorno alla mia mano. Sarai bella stretta. Mi vuoi dentro, vero?" La sua era una domanda retorica, sentiva chiaramente quanto lei lo volesse.

Quando tutto il corpo di Melody ormai tremava, Tex le disse ciò che lei stava tanto aspettando. "Adesso, Mel. Vieni *adesso*."

Lei si lasciò andare all'orgasmo, fu bellissimo. Sentiva ogni muscolo del proprio corpo tendersi e vibrare. Lasciò andare la testa all'indietro e gemette a lungo, profondamente. Si aggrappò alla federa del cuscino che aveva vicino alla testa, sempre tremando. "Ti prego, Tex, dai, vieni dentro. Voglio sentirti dentro."

Tex fece girare Melody, rimettendola di schiena. Poi le afferrò le caviglie e le fece piegare le ginocchia, fino a farla ben aprire. Poi si avvicinò fino ad appoggiarle l'uccello tra le gambe. Per fortuna aveva avuto l'accortezza di infilarsi il preservativo prima di cominciare a giocare... ce l'aveva così duro che non dovette nemmeno aiutarsi per penetrarla. Sembrava che il suo uccello sapesse esattamente dove voleva andare.

Gemettero entrambi, quando finalmente Tex si infilò dentro di lei. Si spinse dentro finché poté. Poi si mise le gambe di Mel sulle spalle e si abbassò in avanti, appoggiandosi sulle mani.

"Ho cambiato idea, non più due orgasmi, Mel. Allunga una mano e toccati. Voglio fartene avere un altro."

Melody non si era ancora ripresa dall'orgasmo più intenso della sua vita, ma seguì comunque l'ordine di Tex. Mosse una mano infilandola tra i loro corpi, fino a raggiungere il punto in cui erano connessi. Gemette, quando Tex si tirò indietro per lasciarle più spazio. Non riuscendo a trattenersi, portò la mano più in basso per prendergli il membro che lui stava tirando fuori. Lo strinse meglio, mentre lui lo stava spingendo dentro; le piacque il gemito che gli sfuggì di bocca.

"Toccati, Mel, non toccare me. Io sono appeso a un filo, ormai."

"Ma mi piace toccarti."

"Anche a me piace, che mi tocchi. Ma dico sul serio, via le mani. Voglio sentire che mi stringi il cazzo mentre vieni di nuovo, ma ormai non posso più far molto, da qui. Toccati. Fatti venire e prendimi con te."

Messa in quel modo... Mel spostò la mano e si portò le punte delle dita intorno al clitoride. Inarcò subito la schiena. "È troppo sensibile."

"Sì, proprio sensibile." Tex guardò Mel. Era bellissima, ed era tutta sua. Cominciò a muovere i fianchi ritmicamente. Dentro e fuori, dentro e fuori. Le guardò i seni che rimbalzavano, per un attimo gli dispiacque non averli curati un po' di più. L'avrebbe fatto, più avanti. Ci avrebbe passato più tempo.

I colpi si fecero più rapidi, Tex poteva sentire i testicoli che cominciavano a prudergli, così capì che stavano per esplodere. "Più veloce, Mel. Ci sono quasi. Sei troppo stretta, troppo bagnata. Non resisto più. Dai. Fammi sentire come mi stringi." Si abbassò e le assaggiò rapidamente i capezzoli, prima di perdere il controllo. Ne succhiò uno in bocca, prendendo il capezzolo tra i denti. Strinse con una certa pressione, non tanto da farle male, ma abbastanza per farle sentire il morso. Chiaramente le bastò.

Tex sentì i muscoli interni di Melody che cominciarono a stringersi intorno al suo uccello, mentre lei esplodeva di nuovo. L'orgasmo la fece agitare, si spinse di più contro di lui. Tex gemette e continuò a spingersi dentro e fuori, sentendo i muscoli di lei che gli pulsavano contro.

"Oh, sì. Cazzo, Mel, sì!" Un'ultima spinta, poi Tex si fermò, mentre si svuotava nel preservativo. Non riuscì a trattenere un'altra spinta, una seconda. Infine, non riuscendo più a sostenersi, si lasciò cadere quasi di peso su di lei, leggermente al suo fianco.

Passarono diversi momenti, prima che Tex si riprendesse e fosse in grado di muoversi. Si alzò su un fianco, sostenendosi con un gomito, sempre senza staccarsi da lei. Sapeva di dover uscire per prendersi cura del profilattico, solo che ancora non se la sentiva, di lasciarla. Così alzò una mano e scostò i capelli del viso di Mel. I capelli erano attaccati alla pelle sudata della fronte.

"Stai bene?"

"No."

Le labbra di Tex accennarono a un sorriso. "No? Posso fare qualcosa?"

"Puoi solo lasciarmi stare, qui sdraiata. Mi hai ucciso."

"Ma che bel modo di andarsene, vero?"

Melody aprì un occhio e lo guardò dritto in faccia. Era a pochi centimetri, sorrideva. "Eh sì. Proprio un bel modo di andarsene."

"La tua gamba come va?"

Il sorriso svanì dal viso di Tex, che si fece serio. "Sei meravigliosa. Davvero. Hai appena avuto tre orgasmi e hai fatto tutto ciò che ti ho chiesto, poi praticamente le prime parole che ti escono di bocca sono per chiedermi se *io* sto bene?"

"Sì. Stai bene?"

"Sì, Mel. Sto alla grande. Lo sai che c'è? Per la prima volta da quando quella cazzo di bomba è scoppiata la gamba non mi fa male. Nemmeno una fitta."

Melody chiuse gli occhi e lo tirò più vicino. "Allora adesso so cosa fare, quando tornerà a farti male. Una nuova cura per i dolori fantasma."

Tex rise, poi si staccò da Mel con un lamento e si sfilò il preservativo, mettendolo da parte.

"L'aspetto meno sensuale del sesso," commentò Melody beffardamente. "Mettilo pure sul pavimento, ci pensiamo dopo."

Tex fece come gli aveva suggerito, poi si girò, tornando da lei e prendendola tra le braccia. "La tua praticità è uno degli aspetti che amo di più, in te. Oltre al tuo corpo perfetto."

"Shh. Mi sto crogiolando nel momento."

"Crogiolando?"

"Sì, stai buono."

Tex scosse la testa e tacque. Avevano da fare, sapeva che Amy era ansiosa di rivedere la sua migliore amica, ma c'era comunque il tempo di rilassarsi un pochino.

## CAPITOLO UNDICI

TEX GUARDAVA Amy e Mel che piangevano abbracciate. Dopo essere usciti dal letto ed essersi fatta una doccia, con tanto di orgasmo sotto l'acqua, erano usciti un po' con Baby, poi erano andati a incontrare Amy. Avevano fatto a malapena pochi passi fuori dall'appartamento, quando Baby aveva cominciato a ringhiare incessantemente da dentro.

Tex aveva guardato Mel, che era evidentemente sbalordita.

"Immagino che non si sia mai comportata così?"

"No, mai."

Così Tex aveva riaperto la porta dell'appartamento e aveva fatto schioccare le dita. Baby aveva smesso subito di ringhiare e si era seduta per terra vicino al divano, guardando Tex con la coda che andava avanti e indietro sul pavimento.

"Va bene, Baby, questa volta puoi venire con noi."

Quasi come comprendendo ogni parola, Baby aveva trotterellato verso la porta e aveva aspettato pazientemente che Melody le attaccasse il guinzaglio.

Così erano usciti ancora tutti insieme, poi Tex aveva chiuso di nuovo la porta e si erano diretti alla macchina. Si erano fermati in banca, dove Melody aveva prelevato dei contanti. Aveva parlato un poco con Diane, la cassiera che conosceva dalle scuole superiori, e con un'altra signora che era entrata in banca nel frattempo.

Quando erano usciti dalla banca, Mel gli aveva spiegato che quella signora era Heather Wallace. Melody l'aveva conosciuta al college e anche se non erano vicinissime, Heather sembrava comunque contenta di rivederla.

Mel aveva usato il telefono di Tex per chiamare Amy, avevano deciso di trovarsi a un fast food in fondo alla strada. Ora Tex stava osservando le due grandi amiche finalmente riunite.

"Sono proprio contenta che tu stia bene! Mi sei mancata tantissimo!"

"Lo so, anche tu mi sei mancata, Ames."

Amy si allontanò dalle braccia di Melody e le mollò uno schiaffetto sul braccio. "Non fare mai più una cavolata del genere."

"Ha detto che avrebbe fatto del male anche a te. E a Becks, a Cindy, a Baby, poi ai miei genitori. Non potevo permetterlo. Se ti avesse fatto del male, non avrei mai potuto perdonarmi."

"Hashtag 'migliore amica'."

"Hashtag 'separate alla nascita'."

Tex le vide sorridere e non riuscì a non intromettersi. Insieme erano proprio carine. Non avrebbe mai creduto che i gesti e gli scambi di affetto tra donne potessero essere così divertenti, ma dopo aver conosciuto meglio le compagne dei suoi amici, guardando Mel e Amy insieme, gli piacque quel ritrovo. "Hashtag 'siete proprio carine'."

"No. Tu non puoi dire 'hashtag'," gli disse subito Amy tutta seria, lanciandogli un'occhiata rapida senza lasciar andare Melody.

"È una cosa nostra," cercò di spiegargli Melody più tranquillamente. "Abbiamo cominciato all'ultimo anno delle superiori. Era un nostro modo di dire. Poi è arrivato Twitter, ma noi lo stavamo già dicendo prima che diventasse così famoso e che sapessero tutti cosa significava[1]. Ora lo usano tutti come pazzi, ma prima era solo tra di noi. Eravamo delle tipiche ragazzine, a forza di ripeterlo abbiamo fatto impazzire i professori e anche i nostri genitori. Penso che a volte ci siano stati giorni in cui non dicevamo nulla per non cominciare 'hashtag'. Ci piaceva da matti, mentre tanti lo odiavano."

Amy e Melody si guardarono negli occhi e sorrisero, ovviamente ricordandosi i bei tempi.

"Va bene, signore, niente più *hashtag* da parte mia," le rassicurò Tex. "Però ora andiamocene via dalla strada, così potrete continuare coi bei ricordi." Quindi le accompagnò fuori dal parcheggio per allontanarle dallo sguardo indiscreto di chiunque potesse essere nel ristorante o passare nei paraggi.

Poi le guardò parlare dei figli di Amy e di come stavano. Amy aggiornò Melody su tutte le chiacchiere in circolazione, poi scambiò qualche gesto di affetto con Baby, che fu molto felice di rivederla. Infine, dopo circa una trentina di minuti, finirono di aggiornarsi su tutte le informazioni importanti.

Tenendo sempre Melody sottobraccio, Amy si voltò verso Tex. "E adesso? Cosa posso fare per aiutarvi?"

"No, Amy," le disse Melody, tornata seria. "Non voglio coinvolgerti."

"Ormai è troppo tardi, Mels, sono già coinvolta. Questo stronzo ha minacciato me e la mia famiglia. Non può comportarsi così e sperare di farla franca."

"Amy ha ragione," intervenne Tex. "Come minimo, devo parlare con lei per avere la sua opinione su chi potrebbe esserci dietro. Lei avrà senz'altro un punto di vista diverso dal tuo e potrebbe essere davvero molto utile."

"Mi sta bene, Tex, ma non sono più sicura di nulla."

"Mel, te l'ho già detto e te lo ripeto. Non farei mai *nulla* che possa mettere in pericolo te o altre persone che conosci. Onestamente penso che sia per forza qualcuno che vive qui, nella tua cittadina. Diciamocelo, non sei certo una globe trotter che gira continuamente."

Amy ridacchiò, ma cercò di soffocare la risata dopo l'occhiataccia di Melody.

Poi Melody sospirò: "Va bene, ma..."

"Niente ma."

"Mamma cara, quanto sei fastidioso," lo provocò Melody.

"Stai buona, Mels, non è fastidioso," le disse Amy. "È hashtag 'carino' e hashtag 'protettivo'."

"Hashtag 'sarai anche la mia migliore amica ma posso sempre prenderti a calci nel culo'."

"Va bene, signore," disse Tex ridendo. "Amy, rimaniamo in contatto. Penso che dobbiamo ancora farci vedere in giro in città, così chi di dovere ci potrà vedere insieme e magari si agiterà abbastanza da commettere un errore."

"Tienila al sicuro." Amy si era rivolta a Tex con voce serissima. "Sono riuscita a non vederla negli ultimi mesi solo perché sapevo che era in giro da qualche parte... viva. Non *potrei* farcela, se morisse."

"Lei *non* morirà." Tex le rispose con voce altrettanto seria, la fissò con intensità e tirò un sospiro di sollievo in silenzio, vedendola annuire.

Amy tornò a rivolgersi a Melody e le mise le mani sui fianchi. "Hashtag 'penso che tu abbia molto da raccontarmi', Mels."

"Ti voglio bene, Ames. Stai attenta." Melody abbracciò la sua amica.

"Anch'io ti voglio bene, stai attenta anche tu."

Tex vide Amy che si incamminava verso la sua macchina dall'altra parte del parcheggio, per poi entrarci.

"Andiamo, Mel, ti porto in centro a fare shopping."

"Shopping?"

"Eh sì, cosa c'è di meglio da vedere, se non il centro, il cuore pulsante della città? Dato che abbiamo portato Baby e non possiamo andare al centro commerciale, magari ci andremo domani. Ma per ora vedremo in chi possiamo imbatterci, magari qualcun altro che conosci. Voglio arrivare in fondo alla faccenda."

"Anch'io."

"Perfetto, allora andiamo. Prima chiudiamo questa storia, prima possiamo tornare a casa tua."

Tex aiutò Mel a salire in macchina e girò intorno al veicolo. Trovarono parcheggio in centro e uscirono dalla macchina. Melody teneva il guinzaglio di Baby, fecero una passeggiata per il centro. Tex fu sorpreso di scoprire quante persone conosceva Mel. Avevano deciso di dire in giro che era andata via per lavoro, dato che nessuno conosceva molto bene la natura del suo lavoro di sotto-titolatrice in diretta, fu facile dare solo spiegazioni vaghe.

Tex fece molta attenzione sia alle persone che incontravano che a Baby, mentre camminavano e parlavano con chi incontravano. Cercò di catalogare la reazione degli altri. Incontrarono varie persone che sembravano molto contente di vedere Melody, altre che invece si atteggiavano in maniera piuttosto finta.

Baby ringhiò solo una volta, a Lee Davis. Lee era l'ultimo tipo con cui Mel era uscita, prima che lo stalker cominciasse a lasciarle delle lettere minatorie. Tex si ricordava quanto gli aveva detto Mel, cioè che si comportava da stronzo, ma ora usciva con la cassiera della banca... Diane.

Mel non gli si era avvicinata per stringergli la mano, per abbracciarlo o altro, ma lui non si era comunque fermato. Era andato ad abbracciarla, ma Baby si era messa in mezzo ringhiando. Lee era arretrato rapidamente e aveva chiuso la conversazione dopo poco.

L'altra persona che non piacque a Baby e a Tex fu Robert Pletcher. Era il ragazzo di Mel alle superiori, Tex lo odiò a prima vista. Oltretutto, sapeva che era stato lui a prendere la verginità di Mel. Non doveva interessargli, era passato molto tempo, non aveva alcun motivo per essere arrabbiato, geloso, a quel tempo lui non conosceva nemmeno Mel. Eppure il sangue gli ribolliva comunque. Strinse i denti, quando Robert baciò Mel sulla guancia.

Tex non era riuscito a trattenersi, si era avvicinato a Mel e le aveva messo una mano dietro la schiena, poi si era avvicinato e le aveva sussurrato in un orecchio, ma abbastanza forte da farsi sentire anche da Robert: "Io e Baby ti aspettiamo là," indicando una panchina non molto lontana. "Fai con calma col tuo vecchio amico." Poi le aveva messo una mano sulla guancia, le aveva fatto girare la testa, si era abbassato e l'aveva baciata. Non era stato un bacio sfuggente, non un bacio leggero. Poi si era tirato indietro e le aveva accarezzato la guancia con le nocche, aveva preso il guinzaglio di Baby e si era diretto alla panchina.

Arrivato alla panchina si era seduto con le braccia

incrociate, guardando Mel che parlava con Robert. Baby era saltata sulla panchina vicino a lui e si era seduta quasi come una persona. Tex le aveva messo una mano sulla schiena e l'aveva accarezzata, mentre insieme aspettavano Mel.

Nel giro di cinque minuti, la chiacchierata con Robert era terminata e Mel li aveva raggiunti sorridendo. Si era seduta vicino a Tex e gli aveva messo una mano sulla coscia. Poi si era abbassata per grattare Baby sulla testa, infine aveva appoggiato la schiena alla panchina.

"C'è qualcosa che mi vuoi spiegare?" aveva domandato a Tex.

"C'è *bisogno* che ti dia delle spiegazioni?"

Lei aveva sorriso. "Non penso proprio. Tex, non hai niente di cui preoccuparti per quanto riguarda Robert."

"Non è che sia preoccupato, Mel. Non penso che tu mi possa mollare all'improvviso per dichiarare amore eterno a quel citrullo. Solo che non mi piace il pensiero di te e lui..."

Melody si era avvicinata per baciarlo e per metterlo tranquillo. "È stato una vita fa. E poi non è stato un gran che."

"Non importa. Anche se avessimo ottant'anni, non mi piacerebbe."

Melody ridacchiò. "Ma dai. Ora possiamo andare a casa? Prima non ho avuto il tempo di esplorare." Al solo sentire quelle parole, Tex fu già in piedi e si mise a camminare velocemente verso la macchina, tenendo ben stretta la mano di Mel nella propria.

"Intanto che torniamo a casa ci fermiamo a prendere qualcosa da mangiare." Poi guardò Baby e si scusò, sempre camminando: "Scusa tanto, Baby, mi sa che stasera sarai ancora per conto tuo. Devo passare del tempo con la mia ragazza."

# CAPITOLO DODICI

MELODY SI STIRACCHIÒ E TRASALÌ. Sentiva dolori a muscoli che non pensava nemmeno di avere. E non aveva nemmeno passato delle ore in palestra. La sera prima, Tex era stato un vero mago, le aveva lasciato fare tutti i giochetti che voleva lei, per poi ricambiare altrettanta attenzione.

Melody si voltò e trovò l'altra metà del letto vuota. Le lenzuola erano fredde, ma Melody poteva ancora vedere l'impronta della testa di Tex nel cuscino vicino a lei. Melody guardò l'orologio e vide che erano le sette del mattino. Di solito si alzava prima, ma Tex l'aveva davvero stancata, la sera precedente. Si incamminò verso il bagno, raccolse da terra la maglietta e i boxer, erano ancora dove li aveva gettati Tex la sera prima.

Dopo aver completato la sua routine del mattino, se ne uscì dal bagno per andare in salotto, ma si bloccò appena entrata. Tex era in salotto, stava facendo delle flessioni, Baby gli teneva compagnia, cercava di leccargli la faccia ogni volta che si spingeva in alto dal pavimento. Melody si chiese da quanto tempo Tex si stesse allenando, ma dato che lui non l'aveva ancora notata, si appoggiò all'infisso della porta per guardarlo.

Anche se Baby sembrava disturbarlo parecchio, Tex sopportava molto tranquillamente le sue continue interferenze nel suo allenamento mattutino. Era uno spettacolo, vederlo fare flessioni appoggiato a una gamba sola. Usava comunque la protesi per tenersi in equilibrio, ma Melody poteva vedere che teneva tutto il peso sul piede.

Dopo qualche altra flessione, Tex si girò di schiena per fare degli addominali. Baby ovviamente credette si trattasse di un nuovo gioco, infatti si mise proprio su di lui, cercando di salirgli in braccio ogni volta che lui si sdraiava sul pavimento. A un certo punto, Tex perse la pazienza e fece finta di ringhiare, poi afferrò Baby intorno al corpo e cadde all'indietro tenendola tra le braccia. Baby si dimenò per liberarsi dalla presa, ma non ci riuscì.

Melody continuò ad osservare il suo uomo e il suo cane spaparanzati sul pavimento. Sembrava che si stessero entrambi divertendo da matti. In quel momento, Melody capì di non essere mai stata tanto felice in vita sua, almeno da tantissimo tempo. Aveva passato gli ultimi mesi spaventata, in fuga, sempre al massimo della tensione, chiedendosi cosa sarebbe successo giorno dopo giorno.

Tex le aveva dato pace. Sapeva che non erano ancora

in usciti dal tunnel, ma qualunque cosa succedesse, Tex sarebbe stato con lei per aiutarla. Non voleva pensare a cosa sarebbe successo, se lo stalker non avesse mai fatto altre mosse. O una volta catturato il persecutore, come si sperava. Lei viveva in Pennsylvania e Tex viveva in Virginia. Al momento abitava con lei, ma non era una sistemazione permanente.

Melody scosse la testa, rifiutandosi di guardare al futuro. Aveva appena pensato a quanto era felice, non voleva rovinare quel momento.

A quel punto Baby probabilmente la sentì muoversi, perché si agitò abbastanza per liberarsi dalla presa di Tex e balzò in direzione di Melody.

Mel rise, si inginocchiò e la salutò con gioia. Baby era davvero una bella cagnolona. Anche se l'avevano chiusa fuori dalla camera da letto, la sera prima, non aveva tenuto il broncio né a lei, né a Tex.

"Buongiorno, bella," disse Tex. In un attimo si era alzato e le aveva raggiunte.

"Tirami su." Melody gli porse una mano e lui la prese immediatamente, aiutandola ad alzarsi da terra come se fosse leggerissima. Non solo l'aiutò, ma la tirò direttamente tra le proprie braccia.

"Buongiorno bella," ripeté Tex.

"Buongiorno, Tex." Melody arrossì per lo sguardo intenso con cui Tex la guardava.

"Non so proprio come fai ad arrossire, dopo tutto quello che abbiamo fatto ieri sera, ma mi piaci un sacco quando arrossisci."

"Hai dormito bene?"

"Mel, non ho mai dormito meglio in vita mia, di sicuro non dopo l'operazione. Ti ho tenuta tra le braccia, ho ascoltato il tuo respiro, sapendo che eri esausta per gli orgasmi che ti avevo regalato... un sonno perfetto." Tex si avvicinò e baciò Mel a lungo e con grande passione. Poi si allontanò e vide che lei si stava mordicchiando un angolo del labbro inferiore. "Che c'è? C'è qualcosa che non mi stai dicendo? Dai, Mel, non far finta di nulla, dimmi che c'è."

"Non ti ho trovato con me, stamattina, quando mi sono svegliata."

"Non hai nulla di cui preoccuparti, te lo garantisco. Mel, io sono stato un SEAL, sono abituato a dormire molto meno di te, faccio ginnastica ogni mattina, anche se sono in congedo, non ho perso l'abitudine. Infatti sono rimasto a letto una ventina di minuti solo ad ascoltare il tuo respiro, a godermi la sensazione del tuo corpo contro il mio. Probabilmente ci sarei rimasto, se non avessi sentito Baby fuori dalla porta."

"È solo che..." Mel si interruppe, sapendo che quanto stava per dire poteva sembrare pretenzioso, anche se lei non voleva affatto dare a Tex quell'impressione, specialmente perché non stavano insieme da molto tempo.

"Vieni qui." Tex prese Mel per mano e l'accompagnò al divano. Come al suo solito, si sedette e la fece sedere sulle proprie gambe. "Dai, adesso dimmi cosa ti passa per la testa. So che questa è una situazione nuova, ma non avevi paura di dirmi ciò che pensavi, quando chattavamo al computer, quindi non aver timore anche adesso che stiamo insieme di persona."

"Puoi svegliarmi, quando esci dal letto la mattina?" Vedendo Tex che si faceva serio, Melody si affrettò a spiegare il proprio pensiero fino in fondo. "È solo che... voglio cominciare la mia giornata insieme a te. E non posso farlo, se tu non ci sei. Sì, lo so che hai da fare, non sei mica legato al letto, ma se non mi sveglio con te almeno voglio sapere quando ti svegli." Mel respirò a fondo, poi continuò, cercando di non guardare Tex negli occhi. "Mi è successo in passato, uno dei tipi con cui uscivo al college se n'è andato nel bel mezzo della notte e non è più tornato. Immagino volesse rompere con me e non sapesse come dirmelo. Quindi adesso sono un po' delicata su questo punto."

"Che figlio di puttana. Mel, io non vado da nessuna parte. Mi hai sentito, quando ho detto che eri mia, vero? Che se mi volevi, ero tuo? Non era un gioco di parole. E poi tu hai bisogno di dormire. Non voglio svegliarti."

"Non sto dicendo che mi devi scuotere e farmi alzare e farmi fare le flessioni prima di andare a salvare il mondo, di correre una maratona o cose così." Melody sorrise. "Magari dammi un bacio, qualcosa del genere. Io dormo facilmente, non ho problemi ad addormentarmi di nuovo. Mi sento meglio, sapendo che non hai fatto le valigie per andartene, sapendo che ti ho dato il buongiorno quando ti sei svegliato."

"Va bene," Tex accettò subito, comprendendo l'avversione di Mel nei confronti di un letto vuoto, quando si svegliava al mattino. "Ma credimi, quando ti dico che non vado da nessuna parte. Dobbiamo fare una bella chiacchierata sulle nostre prossime mosse, ma finché non si risolve la situazione qui, non sono sicuro che siamo pronti a parlarne. Però ti assicuro che non vado da nessuna parte."

Melody sorrise. "Va bene."

"Perfetto. Ora, penso di non averti ancora dato un buongiorno come si deve. Baciami, Mel. Con tutta te stessa."

"Io ti bacio sempre con tutta me stessa," rispose Melody, sorridendo, mentre si avvicinava a Tex. Poi gli leccò il lato del collo. "Gnam, sei salato."

"Mel..." la avvertì Tex, sentendo l'eccitazione crescere.

"Non so che dire, sei così maschio, sexy, e sei qui con *me*. Mi sembra tutto così incredibile."

Tex non rispose, le prese la testa con una mano e la avvicinò. Poi la baciò a lungo e con trasporto. Se doveva essere lui a baciarla con tutto se stesso, l'avrebbe fatto... anche molto volentieri.

Prima ancora di rendersene conto, Melody si ritrovò con la schiena sul divano, Tex era sopra di lei, le aveva messo una mano sotto la maglietta per toccarle il seno nudo, con l'altra mano le teneva una gamba alzata; la sua erezione appoggiava in mezzo alle gambe, proprio nel punto giusto.

"Buongiorno, Mel," sussurrò Tex con voce roca, accarezzandola dietro al ginocchio con il pollice della mano sinistra, mentre le stimolava il capezzolo con le dita della mano destra.

"Hai finito con l'allenamento?" gli chiese Melody quasi senza fiato, inarcando la schiena leggermente e spingendo in avanti il torace.

"No, ma posso proporti un altro modo per bruciare qualche caloria."

Una trentina di minuti dopo, Melody si ritrovò sopra Tex, sul divano. I vestiti gettati da ogni parte, erano entrambi praticamente nudi. Tex le aveva strappato i vestiti di dosso e le aveva fatto fare molto movimento, dicendo che lui aveva già fatto abbastanza ginnastica allenandosi. Melody non aveva mai avuto un compagno che parlasse tanto quanto Tex. Le faceva complimenti mentre facevano l'amore, apprezzava il suo corpo, il modo in cui lo muoveva, le sensazioni che emanava, come *lui* si sentiva. Niente sembrava imbarazzarlo o togliergli lo slancio. A un certo punto Melody aveva allungato una mano dietro la schiena per andare ad afferrare i testicoli di Tex, ma le sue dita erano scivolate, andando per sbaglio a toccargli la zona del sedere. Invece di agitarsi, Tex si era lasciato sfuggire un gemito e le aveva preso con più forza i fianchi, esclamando "oh sì, Mel, che bello!" Ovviamente *lei* era arrossita e aveva tolto subito le dita, riportandole sul suo obiettivo, ma Tex si era limitato a sorridere, facendole l'occhiolino.

Per quanto Melody volesse tornare a letto, sapeva

che c'era molto da fare, quel giorno. Tex doveva controllare sui suoi programmi al computer tutte le informazioni che poteva reperire sugli uomini con cui era uscita in passato, mentre lei aveva un lavoro da svolgere. C'era un'assemblea che doveva sottotitolare in diretta, ma prima doveva leggere i documenti che la società le aveva inviato in preparazione all'evento. Si era già presa fin troppi giorni di ferie, nel suo viaggio attraverso il paese, doveva rientrare alla normalità.

Sentendo il corpo di Tex che si muoveva leggermente sotto di lei, Melody girò la testa e lo trovò che rideva. "Cosa c'è da ridere?"

Tex non rispose ad alta voce, le fece solo un cenno col mento verso sinistra. Melody si voltò e vide Baby seduta lì vicino. Aveva il muso puntato in alto e la coda che spazzolava il pavimento avanti e indietro. Melody appoggiò la fronte al petto di Tex e brontolò. "Santo cielo, abbiamo corrotto il mio cane."

"Alla faccia del voyeurismo canino." Tex rise ancor più sonoramente, quando Mel gli brontolò di nuovo contro il petto. "Dai, Mel, una bella doccia, per conto tuo, altrimenti non concluderemo mai nulla. Dopo colazione vedremo che risultati daranno le mie ricerche. Poi usciamo. Dobbiamo andare a fare la spesa e farci vedere insieme in giro in città."

Melody alzò la testa e si appoggiò al petto di Tex. Lo guardò per un momento, poi gli disse sottovoce: "Grazie."

"Non devi ringraziarmi," la riprese lui immediatamente. "Non c'è altro posto al mondo in cui vorrei essere, se non qui con te. Non mi interessa, anche se ci fossero tre stalker, un assassino in fuga alla tua porta, anche se Baby cominciasse a ringhiare come una pazza... è tutta la vita che aspettavo questo momento." Gli occhi di Mel si riempirono di lacrime, così Tex si mise seduto, tenendosi stretto a lei per non farla cadere. La baciò sugli occhi, uno alla volta. "Non piangere, Mel. Questo è solo l'inizio della nostra bella vita, insieme."

Poi la incitò ad alzarsi; quando lei fu in piedi, lui si girò di fianco sul divano e le appoggiò la testa sulla pancia, tenendola vicina. Sentì le mani di Mel nei capelli e sulla testa. Inalò profondamente e girò la testa verso l'alto per guardarla negli occhi. "Hai un profumo fantastico." Le mani di Tex cominciarono a massaggiarla dietro la schiena. "Profumi di noi."

"Tex."

Tex le portò una mano in mezzo alle gambe, sui genitali, poi le portò la mano sulla pancia per spargerle i fluidi intorno all'ombelico. Senza mai staccare gli occhi da quelli di lei, le disse seriamente: "Una bella vita, Mel. Farò tutto ciò che posso per far avere una bella vita a te... a noi. Ora, anche se mi piacerebbe stare con te tutto il giorno, senza vestiti, abbiamo molto di cui occuparci."

Tex le accarezzò la pancia ancora una volta, poi la fece girare e le diede uno schiaffetto sul sedere. "In doccia, bella!"

Melody ridacchiò e fece un passo verso il corridoio

per andare in camera da letto. Si guardò dietro le spalle e vide Tex ancora seduto sul divano. Baby lo aveva raggiunto e lui le aveva messo una mano sulla testa, tenendo l'altra sul ginocchio. Tex teneva gli occhi incollati su di lei, così Melody ancheggiò in modo più pronunciato mentre si dirigeva verso la doccia. Lo sentì gemere dal salotto e sorrise. Tex era riuscito a rendere divertente il ritorno a casa... che a lei era sembrato puro terrore.

Melody si aspettava di sentirsi dire che il loro rapporto stava andando troppo alla svelta, che era una follia, praticamente già convivere con Tex, un uomo che conosceva appena da una settimana; ma lei sapeva che non era così. Conosceva Tex da più di sei mesi, anche se lo aveva appena incontrato di persona, ma le basi della loro amicizia erano già consolidate da mesi. Avevano girato attorno all'interesse di pelle che si era creato, mentre chattavano online, senza mai affrontarlo veramente.

Melody non voleva pensare a come si sarebbe sviluppato il loro rapporto o a cos'avrebbe fatto lo stalker, quel pazzo che la perseguitava, ma una volta passata la tempesta e tornato il bel tempo, sperava con tutta se stessa di poter avere un futuro con Tex.

## CAPITOLO TREDICI

MELODY SI SEDETTE in cucina con la testa tra le mani, mentre Tex continuava a digitare al computer, parlando con lei.

"Non ho trovato niente di particolare sui nomi che mi hai dato. Il tuo ragazzo delle superiori, Robert, è sposato, come mi hai detto, ma sembra anche che abbia avuto un paio di storie extraconiugali, quindi non è poi un marito così perfetto come vuole far sembrare. Tutti gli uomini di cui mi hai parlato hanno qualche debito, ma Lee è quello che c'è dentro fino al collo. Per fortuna che lo hai scaricato in tempo, Mel. Ha tre finanziamenti aperti che non riesce a ripagare, massimo scoperto, un paio di multe per eccesso di velocità che non ha ancora pagato. Poi la polizia è stata chiamata al suo domicilio almeno un paio di volte dai vicini, per violenze domestiche."

"Bastardo," disse Melody molto sentitamente.

"Povera Diane. È vero che sono stata via, che non la conosco molto bene, ma nessuno dovrebbe mai sopportare abusi del genere. Spero che scarichi quello stronzo."

"Sì, sembra sia stata ricoverata un paio di volte, in passato, all'ospedale Saint Albin."

"Al Saint Albin?"

"Sì."

"Quello è un ospedale psichiatrico."

"Eh già."

"Ma sta bene?"

Tex sospirò. "Potrei scoprire esattamente il motivo del ricovero, scavando più a fondo potrei trovare la diagnosi, ma sembra che sia andata in ospedale prima di cominciare a uscire con Lee."

"Beh, di certo lui non la farà star meglio," commentò Melody.

"Posso mandare questa roba a Wolf e alla squadra per far dare un'occhiata anche a loro?"

Melody guardò Tex, sorpresa. "Me lo stai chiedendo?"

"Sì. Io sono bravo, sì, ma a volte aiuta qualche altra opinione, degli occhi in più. E poi io sono un po' troppo immerso in questa situazione per essere completamente imparziale. Quindi vorrei avere il tuo permesso per mostrare tutta questa roba anche ai miei amici."

"Allora certo, sì, puoi fargliela vedere. Non so quanto possa aiutare, ma di sicuro male non fa."

"Grazie, Mel. Hai ragione. Male non fa." Tex cominciò subito a digitare un messaggio sulla tastiera del computer. "Prima di inviare il messaggio lo cifro, così non può essere fatto risalire a me e le informazioni rimangono protette. Appena finisco, ci prepariamo e andiamo alla polizia. Avremmo dovuto andarci prima, ma mi sono distratto..."

Tex guardò Melody, i suoi occhi erano così seducenti che lei si sentì sciogliere sulla sedia.

Poi lui proseguì coi suoi ragionamenti. "Immagino tu ci sia andata, prima di metterti in fuga?"

"Sì, ma hanno detto che non potevano farci nulla. Hanno preso le lettere che avevo ricevuto e hanno stilato un rapporto, ma poi mi hanno detto solo di fare attenzione."

"Proprio come pensavo. Beh, porteremo con noi la lettera che hai ricevuto in California, giusto per farla registrare, anche per far sapere alla polizia che sei tornata in città. Anche se non possono fare molto, ma almeno se *succede* qualcosa saranno già sul chi va là."

Melody si scrollò di dosso il pensiero che lo stalker la potesse raggiungere di nuovo. "Pensi che succederà qualcosa? A questo punto preferirei che facesse qualcosa, così almeno la faremmo finita e potremmo voltare pagina, invece che trascinare questa situazione all'infinito."

Tex smise di digitare e si voltò verso di lei. "Non lo so. Il mio istinto mi dice che la mia presenza, qui con te, non lo farà certo felice. Immagino che succederà qualcosa, e anche alla svelta. Ma potrei sbagliarmi. Può anche darsi che decida di abbassare la testa, aspettando che io me ne vada. In questo caso, Mel, va bene lo stesso, perché tanto io non vado da nessuna parte. Se questo è il suo piano, dovrà tenere la testa 'bassa' per una vita intera."

Melody non seppe che dire. Lo sguardo intenso di Tex la lasciava sempre senza fiato, con tanta voglia di realizzare tutto ciò che quegli occhi le promettevano. Dopo un po' di tempo, Tex tornò a consultare il suo computer, interrompendo la tensione sessuale che si era creata tra loro.

"Ecco fatto, email inviata. Aspetta che prendo la lettera, poi andiamo. Se Baby ce lo consente, oggi la lasciamo a casa e per prima cosa andiamo alla centrale di polizia. Poi andiamo a fare una passeggiata al centro commerciale. Se ci sono altri posti che frequentavi, prima di lasciare la città, andremo anche là. Se vuoi possiamo anche telefonare ad Amy e incontrarla di nuovo. So che vuoi vedere i suoi figli, ma a questo punto credo sarebbe meglio aspettare più avanti. Però ascoltami, Mel, so che Amy è molto importante, per te, se vuoi vedere Becky e Cindy, troveremo un modo."

"Vorrei tanto rivedere Amy, oggi, ma hai ragione, probabilmente è meglio se lasciamo fuori i ragazzi, per ora." Non poter vedere i figli di Amy era una sofferenza, per Mel, che quindi cambiò discorso e disse: "Adesso faccio un discorsetto a Baby. Vediamo se riesco a convincerla a stare un po' a casa, oggi."

Prima che Melody andasse a parlare a quattr'occhi con il cane, Tex le mise una mano dietro la nuca per cancellare la poca distanza che li separava. "Sei troppo carina. Puoi dire a Baby che, se sta buona a casa ad aspettarci, quando torno le porto un bell'osso succoso." Poi la baciò con foga, mordicchiandole il labbro inferiore prima di lasciarla andare.

Melody gli sorrise e gli mise brevemente la mano sulla guancia. Poi si alzò e andò a sedersi sul divano accanto a Baby. Il cane saltò sul divano, al fianco della sua padrona, pretendendo subito delle coccole. "Va bene, Baby, ascoltami, mettiamoci d'accordo. Oggi devi proprio rimanere a casa." Baby cominciò a guaire prima ancora che Melody finisse il suo discorso. Melody sapeva bene che era strano, parlare così al cane, come se Baby potesse capirla, ma sperava che, sotto sotto, magari Baby potesse percepire le emozioni e le intenzioni nella sua voce. Quindi, pur non capendo il linguaggio di per sé, magari poteva capire che le stava dicendo qualcosa di importante.

"Lo so, lo so, anche tu mi mancherai, ma sono sei giorni che siamo inseparabili. Oggi ho qualcosa da fare e tu non puoi venire con noi. Non voglio essere costretta a lasciarti in macchina. Non saresti al sicuro e non è sano. Quindi, se oggi rimani a casa e fai la brava, Tex ha detto che ti porterà un bell'osso succoso come sorpresa. Ti piacerebbe, non è vero?" Baby tirò su il muso e leccò la faccia di Melody, facendola ridacchiare.

"Va bene, Tex, tutto sistemato." Melody parlò a voce alta, poi si voltò e lasciò partire un grido di sorpresa, ritrovandosi Tex dietro la schiena, con i gomiti appoggiati allo schienale del divano.

"Santo cielo, Tex, smettila di farmi prendere di questi spaventi!"

"Non volevo spaventarti, Mel. Sono venuto qua da te. Baby sapeva che ero qui, tu invece eri troppo concentrata su di lei, per sentirmi arrivare."

"No, Tex, anche con la gamba di metallo riesci a camminare come un indiano nella foresta a caccia di conigli. Sei completamente silenzioso, sei quasi inquietante."

"Forza dell'abitudine, Mel. Solo abitudine."

Melody sospirò. "Lo so, puoi far uscire un uomo dai SEAL, ma non puoi far uscire i SEAL da un uomo."

"Bello, mi piace!" le disse Tex alzandosi in piedi e accarezzandole i capelli. "Dai, dobbiamo andare."

Melody baciò Baby sulla testa e le diede un ultimo colpetto. "Sono pronta." Prese la borsetta dal mobile della cucina e insieme uscirono dall'appartamento.

Quando stavano per chiudere la porta, Baby guaì una volta, ma Tex si girò appena per dirle con voce decisa: "Baby, seduta."

Il cane sbuffò una volta, poi tornò di corsa al divano e ci salì. Si sistemò sui cuscini, appoggiando la testa allo schienale, mentre li guardava uscire.

"È brava a farti sentire in colpa," commentò Melody.

Tex si limitò a fare una risata e le mise una mano dietro la schiena, per accompagnarla fuori di casa. Poi chiuse la porta a chiave e per fortuna Baby rimase in silenzio, mentre loro due raggiungevano il parcheggio.

Mentre si portavano verso la macchina, Melody guardò Tex e gli disse: "Come fai a farti obbedire così bene da lei? È pur sempre un cane da caccia, di solito non obbedisce a nessuno."

Lui non rispose, così Mel lo guardò confusa. Il volto di Tex si era fatto duro, le tolse la mano dalla schiena e le prese un gomito. "Sembra proprio che sarà la polizia a venire da noi, oggi, Mel."

"Eh?" Melody si voltò per guardare nella stessa direzione in cui guardava Tex e sussultò. La macchina era stata vandalizzata. Tutte quattro le ruote a terra, fari in frantumi. "Oh no, Tex, la tua macchina."

"È solo una macchina. Si può riparare."

Avvicinandosi alla macchina, Melody vide che alcune parole erano state verniciate sulla carrozzeria con delle bombolette spray. Così ignorò Tex, che stava telefonando alla polizia, per andare a leggere quelle parole terribili, parole di odio spruzzate sulla macchina di Tex.

*Troia. Puttana. La pagherai.*

Melody sentì che Tex non le aveva tolto la mano dal gomito, così lo prese sottobraccio e gli si strinse contro. Poi guardò in giro, come aspettandosi di vedere qualcuno spuntare da dietro un cespuglio per aggredirli.

Tex la abbracciò, ma dopo aver chiuso la conversazione con la polizia girò il cellulare e cominciò a scattare delle foto della macchina e della zona circostante. Senza voltarsi per guardarla, cercò di rassicurare Mel. "In realtà è un buon segno. Lo so che non sembra così, ma è un buon segno. Significa che è bastato un giorno solo per fargli perdere il controllo. Ha perso le staffe, è incazzato. Mi ha visto con te e non lo sopporta. Più perde il controllo, più è probabile che commetta degli errori."

"Ma... è la tua macchina."

A quelle parole, Tex abbassò il telefonino e fece girare Mel tra le braccia fino a mettersi contro di lei, pancia a pancia. "È solo una macchina. Non me ne può fregare di meno. Dico davvero. Oggi stesso noleggiamo una macchina così possiamo andare in giro."

"Possiamo usare la mia auto. È ancora parcheggiata da Amy."

"No, preferisco noleggiare un'auto. Sarà una mania da uomo, o magari da SEAL, o se preferisci da ragazzo, ma preferisco starti vicino finché non sarà tutto finito. Lascia che sia io a guidare, Mel."

"Va bene, anche se non ha alcun senso che tu debba spendere dei soldi per una macchina, quando c'è la mia, perfettamente funzionante, a disposizione, ma fa lo stesso."

Tex proseguì come se non avessero appena discusso di noleggiare una stupidissima macchina. "Però sono molto arrabbiato con me stesso. Avrei dovuto già allestire delle telecamere di sorveglianza intorno al tuo appartamento. Se l'avessi fatto, ora potremmo esaminare i filmati, ma se è già arrivato a questo punto, vedrai che farà altre mosse. Lo prenderò, Mel, te lo giuro."

"Ho paura."

"Lo so e mi dispiace tantissimo, ma Mel, sentimi bene." Tex fece girare la testa a Mel per costringerla a guardarlo negli occhi. "Ti ho appena ritrovata, dopo tutti questi mesi, non permetterò che ti succeda qualcosa. Chiunque sia questa persona, sta perdendo il controllo ed è troppo agitato. Sempre meglio che uno stalker metodico e calcolatore. Farà un errore e così sarà tutto finito. Fidati di me."

"Mi fido di te. Lo sai. Però mi dà comunque molto fastidio."

"Lo so. Non è che a me faccia piacere. Ma supereremo tutto... insieme." Sentirono le sirene della polizia che si avvicinavano e alzarono entrambi lo sguardo. "Mando le foto a Wolf, poi parliamo con la polizia, chiamo qualcuno per far portare la macchina in officina e poi proseguiremo col nostro programma come nulla fosse."

Melody annuì, cercando di controllare i tremori che la pervadevano; poi si accoccolò tra le braccia di Tex, che la strinse a sé. Sentiva di potercela fare. Aveva affrontato tutto da sola, ora c'era Tex con lei, ma la sua presenza non la rendeva meno tosta di quanto non fosse stata negli ultimi mesi di fuga solitaria. Doveva farsi forza e stare attenta a tutte le persone che incontrava. Doveva aiutare Tex a scoprire il colpevole, non poteva certo buttarsi sul divano a piagnucolare, come una ragazzina patetica che aveva bisogno di protezione.

———

Melody si mise seduta sulla panchina al parco insieme ad Amy. Le aveva telefonato e si erano messe d'accordo di incontrarsi in quel parco, in un posto pubblico. Cindy e Becky erano ancora a scuola e il marito di Amy era al lavoro. Amy aveva lasciato presto il suo posto di lavoro ed era venuta direttamente al parco, appena chiusa la conversazione con Melody.

Tex era rimasto con Melody fino all'arrivo di Amy. Poi l'aveva baciata sulla fronte dicendo: "State insieme finché volete, io rimango laggiù." Aveva indicato una panchina a una trentina di metri di distanza e si era avviato, lasciando sole le due amiche.

"Come te la passi?" chiese Amy a Melody, stringendole forte la mano.

"Sto bene."

"Hashtag 'sul serio'? Mels, sono io, puoi confidarti. Dimmi la verità."

Melody sospirò. Voleva molto bene ad Amy, ma a volte le dava fastidio che la sua amica non potesse accettare una piccola bugia per confortarla. "Ho una paura folle. Tex mi dice di non preoccuparmi, ma io non so che farci."

Amy abbassò lo sguardo sulle loro mani intrecciate e si morse le labbra. Poi guardò Melody e le strinse la mano. "Mels, io ti voglio bene, per me sei la sorella che non ho mai avuto. Ti conosco abbastanza da sapere che quanto ti dirò probabilmente ti farà incazzare, ma te lo dico per il tuo bene."

"Cazzo," rispose Melody con un filo di voce.

"Quanto conosci veramente questo Tex? Cioè, hai cominciato a chattare con lui online e ora vive a casa tua, e a giudicare dai vostri sguardi andate anche a letto insieme. Io l'ho fatto controllare dai miei contatti, sul lavoro, ma... e se fosse proprio *lui* quello che ti perseguita? E se fosse lui a farti tutto questo? Ti ha trovata in California, quando avevi appena ricevuto quella lettera. Non è una bella coincidenza, e non mi sentirei una tua vera amica, se non te lo dicessi."

Melody si irrigidì sulla panchina e sentì l'impulso di ritirare le mani da quelle dell'amica e di scappare via. Ma sapeva che Amy le voleva bene e che stava solo cercando di proteggerla come poteva. Diamine, a ruoli invertiti probabilmente avrebbe fatto anche lei la stessa cosa. Tex aveva persino pensato che fosse *Amy* la stalker. Era una coincidenza interessante, ora era Amy a sospettare di Tex.

Melody guardò Tex, era ancora seduto sulla stessa panchina e non aveva distolto lo sguardo da loro. La stava fissando intensamente, cercava sempre di capire quale fosse il suo stato d'animo. Così Melody respirò profondamente.

"Non è lui, Ames." Quando Amy aprì la bocca per interromperla, Melody continuò rapidamente: "Aspetta, lascia che ti spieghi come faccio a essere così sicura. Va bene?" Melody attese che Amy annuisse, e quando lo fece le strinse la mano.

"Ero in un buco infernale, in Mississippi, la prima volta che Tex mi ha contattata online. Ormai scappavo da qualche settimana, ero stanca e spaventata. Lo stalker mi aveva già trovata in Florida e stavo scappando ancora. Tex mi ha messaggiato dicendomi che gli piaceva il mio username. Non ha detto niente di erotico, mi ha fatta ridere per la prima volta da quando avevo ricevuto la prima lettera. Non mi ha fatto alcuna pressione, non mi ha fatto capire di volere qualcosa da me. Io non gli avrei nemmeno scritto più, ma lui mi ha mandato un altro messaggio così mi sono sentita di rispondergli. Con me è stato sempre divertente, mai minaccioso. Amy, ho chattato con lui online per mesi e mai *una volta* ha oltrepassato il limite. Non mi ha mai chiesto dove fossi, non mi ha mai chiesto una foto, non ha mai scritto niente di esplicito. Sei mesi, Amy. *Sei mesi.* Quanti uomini conosci che sarebbero così pazienti?"

Amy rimase in silenzio, così Melody proseguì: "Esatto. Mi parlava della sua vita, mi raccontava le sue paure, mi ha confidato come si sentiva sulla perdita della sua gamba. Nessuno dei ragazzi che ho conosciuto in tutta la mia vita si è mai confidato così con me, in passato."

"Ciò non significa che non l'abbia fatto per conquistare la tua fiducia, Mels."

Melody sapeva che Amy stava solo cercando di proteggerla, facendo la parte dell'avvocato del diavolo, ma si stava stancando. Doveva dimostrarle che si sbagliava. "Non è così, Amy. Lui vuole proteggermi. Mi protegge da qualunque rischio, per non farmi soffrire. Stamattina, quando ha visto la sua macchina, la prima cosa che ha fatto è stata mettermi un braccio intorno al corpo e stringermi al suo fianco. Poi con gli occhi ha ispezionato avanti e indietro la zona, per cercare ogni eventuale minaccia. Non vuole farmi del male, Ames. Lui è la cosa migliore che mi sia mai capitata. Guarda."

Senza preavvisare Amy di cosa stava per fare, si abbassò e si afferrò un polpaccio urlando. "Ahi!" Prima ancora che Amy potesse muoversi, o che Melody alzasse lo sguardo, Tex l'aveva già raggiunta.

"Cosa succede, Mel? Sposta le mani, fammi vedere." Tex era già da lei, le teneva il polpaccio massaggiandolo. "Ti è venuto un crampo? Diamine, abbiamo camminato troppo, oggi, vero? Dovremmo tornare a casa."

Melody mise una mano sulla testa di Tex. "Sto bene, Tex. Davvero. Solo un piccolo crampo. Ora va meglio. Non sono ancora pronta per tornare a casa."

Tex guardò Melody negli occhi, poi guardò Amy. Poi mise una mano sul viso di Mel e le disse con tono serio: "Non ti voglio di cattivo umore. Hai già abbastanza pensieri. Se devi interrompere la conversazione per qualunque motivo, se devi cambiare argomento perché ti stavi agitando, allora fallo."

Amy sorrise e si intromise nella loro conversazione, spiegandogli cos'era successo. "Va tutto bene, Tex. Ho detto a Mels che potevi anche essere tu lo stalker e a lei non è piaciuto."

Melody si voltò verso la sua amica. Non si aspettava che Amy spifferasse tutto, dicendo a Tex che sospettava di lui.

Senza togliere la mano dal viso di Melody, Tex si voltò verso Amy. "Io ho avuto lo stesso dubbio su di te e lei non l'ha presa affatto meglio di quanto non abbia fatto ora. Amy, io non sono lo stalker. Ti do la mia parola di SEAL della marina, la mia parola di uomo che ci tiene moltissimo alla tua amica."

"Ne sono convinta," rispose subito Amy.

"Dacci un'altra mezz'oretta, va bene?" chiese Melody a Tex sottovoce.

"Ma certo." Tex si rialzò e baciò Mel sulla fronte, facendola sorridere; si ricordava cosa le aveva detto, sul perché la baciava sulla fronte e non sulle labbra. Lo faceva spessissimo e a lei piaceva molto.

Tex tornò alla stessa panchina su cui era seduto prima che Melody fingesse un crampo al polpaccio, nel frattempo Amy commentò con un filo di voce: "Hashtag 'porca vacca'."

"Hashtag 'te l'avevo detto'."

"Sì, me l'avevi detto. Adesso parliamo di dettagli più importanti... com'è, a letto?"

"Amy!"

"Mels! Raccontami!"

Melody si agitò sulla panchina, ma poi ammise a

bassa voce. "Fantastico. Davvero, Ames, non mi sarei mai aspettata nulla del genere, in tutta la vita."

"La sua gamba, non è strano?"

"La sua gamba?"

Amy guardò l'amica, che sembrava non capire. "Sì, Mels, la sua gamba. Dai, gliene manca metà, non è strano?"

Melody si arrabbiò con l'amica per la prima volta in tanto tempo. "Amy, ma che cavolo? Ma dici sul serio? La sua gamba è bellissima e vuoi sapere il perché? Perché fa parte di lui. Perché la perdita di quella gamba lo ha fatto arrivare qui con me. E la risposta è no, non è strano. Ieri sera mi ha fatto venire due volte prima ancora di pensare a se stesso. Pensi che nel frattempo abbia lontanamente pensato a com'è la sua cazzo di gamba, pensi che mi *interessasse* minimamente?"

"Dai, Mels..."

"E poi la sua gamba è sensualissima. So che non sembrerebbe, ma ho già qualche fantasia su come strofinarmici contro per venire. Fidati di me, Tex è l'uomo *meno* disabile che abbia mai conosciuto in vita mia. Avrà anche una protesi bionica, ma Ames, la sua bocca, le sue dita e il suo uccello compensano *qualunque* disabilità tu o chiunque altro pensiate che abbia."

"Mels, davvero..."

"No. Ecco il problema che c'è, nel mondo moderno, la gente vede uno con una protesi e pensa che sia menomato, impedito. Invece non ha proprio nulla che non vada. Per non parlare del fatto che è un eroe. Era un cazzo di SEAL, Ames. Pensi che perdere mezza gamba lo possa mai rallentare? Diamine, se solo ne avesse mezza possibilità si toglierebbe la protesi e la userebbe per picchiare a sangue lo stalker."

Il respiro di Melody era affannato, si sentiva piena di emozioni, era arrabbiata con la sua amica. Non le importava di parlare di quanto era bello fare sesso con Tex, ma non avrebbe mai permesso a nessuno, nemmeno alla sua migliore amica, di parlar male di lui.

"Hashtag 'è in piedi proprio dietro di te'," sussurrò Amy, sorridendo a Melody.

Melody girò la testa di scatto e vide Tex in piedi, fermo a circa un metro dalla panchina su cui lei ed Amy erano sedute. La guardava con uno sguardo molto intenso. Melody non sapeva proprio cosa dire. Tutto ciò che aveva detto alla sua amica era vero e sentito, ma anche molto imbarazzante.

"Amy," disse Tex senza mai togliere gli occhi di dosso da Melody. "La tua amica è la cosa migliore che mi sia mai capitata. So che tante donne la pensano come te, sulla mia protesi, ma nessuna mi ha mai difeso tanto quando ha appena fatto Mel. Quindi, non mi interessa se chiacchierate da amiche anche sulla nostra vita sessuale, ma non mi piace vedere Mel agitata." Poi finalmente guardò Amy. "Quindi se vuoi sapere qualcosa sulla mia gamba, in futuro ti prego di chiedere *a me*. Vuoi vederla? Non mi farebbe piacere, ma si può anche fare e potrai dire tutto ciò che vuoi. Però gradirei che ti tenessi per te ogni pensiero di quanto sia strano fare sesso con me, solo perché sono discorsi che indispettiscono Mel."

"Non volevo dire niente di male, Tex, mi dispiace," gli rispose Amy a voce bassa.

Tex annuì e tornò a guardare Mel. "Sei pronta per andare?"

"Puoi darmi un secondo?" Melody non si aspettava che lui accettasse, ma lui annuì e si allontanò di qualche metro, dando la schiena alla panchina. Melody immaginò che potesse comunque sentirle, ma non volle insistere.

"Mels, mi dispiace, non volevo..."

"No, lo so che non volevi dire niente di male, scusa, ho reagito male," disse Melody alla sua amica.

"No, non hai reagito male. Lo hai difeso e hai fatto bene. Stavo dicendo una fesseria da bigotta, ne stavo facendo uno stereotipo. Se George avesse una disabilità come quella e tu facessi un commento fuori luogo come ho fatto io, reagirei nello stesso modo." Amy abbassò il tono fino a sussurrare. "Amo mio marito, ed è chiaro che tu ami Tex. Sono contentissima che tu abbia qualcuno così importante nella tua vita. Ora torna nel tuo appartamento, datevi al sesso sfrenato. La prossima volta che ci incontriamo me lo racconterai, hashtag 'senza che io dica cazzate sulla sua gamba'."

"Ti voglio bene, Ames."

"Anch'io ti voglio bene, Mels. Ora vai. Ho la sensazione che Tex catturerà questo stronzo, più prima che poi, così poi potrete cominciare il resto della vostra vita insieme.

Melody sorrise, poi le due amiche si alzarono e si abbracciarono.

Tex si avvicinò a Mel proprio quando Amy si stava allontanando e la prese per mano. "Sei pronta a tornare a casa?"

"Sì, comunque, riguardo a quanto ho detto..."

"Volevo dirti, ho la sensazione che Baby non tornerà tanto presto a dormire a letto con noi. Non vorrei traumatizzarla con altre scene a luci rosse."

Melody sorrise e rispose a tono, mentre tornavano insieme alla macchina che avevano preso a noleggio. "Ah sì? Non hai cambiato idea sui cani guardoni, vero?"

Tex mise un braccio intorno al collo di Melody e le mise l'altra mano dietro la schiena, facendola cadere all'indietro e ignorando il suo gridolino. "Francamente, non appena sento il profumo della tua eccitazione dimentico tutto il resto. Dimentico Baby, dove siamo, quel dannato stalker... penso solo a provocarti, a farti venire un orgasmo, a entrare dentro di te. Mi scuserei, ma so che appena le nostre labbra si incontreranno sarai anche tu persa quanto lo sono io."

"Tex, santo cielo, smettila! Tirami su!"

Tex si abbassò, le strofinò un orecchio col naso, sempre tenendola praticamente a testa in giù. "Sei già pronta e bagnata per me, Mel?"

"Ma certo, lo sai."

Tex fece tornare dritta in piedi Mel e scosse la testa.

"Ora basta giochetti. Andiamo, torniamo a casa. Ho dei bei programmini."

Mel prese volentieri Tex per mano e lo seguì a ruota. Ogni pensiero negativo le era uscito di mente, lo stalker, la paura che qualcuno li osservasse o li seguisse. Poteva pensare solo a ciò che Tex poteva farle, a ciò che voleva farsi fare da lui. Non vedeva l'ora.

## CAPITOLO QUATTORDICI

"Non ne posso più!" esclamò Melody, seduta a tavola con la testa tra le mani. Baby commentò vicino a lei guaendo, sentendo che la sua padrone era alterata. Melody si sentiva quasi soffocare. Le ultime due settimane erano state idilliache da un certo punto di vista. Amava la convivenza con Tex. Era facile condividere gli stessi spazi con lui; non era certo perfetto, ma i suoi comportamenti più irritanti erano di gran lunga messi in ombra dai tanti modi in cui le rendeva la vita più facile, nell'appartamento. Riordinava in cucina, non lasciava peli in giro nel lavandino del bagno dopo essersi fatto la barba, cucinava, faceva le pulizie... diamine, portava persino fuori Baby quando Melody non se la sentiva di alzarsi dal letto troppo presto.

Non era lui a darle fastidio. Era tutto il resto. Non aveva mai un minuto per se stessa. Quando Tex non era con lei, la lasciava con Amy, pretendendo che non si muovesse da sola e che aspettasse il suo ritorno. Aveva mantenuto la promessa, approntando un dispositivo di localizzazione che ora lei indossava ovunque andava.

Melody si toccò l'orecchino d'oro all'orecchio sinistro. Sembrava così prezioso, così bello, ma Tex le aveva mostrato il software a cui era collegato e il modo in cui la sua posizione compariva su una mappa. Pur sapendo che a chiunque altro poteva sembrare una soluzione strana, lei si sentiva meglio così. Ricordava di avergli detto, qualche settimana prima, che sarebbe stata meglio sapendo che lui poteva sempre ritrovarla, nel caso lo stalker arrivasse a rapirla.

"Lo so, Mel. Vorrei davvero poter fare di più."

Melody sospirò. "Stai facendo tutto il possibile, Tex, ti sono davvero grata per tutto ciò che fai."

"Eppure ti senti comunque soffocare."

"Eh sì."

"Staresti meglio se ti dicessi che è per il tuo bene?"

"No."

"Lo immaginavo. Oggi hai un lavoro da fare, vero?"

Non capendo dove volesse arrivare Tex, con quella domanda, Melody rispose: "Sì, tra un paio d'ore. Perché?"

Tex si passò una mano nei capelli e guardò Mel. "Pensavo che magari potresti andare alla biblioteca per fare il tuo lavoro, oggi."

Melody sentì il cuore batterle più forte in petto. "E tu dove sarai?"

"Oggi mi devo occupare di una certa faccenda.

Anche se sono in congedo, devo... aiutare altre squadre speciali, oggi hanno bisogno di me."

Melody fissò Tex. "Lo sai che non parlerei mai con nessuno di ciò che potresti dirmi o di ciò che potresti fare in mia presenza."

"Lo so, ma non è di questo che si tratta. Non mi interessa un fico secco se senti o meno quello che faccio. Penso che tu abbia capito benissimo ormai che non lavoro seguendo alla lettera tutte le regole, ma mi fido di te, Mel. Preferirei che anche tu stessi qui, a casa, dove posso proteggerti, dove sei al sicuro; ma so anche che hai bisogno di un po' di spazio. La biblioteca è comunque un luogo pubblico, è il posto più sicuro a cui possa pensare, per farti avere lo spazio di cui hai bisogno."

"Grazie. Mi farebbe tanto piacere andarci per il mio incarico di oggi."

"Ma non ti togliere l'orecchino, tieni sempre il cellulare a portata di mano, se succede qualcosa di strano, devi chiamarmi subito."

"Ma certo, Tex. Non preoccuparti, lo farò."

Tex si avvicinò al tavolo e si sedette vicino a Melody. Poi le prese le mani e la baciò. "Dimmi come stai, davvero."

"Non ne posso più. Come mai non riusciamo a scoprire chi è? Cioè, è davvero così furbo? Hai visto le lettere, continua a mandarne. Diamine, l'altro ieri ne ha ricevuta una persino Amy, mi ha spaventata tantissimo.

Non capisco cosa intende con *'la pagherai.'* La pagherò per cosa?"

Melody pensò alla lettera che aveva ricevuto proprio quel mattino. Era stata fissata alla porta con del nastro adesivo. Tex l'aveva trovata quando era uscito per portar fuori Baby.

*Sei una stronza. Sarai sempre una stronza. Potrai anche prendere in giro gli altri, ma io ti conosco. Non meriti nulla di ciò che hai nella vita. La pagherai per quello che hai fatto. Sarà meglio che continui a tenere quel cane al guinzaglio. Se pensi che quella mezza calzetta di uomo ti salverà, ti illudi oltre ogni fantasia. Preparati a pagare.*

Melody tremava. "Continua a minacciare tutti quelli a cui voglio bene, incluso te, non so per quanto tempo ancora riuscirò a sopportarlo, Tex. Voglio farla finita!"

Tex sentì il cuore quasi fermarsi per un attimo, per poi riprendere a palpitare all'improvviso. Non aveva idea se Mel si rendeva conto di ciò che aveva appena detto, ma sapeva che quelle parole gli si sarebbero scolpite nella mente per sempre.

"Ormai ci stiamo avvicinando, Mel. Diventa sempre più imprudente. Sull'ultima lettera abbiamo trovato una impronta digitale. Sai che arrivano solo di notte, quindi sono abbastanza certo che oggi in biblioteca sarai al sicuro. Ma te lo giuro su Dio, faccio tutto ciò che posso per evitare che possa torcerti anche solo un capello."

Tex attese di vederla annuire. Quando lo fece, le si avvicinò. "Ascolta, Mel, forse questo non è il momento giusto, forse non è il posto giusto, ma non posso più tenermelo dentro. Io ti amo. Amo tutto, di te. Amo il modo in cui arricci il naso mentre dormi, amo il modo in cui parli a Baby, come se lei potesse capire ogni parola, amo il modo in cui pensi prima agli altri che a te stessa, amo il modo in cui mi aiuti concretamente ogni sera con la gamba. Non me lo fai pesare perché per te *non è* un peso. Ti amo perché puoi digitare un milione di parole al minuto e non ti accorgi nemmeno che è un talento meraviglioso. Ti amo perché conosci tutti in città e li saluti tutti, dal primo all'ultimo. Ti amo perché ti giri dall'altra parte, quando sai che sto per fare qualcosa non perfettamente lecito. In pratica, amo tutto di te. Quando questa storia sarà finita, se ancora mi vorrai, voglio trasferirmi qui da te. A me non importa un tubo di dove vivo, mi basta stare con te."

Le parole di Tex sembrarono riecheggiare nella stanza. Melody riuscì solo a guardarlo, meravigliata. Non avrebbe mai creduto di sentirlo parlare in quel modo; non erano solo le parole, c'era molto di più. "Ti amo, Tex."

"Lo so."

Melody sorrise. "Che cretino!"

"Vieni qui." Tex tirò Mel giù dalla sedia e la fece accomodare sulle proprie gambe. Lei si mise a cavalcioni e si strofinò contro la sua erezione. "So che in questo momento non abbiamo il tempo, ma stasera ti farò vedere quanto amo ogni centimetro del tuo corpo." Tex le infilò una mano sotto la maglietta, dietro la schiena, accarezzandole la pelle sensibile nella zona lombare.

"Solo se mi lascerai contraccambiare."

"Ma certo, cazzo!" Tex le si avvicinò e la baciò sulla fronte.

Melody sorrise. Le piacevano tantissimo quei baci, ormai era diventato un loro modo per comunicare segretamente. Ogni volta che la baciava sulla fronte, lei capiva che in realtà la voleva far sdraiare sul posto per darci dentro con lei.

"Va bene. Allora oggi Baby viene con me. Tu vai in biblioteca, siediti in un punto in cui ci sono anche altre persone. Non andare in una saletta troppo remota o appartata; riuscirai a concentrarti?" Vedendola annuire, proseguì. "Va bene, ti do un passaggio e torno a prenderti dopo tre ore. So che tre ore non sono un gran che, Mel, so che vorresti tanto essere libera di fare ciò che vuoi, quando vuoi, dove vuoi. Ti giuro che arriverà anche quel momento, ma per ora, ti prego, resisti, ricordati ogni precauzione possibile."

"Lo farò, Tex. Te lo giuro."

"Va bene, allora diamo inizio allo spettacolo."

———

Melody era concentrata sull'ultimo annuncio dell'evento che stava ascoltando su internet e digitò tutto ciò che sentiva. Le voci degli altri presenti nella biblioteca erano svanite nel momento in cui si era infilata le cuffie e aveva cominciato a concentrarsi sul suo lavoro.

Quando era arrivata in biblioteca aveva salutato Meredith, la direttrice della biblioteca, una donna che conosceva da una vita, poi si era sistemata a un tavolo libero per terminare il suo ultimo romanzo rosa della sua autrice preferita. Non aveva ancora avuto il tempo di finirlo, perché quando era a casa con Tex andava sempre a finire che lui la interrompeva... non che ci fosse da lamentarsi. Così aveva letto per un po', poi aveva avviato il suo computer per mettersi al lavoro.

Melody alzò lo sguardo e vide Diane, la cassiera della banca, seduta proprio lì vicino. Così alzò un dito per farle capire di aspettare un attimo, intanto che terminava di scrivere la presentazione. Poi uscì dall'App per creare sottotitoli e si tolse le cuffie, staccandole anche dal computer.

"Ciao, Diane."

"Ciao, Melody. Come stai?"

"Sto bene, grazie." Melody non era molto a suo agio a parlare con Diane, se non delle solite formalità, perché non la conosceva benissimo. C'era anche la questione della loro vecchia rivalità, perché Diane usciva con un ex di Melody. Poi Melody ripensò a quanto le aveva detto Tex su Lee e il suo disagio svanì all'istante: si sentì male per Diane che doveva convivere con lui, nessuno merita di subire abusi.

"Sembra davvero interessante. In tutta la mia vita, non ho mai visto nessuno digitare così alla svelta."

"Eh sì, beh, scrivo proprio in diretta, ciò che scrivo viene anche tradotto e trasmesso in diretta alle persone che hanno la stessa applicazione."

Diane sembrava davvero impressionata. "Beh, è davvero forte. Di sicuro tutti i sordi ti saranno davvero grati."

"Aiutare gli altri fa star bene," disse Melody, dando un'occhiata al proprio orologio e ignorando quanto aveva detto Diane, un commento non proprio *politically correct*. "Comunque, senti, ora devo andare. Il mio ragazzo viene a prendermi."

"Sì, vi ho visti in giro. È un figo." Diane non sembrava aver colto il disagio di Melody per il cambio di argomento.

"Ascolta, non vorrei essere scortese, ma tu non esci con Lee? Non è che mi faccia proprio piacere sentirti parlare di Tex in questo modo."

"Oh, scusami, non volevo dire niente di male. Comunque, volevo solo farti sapere che ti ammiro, davvero. Fai un lavoro molto utile agli altri e la tua vita sembra andare alla grande."

"Grazie, Diane." Melody alzò lo sguardo e per fortuna vide Tex fuori dalla biblioteca, seduto in macchina. Avevano da poco riavuto la macchina di Tex dall'officina, dopo le riparazioni. La vernice con cui era stata imbrattata era stata rimossa, le gomme erano state tutte sostituite. Con la macchina a noleggio, non era stato possibile sedersi vicino a Tex con Baby seduta in mezzo tra loro e questo le mancava.

Melody si alzò e prese dal tavolo computer e libro. "Eccolo. Ci vediamo in giro."

"Magari uno di questi giorni possiamo trovarci a pranzo o a mangiare qualcosa."

Diane sembrava aver bisogno di amici, era fin troppo ovvio. Melody sapeva quanto poteva essere stronzo Lee. Anche lei si era sentita sola, in passato. "Ma certo. Ti chiamo così ci mettiamo d'accordo."

Diane sorrise ampiamente. "Dai, che forte! Allora ci vediamo presto."

Melody salutò Diane con un cenno della mano, uscendo dalla biblioteca. Diane rispose con lo stesso cenno, poi si voltò per andare nella sezione romanzi della biblioteca.

Melody si avviò sorridendo verso la macchina. Baby era seduta al suo solito posto, tra i sedili anteriori. Tex saltò fuori dalla macchina per aprirle la portiera, come faceva sempre. Melody aveva cercato di dirgli che non ce n'era bisogno, che poteva anche aprirsi da sola la portiera e salire in macchina, ma lui le aveva risposto con un sorriso e aveva ignorato l'obiezione. Appena Melody raggiunse Tex, sentì qualcuno che la chiamava da lontano.

Tex e Melody si voltarono e videro Robert Pletcher che si avvicinava.

"Ma che cazzo, Melody?"

Melody fece un passo indietro, arretrando fino al paraurti della macchina. Poi sentì Baby da dentro l'abitacolo che stava ringhiando.

"Occhio a come parli, Robert," lo avvertì Tex, mentre con un braccio faceva spostare Mel dietro di lui.

"E tu chi cazzo sei, come fai a sapere chi sono?"

"Ci siamo incontrati. Quando Mel è tornata in città."

"Ah sì, mi ricordo di te, adesso. Sei quel coglione protettivo che non riesce a tenere le mani a posto in pieno centro. Non so proprio cosa ci trovi, in te, uno stronzo messo male che fa finta di essere infatuato di lei. Non è che sia poi questo gran che, di sicuro te ne sarai già accorto, ormai."

Le parole gli stavano ancora uscendo di bocca, quando Tex lo mise al tappeto con un ginocchio alla gola, bloccandogli le braccia ai fianchi. "Datti una calmata, stronzo!"

Robert si agitò mentre Tex lo teneva a terra, chiaramente non sarebbe riuscito a muoversi senza che Tex lo lasciasse andare.

"Forse è il caso che ci spieghi che problema hai, amico caro?"

"Il mio problema?" Robert guardò Melody, che non si era mossa di un millimetro da dove Tex l'aveva fatta spostare, contro la macchina. "Melody, ma si può sapere che cazzo ti ho fatto? Pensi che sia divertente, rovinare il mio matrimonio?" Aveva la voce spezzata dal ginocchio di Tex puntato contro la gola, che lo bloccava senza soffocarlo, consentendogli così di parlare e respirare.

"Non so di cosa parli, Robert. Io non ti vedo da un'eternità, a parte quando sono tornata in città."

"Non raccontarmi cazzate. Ho visto la lettera che hai scritto a Sheri. Le hai raccontato tutto di me e Brooke. Brooke non significava nulla per me. Era solo uno sfogo. Sheri ha partorito tre volte e non ha più perso peso. Il sesso non è più questa favola e io ne ho bisogno. Sono stato con Brooke solo *per questo*. Adesso invece Sheri vuole divorziare ed è tutta colpa tua!"

"Ora basta con le chiacchiere, stronzo." Tex fece più pressione sulla gola di Robert per farlo tacere. "Prima di tutto, Melody non ha scritto nessuna cazzo di lettera. Non si abbasserebbe mai a farlo. Ormai è andata avanti con la sua vita e non gliene importa un fico secco di te e di dove lo infili. E poi tradire tua moglie è una stronzata, se il sesso non andava bene è solo colpa tua, che non ti sei preso cura di tua moglie, facendola sentire sensuale, desiderata. Allora, chi altro sapeva della tua storia? Chiaramente qualcun altro lo sapeva e ha informato tua moglie."

"Quella cacchio di lettera è firmata da Melody, deficiente!" riuscì a gridare Robert a malapena.

Tex sentì da dietro Melody che sussultava sorpresa. Dannazione.

"Invece ti dico che non l'ha scritta lei, per caso sei un esperto di grafologia? Non pensi che chiunque può aver scritto il nome di Melody? Comunque di cosa stiamo parlando? Il punto è un altro. Il punto è che se fai le corna a tua moglie, è solo una questione di tempo prima che lo scopra. A me sembra proprio che te lo meriti."

Melody vide Tex che si abbassava e sussurrava qualcosa nell'orecchio di Robert. Non poté sentire cosa gli diceva, ma Robert si irrigidì e non si mosse da sotto il corpo di Tex. Poi Tex si alzò con una grazia che tanti non avrebbero avuto, nemmeno senza infortuni alle gambe, e voltò le spalle a Robert, apparentemente del tutto disinteressato a una possibile sua reazione; Robert rimase fermo a terra, senza alcun cenno di volersi muovere per seguire Melody o Tex.

"Forza, Mel, andiamo a casa." Tex le aprì la portiera della macchina e invitò Mel a salire. Quando Mel fu seduta, Baby si mise vicino a lei, guaendo.

Tex salì in macchina dopo di lei e avviò il motore. Finalmente Robert si era alzato da terra e si stava già allontanando dalla macchina, senza nemmeno guardarsi indietro.

"Cosa gli hai detto?"

Tex rifletté per un attimo se fosse il caso di mentire, oppure di non rispondere proprio, ma Mel doveva conoscerlo per la persona che era. "Gli ho solo fatto sapere che sono stato un SEAL della marina e che conosco venti modi diversi di uccidere una persona senza lasciare tracce, e poi gli ho detto che conosco persone che sono in debito con me e che non esiterebbero a ricambiare i miei favori per eliminare il suo corpo in modo che non possa essere ritrovato mai più."

"Ma va, non è vero." Melody parlò a voce bassa, quasi sotto shock.

"Invece sì." Tex si voltò rapidamente verso Mel, per poi tornare a guardare avanti. "Non ho intenzione di scusarmi, Mel. Lui ha fatto lo stronzo, volevo solo fargli sapere che non può accusarti di bastardate come quelle e poi cavarsela facilmente. Forse non te ne sei ancora accorta, anche se spero tanto di sì, ma con me queste cagate non funzionano. *Nessuno* ti insulta e la passa liscia. Adesso sa che non potrà più avvicinarsi a te."

"E se fosse lui, lo stalker?"

"Allora adesso sa che ti proteggerò a costo della mia stessa vita. Però, onestamente non credo che sia lui. Altrimenti non si sarebbe comportato così da stupido, in pubblico. Avrebbe aspettato, poi avrebbe mandato un'altra lettera minatoria, o qualche altra cazzata del genere. Però se è *lui* a perseguitarti, spero tanto che abbia capito e che la smetta. Tuttavia, Mel, non penso che sia lui, perché ovviamente chiunque ti sta perseguitando ha scritto quella lettera, l'ha firmata col tuo nome e l'ha mandata a sua moglie." Melody non rispose nulla alla sua spiegazione, così Tex la guardò in faccia. Era devastata.

"Quindi adesso sta cercando di farmi odiare da tutti! Riusciremo mai a fermarlo?"

Tex guardò Mel ancora per un momento, poi fece manovra per uscire dal parcheggio e si diresse verso il suo appartamento. "Sì, certo che lo fermeremo. Sono stufo di questa situazione di merda." Tex odiava vedere Mel che tremava, con le mani intrecciate e appoggiate alle ginocchia. Baby mugolò e mise la testa sulle gambe di Melody, come capendo che la sua padrona era sotto stress. Tex tolse una mano dal volante e la mise dietro la testa di Mel.

"Solo che non capisco perché qualcuno possa odiarmi così tanto e voler far del male a me, ai miei amici e a tutti quelli a cui voglio bene. Perché, Tex? Cos'ho fatto di male?"

"Non hai fatto nulla di male, Mel. Non sei tu, è *lui*. I problemi sono tutti nella *sua* testa. Vedrai, lo troverò. Sono stufo di cazzeggiare."

Melody teneva la testa abbassata, stava raggiungendo un punto di rottura. "Forse dovrei solo andarmene."

Tex rimase in silenzio, strinse più forte il volante con una mano, mentre cercò di non stringere l'altra, che teneva dietro la testa di Mel. Non erano né il momento né il luogo più adatto per quella conversazione, ma era un argomento da affrontare... presto.

# CAPITOLO QUINDICI

MELODY RIPERCORSE MENTALMENTE gli eventi della giornata, una volta arrivata a casa. Una giornata che sembrava partita bene, una giornata in cui si era sentita libera per la prima volta dopo tanti mesi, si era trasformata in un altro degli incubi che ormai infestavano la sua vita. Non era vicinissima a Robert, ma quando si erano lasciati erano rimasti in buoni rapporti e da allora non avevano avuto mai alcun problema.

Lo stalker stava facendo di tutto per costringerla a non voler uscire mai più di casa. Melody aveva parlato sul serio, dicendo a Tex che forse avrebbe dovuto andarsene di nuovo. Non se la sentiva di andare avanti così. Non aveva idea di cosa ne pensasse Tex, dato che lui non le aveva risposto ed era rimasto in silenzio anche quando erano arrivati a casa.

Tex si era occupato di Baby e le aveva preparato una cenetta veloce. Aveva chiacchierato del più e del meno, una conversazione leggera che onestamente la stava facendo agitare parecchio. Melody aveva una paura folle che lui potesse stancarsi, perché lei gli procurava troppi problemi. Purtroppo doveva ammettere a se stessa che, a ruoli invertiti, forse lei avrebbe reagito così.

"Preparati per andare a dormire, Mel. Arriverò tra poco."

Melody non avviò alcuna discussione. Si incamminò nel corridoio per andare in camera da letto, poi, per la prima volta dopo tanto tempo, indossò una maglietta e dei boxer. Ultimamente non si era preoccupata di indossare nulla per la notte, perché tanto Tex le toglieva sempre tutto nel momento stesso in cui le si avvicinava.

Poco dopo, Melody vide che anche Tex entrava in camera, seguito a ruota da Baby. Tex andò nel bagno e Baby saltò sul letto. Melody sorrise vedendo il cane che faceva una ventina di giri sul posto, preparandosi la cuccia nelle coperte fino a crearsi il posto perfetto, almeno secondo la sua prospettiva canina.

Ovviamente Tex non aveva in programma di fare l'amore, dato che aveva lasciato entrare Baby. Pur avendo fatto sesso in qualunque punto dell'appartamento, ancora non si sentiva a suo agio a farlo con Baby sdraiata a letto con loro.

Tex uscì dal bagno con indosso un paio di boxer e si sedette sul lato del letto. Poi si abbassò e si tolse la protesi con movimenti ormai esperti. Poi spostò le coperte e ci si infilò sotto.

"Tex... la tua gamba..."

"Lascia perdere la mia gamba, stasera. Per una volta faccio anche senza massaggio. Vieni qui, voglio parlarti, ma voglio farlo mentre ti abbraccio."

"Possiamo parlare anche così."

"Col cavolo." Tex si spostò e prese Mel tra le braccia. Lei si agitò per un attimo, ma poi si accoccolò contro di lui, con un sospiro. Tex le mise una mano dietro la testa e le appoggiò l'altra alla vita, tenendola stretta.

La tenne così per un paio di minuti, anche se gli mancava il contatto fisico, pelle a pelle, ma capiva che quella sera lei si sentiva più vulnerabile, infatti si era messa una maglietta, quasi come a creare una barriera.

"Sette mesi fa, quando ti ho mandato un messaggio, non avevo idea che quel messaggio avrebbe cambiato la mia vita. Però è andata proprio così, Mel. Tu hai cambiato la mia vita. Prima di incontrarti vivevo solo a metà. Tu mi hai spinto a uscire dal mio piccolo mondo, un mondo pieno di autocommiserazione, un mondo in cui me ne stavo seduto davanti al computer; mi hai spinto a fare attenzione a cosa mi succedeva intorno."

"Se vuoi andartene da qui, se vuoi nasconderti, non è un problema. Però io verrò con te. Con le mie capacità e i miei contatti, possiamo rimanere nascosti all'infinito. Possiamo continuare a viaggiare, senza fermarci mai troppo a lungo nello stesso posto, per rimanere al sicuro. Ma se lo faremo, tu non potrai rimanere in contatto con Amy o con i suoi bambini, perché altrimenti ci metteresti tutti in pericolo. Lo stesso vale per i tuoi genitori. Un giorno o l'altro, quando non ci saranno più, non potrai nemmeno tornare per il loro funerale, perché sarebbe troppo pericoloso." Tex attese che le sue parole facessero effetto.

"Stai cercando di manipolarmi, Tex?"

Lui sorrise. Sapeva che Mel era abbastanza intelligente da rendersi conto di quanto le stava dicendo. "Sì, è vero, ma ti sto anche dicendo la verità, onestamente." Dopo un'altra pausa, Tex proseguì. "Oppure puoi lasciarmi fare. Finora ho aspettato che questo stronzo facesse una mossa sbagliata, ma adesso mi sono stufato. Sono stanco di farmi prendere per il culo da questo tipo. Ho ancora qualche asso nella manica. Posso ancora porre fine a questa situazione. Però dico sul serio: se vuoi che andiamo, possiamo anche andare."

"Andarcene così?"

"Andarcene così."

"Lo sai che non voglio davvero andarmene via."

"Lo so."

"Una parte di me vorrebbe scappare. Vorrei scappare abbastanza lontano da non dovermi più preoccupare di tutto questo. Non so proprio perché qualcuno possa essere così ossessionato da me da rendere la mia vita un inferno. Però io voglio vivere la mia vita con te, Tex. Voglio svegliarmi un mattino dopo l'altro con i tuoi baci, quando vai ad allenarti. Voglio salvare altri cani, offrire loro un'esistenza migliore. Voglio veder crescere Cindy e Becky, voglio vederle diventare delle donne meravigliose. Voglio ubriacarmi con Amy senza dovermi preoccupare che qualche matto mi metta delle droghe nel bicchiere per farmi del male, perché pensa di aver subito qualche torto. Poi ti voglio con tutta me stessa, Tex. Voglio averti dentro di me tanto da non poter pensare ad altro che a te. Non voglio sentire altro che te. Non voglio avere altri ricordi se non quelli delle tue mani su di me."

"Posso accontentarti su tutto, Mel. Cazzo, ti *prego*, lasciami realizzare tutto ciò che hai detto."

"Io sono tua, Tex. Andrò ovunque tu vorrai farmi andare, farò tutto ciò che mi chiederai di fare."

Tex si girò fino a trovarsi sopra Mel. "Voglio che tu sia al sicuro e farò in modo che tu lo sia. Ma una cosa è certa."

"E quale?"

"Tu ed Amy non riuscirete mai a ubriacarvi in un bar senza dovervi preoccupare che qualcuno se ne approfitti. Due belle donne, sexy e affascinanti da impazzire? Eh no, meglio di no. Però posso prometterti questo: potrai ubriacarti con la tua amica... basta che ci sia io a tenervi d'occhio."

"Affare fatto."

Melody sorrise. "Riesci sempre a farmi sentire meglio."

"Ottimo. Ora togliti la maglia."

"Ma, c'è Baby..."

"Penso che ormai abbia già visto abbastanza, Mel, mai e poi mai Baby mi impedirà di fare l'amore con te. Dovrà solo abituarsi."

"Alla fine non ti dispiace, un cane guardone?"

"Proprio così. Via la maglia."

Melody si mosse con destrezza sotto a Tex e riuscì a togliersi la maglia da sopra la testa. Tex era andato a letto indossando solo i boxer, quindi era già a torso nudo.

"Adoro il tuo corpo, sei morbida proprio nei punti giusti." Le afferrò il seno destro. "Ma sei soda in tutti gli altri punti giusti." Le passò il pollice sul capezzolo, sfiorandolo fino a farlo indurire, come se agognasse il suo tocco.

"Ti amo, Mel. In una situazione critica sarei disposto a dare la mia vita per te."

"No, dai, non dire così!" esclamò Melody inorridita.

"Ma è la verità."

"Fa lo stesso, non dirlo. So che sei abituato a proteggere gli altri e sei pronto a dare la tua vita per la patria, so tutto... ma io non potrei mai vivere se tu morissi per salvarmi la vita. Non lo capisci?" Melody prese la testa di Tex tra le mani e cercò di fargli capire. "Tu puoi anche pensare che sacrificarti sia l'atto d'amore supremo, ma non è così. Io non voglio vivere, se non vivi anche tu. Come ti sentiresti, se ti dicessi che io morirei, per te?"

Tex abbassò la testa, staccandola dalle mani di lei, per baciarla con grande trasporto. "Io non morirò e nemmeno tu. Facciamo un patto, qui e subito, se ci troviamo in una situazione critica, nessuno dei due farà qualcosa di stupido. Tu fidati, che so quando e come fare una mossa senza che nessuno dei due si faccia ammazzare. Va bene?"

"Va bene."

"Ora sdraiati bene. Stasera voglio prendermi tutto il tempo. So che hai cominciato a prendere la pillola, da quando siamo tornati. Mi piacerebbe venire dentro di te, stasera, senza che quel dannato preservativo ci separi; ma sai che lo userei tutti i giorni per il resto della mia vita, se fosse l'unico modo per entrare dentro di te."

"Ti voglio, nudo e crudo, dentro di me. Solo che non sapevo come dirtelo."

"Consideralo detto, discusso e accettato."

Melody sorrise e si sentì fremere di piacere. "Non vedo l'ora di sentirti dentro."

"E io non vedo l'ora di sentirmi l'uccello coperto dai nostri succhi mescolati. Ti farò eccitare fino a farti bagnare tutta, poi verrò dentro di te e ti riempirò tutta."

"Eh, ma come sei carnale oggi, Tex."

"Ma va, non sono carnale, è il modo più bello per fare l'amore. Voglio spalmare la nostra essenza sui nostri corpi. Vedrai che ti piacerà tanto quanto piace a me, te lo prometto."

"A me piace tutto ciò che mi fai, Tex."

"Ti amo, Mel."

"Anch'io ti amo."

"Ora mettiti le mani sopra la testa e non muoverti. È ora di cominciare a giocare."

Melody sorrise e fece come le aveva chiesto Tex. Sentì Baby che si muoveva, ma ben presto non pensò ad altro che a Tex. Sentiva le sue mani, la sua bocca, il suo corpo. Aveva ragione lui: fecero l'amore, lui venne dentro di lei e *fu* tutto bellissimo. Lui prese i loro succhi e li spalmò sui loro corpi, lei lo trovò molto sexy. Non avrebbe mai dimenticato quella serata. Non si era mai sentita così vicina a qualcuno, in passato; quell'intimità sarebbe rimasta scolpita nella sua mente per sempre.

## CAPITOLO SEDICI

MELODY IMPUGNAVA SALDAMENTE il guinzaglio di Baby mentre la faceva passeggiare nel cortile del condominio. Lo stalker stava aumentando la pressione. Quel mattino, quando Tex era uscito per andare alla macchina, aveva trovato un cane di pelouche legato al paraurti con un cappio intorno al collo. Perfino la polizia fu messa in allarme dal biglietto attaccato al pelouche.

*Le rose sono rosse, le genziane sono blu. Baby morirà, che fine farai tu?*

Come poesia era davvero orrenda, ma il significato era più che chiaro. Tutte le lettere precedenti erano sempre state molto vaghe, parlavano di dissapore, di astio, ma ora si trattava di minacce.

Melody sospirò, ricordando il gatto morto trovato sulla macchina di Tex il giorno prima. La situazione stava peggiorando molto rapidamente. Tex aveva ragione, la sua presenza andava evidentemente ben oltre a quanto lo stalker potesse sopportare.

C'erano stati anche altri episodi. Le avevano tagliato la luce nell'appartamento. Quando aveva telefonato alla società elettrica, le avevano risposto che non aveva pagato varie bollette. Aveva dovuto perdere un'ora al telefono, parlare con vari impiegati e anche con uno dei manager, per rimettere tutto a posto. Chissà come, gli addebiti diretti erano stati interrotti. Melody era riuscita a pagare con una carta di credito tutte le bollette arretrate, quindi la situazione si era risolta, ma sia lei che Tex sapevano che anche quella non era altro che una delle mosse dello stalker.

Due giorni prima, Tex aveva convinto Amy ad andarsene di città per una settimana, per fare una vacanza. Lei e George avevano preso le bimbe ed erano andati a Virginia Beach. Aveva organizzato tutto Tex. Amy aveva telefonato a Melody fuori di testa, perché aveva ricevuto quel mattino un bouquet di rose confezionato. Ma aprendo la confezione si era accorta che tutte le corolle erano state recise dagli steli. Poi suo marito le aveva detto che Sam, il suo capo, aveva ricevuto una telefonata che lo accusava di molestie sessuali sul posto di lavoro; ma la goccia che aveva fatto traboccare il vaso era stato il ritorno di Becky e Cindy da scuola, entrambe con un pacchetto in mano indirizzato a loro e fatto pervenire alla scuola. Il preside aveva esaminato i pacchetti prima che venissero consegnati e non aveva notato nulla di strano. Ma Amy aveva dato un'occhiata al biglietto che accompagnava la confezione di giochini e caramelle, e aveva subito telefonato a Melody e Tex.

I due pacchetti contenevano due biglietti identici, che dicevano semplicemente:

*I bambini sono degli innocenti, è un peccato quando gli succede qualcosa di tragico. Speriamo che non ti capiti mai questo dramma.*

Dopo aver avvertito la polizia perché documentasse l'incidente, Tex aveva preso il suo computer portatile e in un attimo Amy e la sua famiglia si ritrovarono un viaggio al mare prenotato e pagato da Tex, *tutto incluso*. Amy era evidentemente scossa, perché aveva accettato di andare, lamentandosi solo marginalmente per i costi.

Melody odiava il punto a cui era arrivata la situazione. Ormai non era più nemmeno spaventata, era molto arrabbiata. Nessuno aveva il diritto di trattarla così. Sarebbe stato diverso, se lei fosse stata una persona orribile, se avesse fatto la stronza a destra e a manca con gli altri, ma la realtà era diversa e lei non riusciva a capacitarsi del perché qualcuno pensasse di farle del male, pensando che se lo meritasse... al punto di minacciarla di morte. Non aveva alcun senso. Tex l'aveva tartassata sera dopo sera, cercando di scoprire il perché qualcuno ce l'avesse così tanto con lei, ma Melody non ne aveva proprio idea.

Aveva raccontato a Tex ogni singolo episodio della sua vita, nella speranza che potesse emergere qualcosa che avesse un senso, ma Melody sapeva che tutto ciò che gli aveva raccontato non aveva portato a nulla. Ormai non aveva più segreti, con Tex. Almeno così il loro rapporto si era approfondito rapidamente.

Tex sapeva persino dei due lecca lecca che Melody aveva rubato dal benzinaio quando aveva sette anni. Sapeva delle tre sigarette che lei aveva fumato a una festa, alle superiori, sapeva che aveva vomitato per due ore, una volta tornata a casa. Conosceva il costume che aveva indossato ad Halloween negli ultimi dieci anni, conosceva il nome di tutte le persone con cui era in contatto per lavoro, oltre a tutti i dettagli intimi degli uomini con cui era uscita.

A quel proposito sapeva anche che Melody non aveva idea di cosa si era persa, prima di fare l'amore con lui. A volte, lui la lasciava sdraiata sul letto e faceva tutto ciò che voleva, mentre altre volte lasciava che fosse lei a fare tutto il lavoro, sia su di lui che su se stessa. Tex venerava il corpo di Mel, le faceva sentire di essere bella. Lei non aveva mai pensato di essere brutta, ma lui l'aveva convinta che la bellezza non dipende dalla taglia che indossi. Aveva passato ore a insistere. Lei ormai non aveva più alcun problema ad andare in giro per casa nuda, a dormire nuda, si faceva persino la doccia con Tex ogni volta che poteva. In pratica, Tex aveva risvegliato la sua sensualità, ogni volta che facevano l'amore, chissà come, Tex la faceva innamorare sempre di più.

Melody passeggiava con Baby chiedendosi cosa potesse succedere. Cosa diavolo poteva inventarsi, lo stalker? Poteva saltar fuori da un cespuglio con una pistola in mano? Poteva prenderla di mira da lontano, con un fucile da tiratore scelto? Poteva andarle addosso in macchina? Guastarle i freni dell'auto? Melody poteva immaginare fin troppe disgrazie, nessuna delle quali andava a finire bene, per lei. Tex l'aveva lasciata uscire per fare una passeggiata da sola con Baby, facendole promettere che sarebbe tornata subito e che non si sarebbe allontanata, per poterla tenere sempre d'occhio dalla finestra del suo appartamento. Perfino in quel momento, immersa nei suoi pensieri, Melody sapeva che Tex la stava sorvegliando dalla cucina. Quando era uscita, lui era al telefono, stava parlando con uno che chiamava "Ghost" cercando di sfruttare uno dei tanti segnali che avevano ricevuto per porre fine a quell'inferno.

Melody era così immersa nei propri pensieri e nella routine della passeggiata col cane, che non si accorse che Baby stava tirando il guinzaglio per mangiare qualcosa nascosto nell'erba. Aveva cercato di abituarla a lasciar perdere ciò che trovava per terra, durante le loro passeggiate, ma con un levriero era quasi impossibile.

Melody tirò il guinzaglio appena prima che Baby

riuscisse a prendere in bocca ciò che aveva trovato nell'erba. "Lascia stare, Baby, hai tutta la pappa che vuoi, non c'è bisogno di mangiare della robaccia che trovi in cortile." Poi accorciò il guinzaglio arrotolandolo intorno alla mano e si avvicinò di un passo al punto in cui Baby stava annusando col muso, per cercare di vedere cosa mai ci fosse di così interessante.

Dette un'occhiata e fece un passo indietro rapidamente. Dopo un'occhiata, terrorizzata, non credendo ai propri occhi, si girò e cominciò a correre su dalle scale per tornare in casa. Baby le corse dietro trotterellando, credendo fosse un gioco.

"Tex! Tex!" Melody irruppe nell'appartamento e si guardò intorno.

Tex le era venuto incontro alla porta, ovviamente, osservandola dalla finestra, si era accorto di quella rapida ritirata dalla zona in cui stava passeggiando con Baby.

"Fuori... Baby..."

"Calmati, Mel." Tex le mise le mani sulle spalle e la tirò più vicina. Continuando a guardarla negli occhi, le sfiorò la schiena con una mano, muovendola su e giù per cercare di tranquillizzarla. "Dimmi cosa è successo."

"Stavo passeggiando con Baby, non facevo molta attenzione... lei... lei ha cercato di prendere in bocca qualcosa dall'erba. Io l'ho tirata via in tempo... almeno credo... ma Tex... credo fosse una bistecca. Una bistecca intera, intatta. *Impossibile* che sia una coincidenza! Le bistecche non crescono nel prato. Proprio nella zona riservata ai cani.”

Tex strinse i denti. “Va bene, chiamo di nuovo la polizia. Tu rimani qui con Baby. Dobbiamo portarla dal veterinario? Sei sicura che non ne abbia mangiato nemmeno un pezzo?”

Melody sospirò, era proprio fortunata ad avere Tex al suo fianco; lui si preoccupava anche per il cane e avrebbe pensato lui a tutto. “Sì, l'ho tirata via appena ho notato che stava annusando qualcosa. Penso che sia tutto a posto, ma... e se c'è dell'altro?”

“Scendo da basso, do un'occhiata in giro. Anche per evitare che altri cani possano mangiare qualcosa che non va.”

Si guardarono negli occhi, ricordando la minaccia ricevuta proprio quella mattina. Molto probabilmente la bistecca era avvelenata ed era stata messa lì proprio per Baby.

“Oh mio Dio.” Melody scandì le parole sussurrando, straziata.

Tex non sapeva proprio cosa dire per farla star meglio. Quando aveva visto il cagnolino di pelouche col cappio al collo, legato al paraurti della macchina, si era infuriato. Ormai era davvero troppo: Mel non dormiva più, era presa dagli incubi e lui l'aveva risvegliata e l'aveva tenuta tra le braccia, mentre lei piangeva.

“Torno subito,” le disse gentilmente.

Melody si limitò ad annuire. Sentì il bacio di Tex sulla testa e andò a sedersi sul divano, mentre lui usciva e chiudeva la porta a chiave. Baby saltò su, in braccio a Melody, appoggiandole il muso su una spalla. Rimasero così fino a quando Tex tornò nell'appartamento, un'ora dopo.

Tex guardò la donna che amava, seduta immobile sul divano, triste, e la raggiunse immediatamente. Le si sedette al fianco, abbracciò lei e Baby insieme, e rimasero seduti così tutti e tre, cercando di trasmettersi tutto l'amore e tutta la solidarietà possibili.

## CAPITOLO DICIASSETTE

Due giorni dopo, Melody era seduta a tavola e digitava quanto veniva detto a un pranzo organizzato da una società in Wyoming. Era una cerimonia di consegna dei riconoscimenti aziendali, l'azienda di sottotitoli era stata assunta per trascrivere quanto veniva detto, in quanto c'erano tre impiegati con difficoltà uditive. Melody aveva ormai imparato da tempo a non prestare attenzione al significato delle parole che ascoltava, ma solo alle parole stesse. Così lavorava molto più alla svelta e si annoiava senz'altro di meno.

Si era rifiutata di permettere allo stalker di interferire col suo lavoro. In quel momento, era l'unico aspetto normale della sua vita, il lavoro l'aiutava molto a non pensare alla paura e alla rabbia, almeno per qualche ora al giorno.

Tex l'aveva baciata sulla testa e le aveva detto che portava Baby a fare una passeggiata, sarebbe tornato presto. Dopo che la polizia era intervenuta e aveva analizzato la bistecca trovata nel cortile, scoprendo che era davvero avvelenata, Tex non lasciava più che fosse Melody a portare a spasso Baby, almeno non da sola. Il cane ora passeggiava in zone diverse del quartiere, veniva sempre tenuto col guinzaglio corto, nel caso trovasse qualcosa per terra.

Come al solito, Tex aveva chiuso a chiave la porta dell'appartamento, con Melody dentro, chiedendole di fare estrema attenzione e di non aprire a nessuno, nemmeno a qualcuno che conosceva. Melody aveva annuito appena, rassicurandolo che sarebbe stata attenta.

Dopo una ventina di minuti, mentre ancora stava digitando molto rapidamente, sorrise sentendo le chiavi di Tex che aprivano la serratura della porta. Per fortuna, l'evento che stava trascrivendo era quasi terminato; Tex le aveva promesso che avrebbero battezzato anche la cucina, una volta tornato dalla passeggiata con Baby. Non avevano mai fatto l'amore in cucina, erano distratti continuamente e anche se ne avevano parlato non l'avevano mai fatto.

Melody si voltò per dare una rapida occhiata e fare un sorriso a Tex che entrava nell'appartamento. Le sue dita si confusero sulla tastiera, mentre lentamente capiva cosa stava vedendo. Tex era entrato nell'appartamento per primo, seguito da Diane. Diane impugnava una pistola e la puntava contro il fianco di Tex, con l'altra mano teneva il guinzaglio di Baby. Lo aveva avvolto intorno alla mano varie volte, tanto che le zampe anteriori di Baby nemmeno toccavano terra. Il cane respirava a fatica, tanta era la pressione che il collare le faceva intorno al collo.

Tex aveva i denti stretti, era incazzatissimo. Melody credeva di aver già visto Tex arrabbiato, ma non era nulla, rispetto a ciò che stava vedendo in quel momento. Ora vedeva il killer, il SEAL della marina. Avrebbe dovuto sentirsi spaventata, invece era più calma. Lui sapeva cosa fare; il fatto che non avesse già disarmato Diane la diceva lunga su quanto la ritenesse pericolosa.

A Melody non piacque ciò che vedeva, ma si sentì in parte sollevata che finalmente stesse per arrivare la fine di tutto. In un modo o nell'altro, tutte queste persecuzioni stavano per finire. In quel momento. In quel posto.

Le dita di Melody continuarono a digitare in automatico, finché finalmente Diane sbraitò: "Basta scrivere, stronza!"

Melody allora tolse immediatamente le mani dalla tastiera, le alzò e si tolse le cuffie dalle orecchie. Sentì che lo speaker continuava a parlare, sapeva che, tra le persone presenti all'evento, quelli che seguivano i sottotitoli si sarebbero confusi, accorgendosi che le parole visualizzate dall'App non proseguivano con l'evento in corso, ma si erano fermate a metà. Del resto, Diane sembrava davvero decisa.

"Vai a sederti sul divano." Diane indicò con la testa il divano in pelle, senza mai togliere la pistola dal fianco di

Tex. Poi si voltò verso di lui. "Non farti venire strane idee, soldatino. Vai a sederti al tavolo."

Melody cominciò a pensare rapidamente. Diane li aveva divisi, per fare in modo che Tex non si potesse avvicinare troppo a lei. Baby guaiva, Melody la guardò: era in piedi sulle zampe posteriori e cercava di allentare la pressione al collo, ma Diane non le dava spazio per respirare comodamente.

"Ti prego, Diane, lascia andare il mio cane."

"Stai zitta, Melody. Faccio come cavolo mi pare. Sono mesi che ti dico che sarebbe arrivato questo momento, e tu invece fai ancora finta di essere sorpresa. Ma che bello, cazzo! Peccato che non hai lasciato che la tua preziosa *Baby* mangiasse la sua bella bistecca, avresti evitato tutto questo, invece no, proprio una bella rottura!"

Melody inspirò. Avevano sempre creduto che lo stalker fosse un uomo. Avevano sempre cercato un uomo. Melody non aveva idea se Tex avesse o meno dubitato che potesse trattarsi di una donna, a parte Amy, ma ormai era un pensiero superfluo.

"Perché, Diane? Perché? Non ti conosco nemmeno. Perché mi hai fatto tutto questo? Pensavo fossimo amiche."

Ignorandola, Diane puntò la pistola di nuovo verso Tex. "Togliti la gamba finta, coglione."

Tex non si mosse e Diane sogghignò. "Ma sì, so tutto su di te, *John*." Il vero nome di Tex sembrava osceno, per come l'aveva appena pronunciato Diane. Chiaramente anche lei aveva fatto le sue ricerche. Melody non sapeva quanto Diane potesse aver scoperto, su di lui. Quell'aspetto la spaventava più di tutto il resto.

"Togliti quella cazzo di gamba, oppure uccido subito il cane." Così dicendo, strattonò il guinzaglio con l'altra mano; Melody sussultò, vedendo Baby annaspare in preda al dolore.

Gli occhi di Tex non si staccarono da quelli di Diane, Melody si accorse che ogni muscolo del corpo di Tex era teso. Lo vide abbassarsi e sollevare la gamba del pantalone fino a scoprire completamente la protesi. "Lascia andare il cane." Anche lui aveva parlato a voce bassa e incredibilmente controllata.

Tex attese che Diane lasciasse andare un poco il guinzaglio, poi, quando sentì Baby che ansimava e respirava di nuovo, staccò la ventosa che attaccava la protesi alla gamba.

Melody non sapeva proprio cosa fare. Era completamente smarrita. Si ricordò che Tex le aveva detto tempo addietro, ormai sembrava un'eternità, che anche senza la gamba era altrettanto letale, come ogni SEAL. Sperava solo che lui ne fosse convinto anche in quel momento. La vita di tutti loro tre dipendeva da questo... da lui.

Quando Tex fu senza la protesi, Diane gli ordinò: "Lanciala da questa parte." Tex la gettò verso Diane e la protesi si fermò a circa un metro da lei. Poi Diane spostò la pistola, puntandola verso Melody, si avvicinò alla protesi di Tex e la calciò ancor più lontano da lui, per evitare che lui potesse anche solo gettarsi in avanti per prenderla. "Adesso torna seduto e stai fermo!"

Tex fece come gli aveva chiesto. Melody sapeva che, con Diane che le puntava la pistola contro e con il guinzaglio di Baby tenuto così stretto, Tex avrebbe solo cercato di guadagnare tempo.

Diane si avvicinò al divano e si abbassò, tenendo sempre la pistola puntata verso Melody. "In piedi." Melody si alzò e vide che nel frattempo Diane si era abbassata per legare il guinzaglio alla gamba del divano, costringendo Baby a rimanere in quella posizione, con pochissimo agio. A Melody non piaceva il modo in cui Baby doveva contorcersi per avere il collo libero, ma almeno aveva tutte le zampe a terra e respirava bene. Diane tornò subito in piedi e fece cenno a Melody che tornasse a sedersi.

Melody cercò di nuovo di parlare con Diane. "Perché stai facendo tutto questo? Ti prego, dimmelo."

Diane alzò gli occhi al cielo. "Ma certo, *adesso* vuoi parlare con me? Prima non hai mai voluto, vero? Tu e la tua Amy, grandi amiche, le reginette della scuola. Con il vostro codice, sempre a parlare con gli hashtag. Pensavate di essere davvero così divertenti? Ebbene, non era così."

"Tutto questo per una storia delle superiori?" Melody stentava a crederci; cercò di tenere la voce calma: "Ma sono passati tanti anni!"

"Non me ne frega!" Diane sbraitò, ovviamente stava uscendo di senno. "Mi guardavate dall'alto del vostro piedistallo, io volevo solo essere vostra amica, mentre voi mi mettevate i piedi in testa continuamente, di fronte a tutta la scuola! Mi avete fatta passare per cretina!"

Cercando di farla calmare, Melody disse a voce bassa: "Mi dispiace, Diane. Davvero, mi dispiace proprio."

"Per che cosa, Melody? Non lo sai, vero? Lo dici tanto per dire. Ma non sei sincera. Altrimenti dimmi per che cosa."

Ripensando alla conversazione avuta con Tex, quando le aveva detto che Diane era stata per un po' di tempo in un ospedale psichiatrico, Melody rimpianse di non avergli chiesto maggiori approfondimenti. Era chiaramente una persona instabile, qualunque fosse il motivo di quella instabilità, era un dissapore fermentato nel tempo; ma soprattutto Diane aveva deciso di perseguitare lei, per il suo crollo psicologico. Quella era l'unica spiegazione logica a cui Melody potesse pensare, l'unico motivo per cui Diane si trovava in piedi nel suo appartamento, pronta a ucciderla per qualche torto immaginario risalente al tempo delle scuole superiori.

Melody cercò freneticamente di ricordare cosa potesse aver indispettito così tanto Diane. Davvero non ne aveva idea. "Senti, Diane. So che io e Amy eravamo un po' sopra le righe, alle superiori. Forse avremmo dovuto essere più gentili, lo capisco, ma qualunque cosa abbiamo fatto, eravamo giovani, ingenue, scapestrate."

La voce di Diane divenne meno stridula, ma la

cadenza piatta e atona era ancor più spaventosa. "Un giorno, ho visto che ridevi e scherzavi con Amy, in mensa. Tu eri stata gentile, con me, mi erano caduti i libri per terra nel corridoio e tu mi avevi aiutata a raccoglierli; così ho visto che parlavate in quel modo stupido, sono venuta da voi e ho provato a parlarvi. Vi ho detto *hashtag 'che bella giornata oggi'* e lo sai cosa mi hai risposto?" Diane aspettò una risposta, ma poi si mise a ridere amaramente. "Non ne hai la più pallida idea, vero? Hai rovinato la mia vita e non sai nemmeno come. Mi hai risposto a voce alta in modo che potessero sentire tutti e hai detto *hashtag 'Amy sentito niente?' hashtag 'allarme matricola rompipalle'* così tutti si sono messi a ridere come dei pazzi. Da quel giorno, nessuno mi ha più parlato. Per due anni e mezzo, tutti si sono ricordati solo di quello che aveva detto la reginetta Melody. Mi hai rovinato la vita!"

"Così ho deciso che in cambio potevo rovinare la tua. Mi ci è voluto un po' di tempo, ma ce l'ho fatta. Sono anni che ti seguo, Melody. Ti ho studiata, ho dovuto aspettare che tornassi dal college, ma quando sei tornata ho fatto di tutto per scoprire ogni dettaglio della tua vita. Ho scritto io la lettera a Robert. Così adesso anche lui ti odia, come è giusto che sia. Ho beccato anche Amy, poi ho visto un'occasione quando hai mollato Lee, me lo sono preso e ho vinto io! Adesso lui preferisce *me*, non te. Dovresti sentirlo, quando dice che facevi schifo, a letto."

Melody cercò di non andare in iperventilazione.

Diane era proprio *pazza*. Aveva messo insieme tutto ciò che le era successo alle scuole superiori, ogni episodio negativo della sua vita, incolpando lei. Non aveva alcun senso. Sapendo che non c'era nulla di vero in ciò che diceva, Melody cercò di far calmare Diane. "Non sono mai andata a letto con lui."

"Col cazzo che non ci sei andata!" La voce di Diane era tornata forte e minacciosa. "Mi ha raccontato tutto. Non eri nemmeno capace di prendergli l'uccello in gola come faccio io! Non ti piaceva prenderlo nel culo, invece io l'ho fatto, per lui. *Io!* Io faccio tutto ciò che tu non fai, adesso lui ama *me*. Pensavo che fossi così furba, non so proprio perché ero così gelosa di te. Santo cielo, è stato così facile farti scappare. È bastato minacciare il tuo prezioso *cane*." Diane mollò un calcio a Baby, che guaì appena il piede di Diane la colpì alle zampe posteriori.

"Ti prego, Diane. Lascia stare Baby. Non farle del male. Lei non ti ha fatto niente." Melody sentiva gli occhi pieni di lacrime, che le scorrevano anche sulle guance, ma non poté far nulla per fermarle. Vedere Baby che faceva di tutto per sfuggire alla crudeltà di Diane era straziante, da crepacuore. Melody aveva salvato Baby da un canile, dove era finita, probabilmente dopo aver subito degli abusi, proprio come quelli che le stava perpetrando Diane in quel momento. Non riusciva a sopportare il pensiero che, qualora fossero usciti vivi da quella situazione, Baby sarebbe forse tornata a chiudersi per il trauma subito.

"Stai *zitta*," le rispose Diane con un filo di voce. "Cazzo, sei sempre così stupida. È stato fin troppo facile seguire i tuoi spostamenti. Pensavi davvero fosse una scelta intelligente, andare a nasconderti in Florida, e poi scappare in California? Pensavi che non avrei capito che Amy ti stava aiutando? L'ho capito subito, nel momento stesso in cui si è presentata in banca con la tua delega. Così l'ho tenuta d'occhio. Quando è venuta a fare il prelievo dal tuo conto e l'ha messo in una busta, ha messo la busta nella sua posta in uscita, sulla scrivania! Anche lei è *hashtag 'scema'* come te!"

Melody tremava, ma Diane proseguì.

"È stato fin troppo facile metterti paura. Mi sono presa qualche giorno di malattia e ho attraversato il paese in volo, per venire a consegnarti quella lettera. Sapevo perfettamente dov'eri, non eri nascosta... sei ridicola!"

"Allora adesso cosa vuoi?" La voce di Tex proveniente dall'angolo della stanza era decisa, netta, e riuscì a riportare l'attenzione di Diane su di lui.

Diane si voltò di scatto per guardarlo. "Adesso? Adesso vedrà cosa si prova ad essere umiliate. Si pentirà di avermi trattata così, quel giorno. Quando avrò finito con lei, farò la stessa cosa con Amy. Sono colpevoli allo stesso modo."

"Amy è andata via. Non puoi farle del male."

"Come vuoi, soldatino. Ho trovato Melody, posso trovare anche Amy. Ma sai che c'è? Penso che invece comincerò proprio da te."

"No! Diane!" Melody si alzò dal divano e Diane le puntò subito contro la pistola.

"Siediti, Mel," disse Tex con voce decisa. "Diane..."

"Ma che bravo ragazzo preoccupato..." Diane interruppe Tex parlando a cantilena. "No, Melody, non sederti. Vai in camera da letto e trova qualcosa con cui poter legare il tuo amichetto. Ti do venti secondi. Se non trovi nulla, gli sparo all'altra gamba."

"Cosa?"

"Uno, due..."

Melody si girò di scatto e corse nel corridoio verso la camera da letto. Dannazione, Diane era una pazza scatenata e Melody non sapeva proprio che fare. Guardò rapidamente in camera, mentre sentiva Diane che contava, nell'altra stanza. Aprì con forza il cassetto dell'intimo e ne estrasse un paio di collant.

"...undici, dodici..."

Melody estrasse completamente il cassetto vicino al letto e prese le corde che aveva comprato di recente per sperimentare un po' di bondage. L'idea era quella di tirarle fuori per farci giocare Tex, ma ormai era troppo tardi.

"...quindici, sedici..."

"Arrivo! Non sparargli!"

Melody tornò a grandi falcate nel salotto e sentì un rivolo di sudore freddo scenderle sul viso. "Eccomi!"

"Legalo stretto. Se non lo leghi bene, taglio la pancia al cane, così la puoi anche guardare morire dissanguata sul posto."

Melody si accorse che Diane doveva essere andata in cucina a prendere uno dei suoi coltelli da carne. Teneva un coltello in una mano e la pistola nell'altra. Melody guardò Baby e capì che Diane era disposta a ucciderla senza batter ciglio. Baby fissava Diane e ringhiava in modo appena percettibile. Almeno non era intimidita, ma in quel momento Melody non aveva tempo di pensare troppo a Baby, così si avviò verso Tex e si inginocchiò al suo fianco.

"Mi dispiace tantissimo," gli sussurrò devastata, facendo cadere per terra gli oggetti che aveva preso in camera da letto.

Tex non disse una parola, tenne gli occhi fissi su Diane, il suo era uno sguardo molto ben addestrato. Melody prese i collant e li usò per legare i polsi di Tex dietro la sedia. Mentre lei armeggiava, lui rimase immobile, coi muscoli tesi. Poi Melody prese la corda e gli legò le gambe a quelle della sedia. Gli passò la corda intorno alla vita e poi alla gamba. Poi strinse la corda intorno alla caviglia e infine ancora alla gamba della sedia. Avrebbe preferito lasciare le corde un po' più libere, ma non voleva rischiare la vita di Baby.

"Ora tornatene dove diavolo eri prima, lontano da lui, seduta sul divano, stronza."

Melody fece come le chiedeva Diane, con una grande stretta allo stomaco. Non aveva la minima idea di come uscire da quella situazione. Ora, con Tex legato, Melody non sapeva proprio più cosa fare. Doveva essere lui a salvarla, l'aveva promesso.

Diane si lasciò andare a una risata folle, Melody ebbe un presentimento fortissimo: quella donna era completamente andata, non c'era più nulla da fare per scamparla, sfuggendo incolumi.

Melody cercò di tenere su di sé l'attenzione di Diane. Ormai Tex era fin troppo vulnerabile. "E allora? Hai intenzione di spararmi? Come pensi di umiliarmi, così? Vuoi uccidermi, Diane? Pensi di potertela cavare? Se spari a me, dovrai sparare anche a Tex. Nel momento stesso in cui premi quel grilletto, qualcuno chiamerò la polizia. Mi dispiace. Mi dispiace davvero per qualunque cosa abbia fatto da ragazzina, ma ti prego..."

"Ma io non devo usare la pistola... almeno non ancora. E poi, sì, qualcuno chiamerà la polizia, ma quando arriveranno le volanti io sarò già molto lontana." Diane si avvicinò a Tex. Fu abbastanza furba da tenere la pistola sempre puntata verso Melody.

"Non so proprio cosa ci trova, in te. Sei patetico. Ma guardati. Una cazzo di gamba sola. Disgustoso. Di sicuro sei anche tutto pieno di cicatrici. Devi per forza avercelo grosso, ma lei di sicuro non ti soddisfa. Santo cielo, è una frigida. Me l'ha detto Robert."

Diane alzò il coltello da carne che aveva nell'altra mano e lo appoggiò alla guancia di Tex.

"Diane..."

Diane tagliò la guancia di Tex, lasciandosi dietro una sottile linea rossa di sangue. "Ogni volta che dici un cazzo di parola, lo taglio." Aveva parlato con molta naturalezza, sembrava quasi stesse commentando le previsioni del tempo.

Melody cercò di deglutire il groppo che le si era formato in gola. Non poteva starsene lì, ferma impalata, mentre quella folle faceva del male a Tex. Ma non aveva idea di cosa fare.

"Ti ricordi quando ti hanno tagliato la luce? Beh, sono stata io. Prenderti per il culo è fin troppo facile, stronza. Davvero. Le tue bollette ti arrivavano direttamente sul conto. Mi sono bastati due clic al computer e... *voilà*... addebiti respinti."

"Sei stata tu?"

"Ah ah ah," Diane la rimproverò, poi passò il coltello sul braccio di Tex. Dal taglio uscì dell'altro sangue. A quel punto, Melody sentì Tex inspirare rapidamente, ma per il resto lui non si mosse, tenendo sempre gli occhi su Diane.

Melody si abbassò e si mise la testa tra le mani. Non riusciva a guardare. Non ce la faceva.

"Nuova regola." Melody sentì le parole di Diane, ma non alzò la testa. "Ogni cinque secondi che non guardi, lo taglio."

A quel punto Melody rialzò subito la testa.

"Troppo tardi, stronza, i cinque secondi sono passati." Diane mise il coltello ormai insanguinato alla gola di Tex. Poi fece pressione sulla gola, rise e fece un taglio muovendosi verso il basso.

Melody piangeva in silenzio. A ogni taglio, Diane andava più in profondità, più a lungo. Almeno non aveva tagliato la gola di Tex in orizzontale verso la giugulare, ma anche il taglio verticale era davvero brutto. Il sangue gli uscì dal collo e fu assorbito dal colletto della maglia che indossava, trasformandolo in un rosso da film dell'orrore.

"È troppo tardi per queste scuse patetiche, Melody. Non voglio sentire le tue cazzo di scuse."

Diane si allontanò da Tex, chiaramente si era stancata di scherzare con lui. Melody provò a guardarlo meglio e vide che Tex era completamente concentrato su Diane. Sembrava non sentire nemmeno i tagli che gli aveva fatto col coltello.

"Non voglio sentire le tue scuse patetiche, ma *voglio* sentirti implorare. *Implora* che salvi la vita del tuo patetico ragazzo menomato. *Implora* che salvi la vita del tuo cane."

Melody non perse tempo. Se Diane voleva sentirsi implorare, lei l'avrebbe implorata. Non c'era alcun problema di orgoglio, le importava solo uscire viva da quella situazione. "Ti prego, Diane, ti imploro, non farlo. Farò tutto ciò che vuoi. Ti prego. Ti imploro. Non fargli più del male. Lascia stare Baby. Lei è innocente, non c'entra nulla in tutto questo."

"Ho cambiato idea."

Melody sentì che la testa le faceva male. Capì che Diane si stava solo prendendo gioco di lei. Anche se i tagli erano inferti a Tex, la tortura era tutta per *lei*, era chiaro a tutti.

"Voglio darti una scelta. Vuoi che sia lui a uscire vivo

di qua? Beh, più che uscire, sarà più un saltellare!" Diane rise come una maniaca. Melody tenne la bocca chiusa, attendendo di sentirsi dire la scelta terribile che avrebbe dovuto fare.

"Scegli. O lui o te."

"Cosa? Non capisco."

Diane fece un passo verso Melody e alzò il braccio con la pistola, puntandogliela alla testa. Poi fece un altro passo. Poi un altro. Con un ultimo passo, si ritrovò vicinissima a Melody, con la pistola proprio sulla sua fronte, nel punto preciso in cui Tex amava tanto baciarla. "Scegli tu. Immagino che sia l'una che l'altra scelta ti rovineranno la vita. Quindi dai, cazzo, scegli! Sparo a te? O a lui?"

Melody guardò Diane con terrore. Diceva sul serio? Certo che diceva sul serio. Le teneva una pistola puntata alla testa, si vedeva la fiamma del male nei suoi occhi. Non aveva alcuna compassione... nessuna. Niente faceva pensare a Melody che anche solo uno di loro ne sarebbe uscito vivo. Diane li avrebbe uccisi entrambi, a prescindere dal gioco a cui giocava in quel momento.

"Me, sceglie me." Furono le prime parole che Tex pronunciò, da quando Melody lo aveva legato.

Diane allontanò la pistola dalla testa di Melody e la puntò verso Tex. Prima che Melody potesse dire qualcosa, Diane tirò il grilletto. Il suono dello sparo fu tremendamente potente, Baby guaì e tornò a ringhiare sottotono. L'odore della polvere da sparo pervase l'aria intorno a loro.

"No!" Melody saltò su dal divano, ma Diane le passò il coltello insanguinato sul braccio, lasciandole un taglio molto lungo e facendola ricadere subito all'indietro. Melody tenne gli occhi sul tavolo e fu sollevata di vedere che Tex era ancora seduto come prima. Diane non l'aveva colpito, grazie al cielo. Con un po' di fortuna, il suono di quello sparo avrebbe allarmato i vicini di casa, che forse avrebbero chiamato la polizia, come avevano discusso prima con Diane.

"Chiudi il becco, mezzo uomo! Non sta a te scegliere. Deve scegliere lei!"

Melody si teneva su il braccio ferito e sanguinante con la mano sinistra e fissava il buco nel muro, dietro a Tex. Lo sparo successivo poteva portarsi via l'uomo che amava. Tutto ciò che era e che rappresentava, tutto il bene che aveva fatto al mondo, tutte le persone che si affidavano a lui per avere aiuto... tutto sarebbe stato spazzato via da una donna, una malata mentale piena di risentimento, di odio mortale.

"Ora, Melody, credo che tu abbia una scelta da fare. Preferisci che faccia saltare le cervella *a lui*... così tu potrai vivere, o che spari a te nella testa, così a vivere sarà *lui*. Scegli."

"Diane, volevi che implorassi e ti ho implorata, ora ti imploro nuovamente. Ti prego, non farlo."

"Troppo tardi. *Scegli*, troia!"

"Non farlo, Mel." La voce di Tex aveva un suono strano.

Melody non capì se era il furore o la profonda

commozione. Lo guardò. Santo cielo, era una maschera di sangue. Le gocce di sangue gli colavano dal viso e dal collo, il sangue che usciva dalla ferita al braccio era gocciolato anche sul pavimento. Melody voleva che nessuno dei due morisse, ma non vide alcun modo per evitarlo. Tex era legato alla seduta, proprio dove lo aveva legato *lei*, Diane le stava puntando una pistola alla tempia. Melody sapeva che Diane avrebbe probabilmente ucciso anche Tex, in ogni caso, dopo aver sparato a lei; ma magari, chissà, forse il suo sacrificio avrebbe dato a Tex il tempo di fare... qualcosa, forse così lui si sarebbe salvato.

"Ti amo." Melody rivolse le sue ultime parole a Tex e vide il suo volto irrigidirsi dal furore. Non nei suoi confronti, ma per quanto stava accadendo. Dietro il furore, Melody vide l'ombra della disperazione. Se quelli dovevano essere gli ultimi attimi della sua vita, voleva morire guardando Tex. L'uomo che aveva attraversato il paese per trovarla. L'uomo che le aveva promesso di stare sempre al suo fianco. L'uomo che si sarebbe offerto di morire per lei senza batter ciglio. Melody distolse lo sguardo da lui, decidendo che era meglio non guardarlo, nel momento in cui il proiettile le avrebbe spappolato il cervello. Era meglio non fargli vedere il momento in cui la sua vita avrebbe lasciato il suo corpo.

"Me.. Uccidi me, lascia vivere Tex."

Diane lasciò andare la testa all'indietro e rise sguaiatamente. Quando riprese il controllo, guardò Melody dritta negli occhi e disse, con voce normalissima: "Con grande piacere."

Melody chiuse gli occhi stringendoli e abbassò la testa, poi aspettò. Sperava che non le facesse male. Nel momento cruciale, evidentemente non si sentiva tanto coraggiosa come aveva sempre sperato, quando c'era in gioco la sua vita.

In quel momento accaddero varie cose. Melody sentì il coltello che Diane impugnava cadere fragorosamente a terra. Baby fece un suono che Melody non le aveva mai sentito fare prima, Diane gridò.

Improvvisamente era stata buttata a terra, sul fianco. Gli occhi di Melody si aprirono di scatto, ma lei non riuscì a vedere nulla, perché si ritrovò completamente riparata da Tex, che era balzato dalla sedia a cui era legato, andando a proteggerla sul divano. Chiaramente era riuscito chissà come a liberarsi dalle corde con cui lei lo aveva legato alla sedia.

Melody sentì un altro sparo, Tex saltò via prima ancora che lei si potesse capacitare. Un grido forte e un tonfo sordo echeggiarono nell'appartamento. Poi il silenzio fu interrotto dal suono delle sirene spiegate della polizia che si avvicinavano. Era un suono inquietante, monotono, sempre troppo lontano.

"Mel, devi alzarti e devi andare alla porta. Fai entrare la polizia. Però non guardare qui, hai capito? *Non* guardare da questa parte," le ordinò Tex con voce decisa, senza la minima traccia dell'uomo amorevole che aveva conosciuto nelle ultime due settimane.

"Come hai fatto a liberarti dalle corde?"

"Sono un SEAL, Mel, non è stato difficile. Sono stato addestrato, mi hanno insegnato la posizione da tenere quando mi legano, per ridurre al minimo il vincolo delle corde. Invece immagino che la polizia sia qua per merito tuo? Non credo le volanti sarebbero arrivate così alla svelta, se le avessero chiamate solo dopo aver sentito il primo sparo."

Melody si sedette sul pavimento e appoggiò la schiena alla parte anteriore del divano, senza guardare verso Tex. Le sembrava di non riuscire a fare arrivare l'aria nei polmoni. Respirava troppo velocemente, il cuore le batteva tanto forte che si sentiva il petto scoppiare. "Sì, ho digitato alla svelta un messaggio alle persone che partecipavano all'evento a cui stavo lavorando. Non ero sicura che potesse funzionare."

"Sei davvero meravigliosa, Mel. Chiaramente ha funzionato. Stai bene? Non sei stata colpita? Quanto è messo male il tuo braccio?" Le domande di Tex erano rapide e concrete.

Melody fece un rapido controllo mentale del proprio corpo. Il braccio le faceva male, ma non aveva altre ferite nel corpo, almeno nulla di cui si rendesse conto, quindi era abbastanza sicura di non essere stata colpita. "Non credo di essere stata colpita. Però ho così tanta adrenalina in corpo che non ne sono sicura, però non vedo altro sangue, solo sul braccio, quindi penso di star bene. Oh mio Dio! E tu? Devo bendarti le ferite."

"Sto bene. Ora vai, fai come ti ho detto. Vai alla

porta e non guardare da questa parte. Fai entrare la polizia.”

“Tex, tu non stai bene, ti ha ferito.” Melody si ricordò all’improvviso di quanto successo. “Aspetta, cos’è successo? Dov’è Baby?” disse senza nemmeno prender fiato.

“Mel, no,” l’avvertì Tex con decisione.

Ma era troppo tardi. Melody aveva già guardato verso il punto in cui Diane stava in piedi, vicino al divano, dall’altra parte rispetto a dove era stata gettata lei da Tex, quando le si era buttato addosso per spostarla. Tex si era gettato su Diane, priva di sensi, le teneva entrambe le mani tra le proprie, impedendole di muoversi, nel caso riprendesse i sensi prima dell’arrivo della polizia. Melody non aveva idea di come avesse fatto Tex a mandarla al tappeto, ma era chiaro che non le avrebbe mai dato la minima possibilità di riprendersi e di minacciarli ancora.

Melody guardò di fianco a lui e non riuscì a credere ai propri occhi. Baby giaceva a terra vicino a Tex, sanguinava dalla bocca e da una zampa. Aveva gli occhi aperti, ma fissava nel vuoto, dritto davanti a sé.

“Santo Dio! No! Baby!?” Melody si tirò sulle ginocchia e gattonò, andandosi a inginocchiare al fianco di Baby. Poi alzò lo sguardo verso Tex, con gli occhi riempiti da fiumi di lacrime. “Cos’è successo?”

“Baby ci ha salvato la vita. Ha masticato il guinzaglio fino a liberarsi, poi ha attaccato Diane. Proprio quando stava per tirare il grilletto e spararti in testa, Baby le è saltata addosso e le ha morso la coscia. Diane si è girata e le ha sparato per farle aprire la bocca. Nel frattempo io avevo già sciolto i nodi che avevi fatto, Diane non l'ha notato perché era troppo impegnata con le sue cazzo di torture su di te, la distrazione di Baby mi ha dato il tempo di arrivare da te e poi ho disarmato Diane. Mi dispiace tantissimo, Mel."

"Nooooo. Tex, non può aver ammazzato Baby. Stava solo cercando di proteggerci." Melody si tolse le lacrime dal viso con una mano e abbassò la testa sul muso di Baby. "Oddio santo, Baby, ti prego, non morire. No, santo Dio! Non volevo che ti succedesse questo." Melody mise la mano sulla gamba del cane, nel punto da cui il sangue usciva a fiotti. Poi guardò Tex. "Guarda il sangue che ha sul muso. Ha proprio morso Diane per bene, vero?" Le parole le uscivano a fatica, tra i singhiozzi, ma Tex la capì bene lo stesso.

"Sì, Mel. L'ha proprio morsicata per bene. Ti ha salvata. Ti amava tantissimo. L'ho capito dal primo momento che l'ho incontrata. Quando Amy mi ha detto che avevi un cane, ho capito che dovevo portartela. Qualcosa mi diceva che avevi bisogno di lei, che era un elemento importante, in tutto questo dannato casino."

Melody ansimava a fatica, singhiozzando forte, mise entrambe le mani sulla ferita alla zampa di Baby. Il cane non si mosse minimamente, quando Melody cercò di fare pressione per fermare l'emorragia. Melody non sapeva se serviva a qualcosa o se era tutto inutile, ma non poteva star ferma con le mani in mano a far nulla, doveva tentare. Non poteva stare a guardare, mentre la sua preziosa cagnolona moriva dissanguata.

Melody faticava a vedere ciò che faceva, tante erano le lacrime che le inondavano gli occhi, ma cominciò a farfugliare, vedendo il fluido rosso crescere sulle sue dita, mentre cercava di arginare la fuoriuscita di enormi quantità di sangue dalla sua levriera. "Diane non è mai piaciuta a Baby. Non ci ho mai pensato troppo, credevo solo che Baby avesse paura perché era stata al canile. Ma mi ricordo bene che una volta, quando abbiamo visto Diane per strada, lei mi si è avvicinata e Baby ha ringhiato. Io ho fatto un passo indietro e l'ho presa in ridere. Ho cercato di dire a Diane che Baby veniva dal canile e che aveva paura, così anche lei si è messa a ridere. Avrei dovuto capire quel segnale, avrei dovuto ricordarmelo e dirtelo, Tex. Mi dispiace tantissimo, Baby. Avrei dovuto ascoltarti."

Tex non ne poteva più. Così si abbassò e si tolse la cintura dei pantaloni. Poi legò le mani di Diane stringendo forte, controllò che la pistola fosse ben lontana, dall'altra parte della stanza. Sapeva che Mel aveva bisogno di lui, al momento Diane era fuori gioco, così si avvicinò a Mel gattonando, sopportando stoicamente i dolori all'arto fantasma che gli provocavano fitte tremende a ogni movimento. Ignorò ogni dolore e raggiunse Baby e Mel.

Mise le mani sulle spalle di Mel e cercò di tirarla tra le proprie braccia.

Mel si allontanò di scatto, senza mai staccarsi da

Baby. "No! Tex, no! Baby non è morta. Non può essere morta. Chiama un veterinario, qualcuno, ti prego! Almeno dobbiamo provare, non posso perderla così!"

"Mel."

"Santo Dio, Tex, ti prego, non posso perderla. Non così. Le voglio bene, ho bisogno di lei."

Tex non poteva sopportare l'angoscia nella voce di Mel. Estrasse il cellulare e sbloccò lo schermo, lasciando sul display una striscia sanguinolenta, che ignorò. Poi recuperò un numero e chiamò, parlando rapidamente.

"Sì mi serve il tuo aiuto. Stiamo bene. È finita, ma mi serve un veterinario d'urgenza, il migliore. Baby è stata ferita da un colpo di pistola. Sì, da quella stronza. È messa male. Va bene. Grazie." Tex si infilò di nuovo il cellulare in tasca e poi disse a Melody: "Ci sta pensando Wolf."

La vide annuire a scatti, ma non fu sicuro che Mel avesse davvero capito.

"Continua a fare pressione sulla gamba, però continua anche a parlarle, Mel. Come facevi prima. Lei può sentirti. Dille di resistere."

A Tex si spezzò il cuore, vedendo la donna che amava parlare con Baby, tra mille singhiozzi.

"Baby? Sei il cane più coraggioso che abbia mai conosciuto. Non so proprio cosa ti sia successo prima che ti trovassi, ma devi resistere. Ci sei riuscita. Hai protetto sia me che Tex. Ci hai salvato la vita. Lo so che stavi solo cercando di ricambiare il favore, perché io ho salvato la tua, ma ho ancora bisogno di te. Ci sono un sacco di brutte persone al mondo, abbiamo bisogno di te."

"Ti giuro che potrai dormire nel nostro letto tutte le notti. Non ti chiuderemo fuori mai più. Tanto non ti interessa se facciamo l'amore, quindi se non dà fastidio a te, non dà fastidio neanche a noi. Mi piace troppo quando fai i tuoi giri sulle coperte finché non hanno preso la piega giusta per te, chissà come fai a decidere quando sono pronte, per me è un mistero. Ti prometto che verrai sempre con noi, dovunque andiamo. Però non lasciarmi, ti prego. Ti amo troppo, Baby. Non ho mai capito quanto, finora. Ti prego, non morire. Non così. Ho bisogno di te."

Melody guardò giù il sangue che lentamente le scorreva tra le dita, cadendo sul pavimento. Baby non aveva chiuso gli occhi, ma non sbatteva le palpebre. Era la scena più orribile che Mel avesse mai visto in vita sua. Le lacrime si fecero ancor più copiose. Mel si girò verso Tex e vide che anche lui era altrettanto commosso alla vista di Baby sul pavimento, immobile.

"Cosa farò senza di lei?"

Si sentì bussare forte alla porta. "Polizia, aprite!"

Tex si alzò senza dire una parola e saltellò fino alla porta. Melody lo osservò distrattamente e notò che, pur saltellando su una gamba sola, era in perfetto equilibrio e si muoveva sicuro. Tutti gli allenamenti che aveva fatto senza la protesi chiaramente avevano ottenuto l'effetto voluto. Si muoveva in quella stanza con la stessa sicurezza di chiunque altro.

Tex alzò le mani mentre la polizia irrompeva ad armi spianate. Melody si voltò di nuovo verso il suo amato cane, senza curarsi di ascoltare cosa le dicessero i poliziotti. Non avrebbe tolto le mani dalla ferita alla zampa di Baby, se non dopo l'arrivo di un veterinario. Non sentiva se Baby stava o meno respirando, le mani le tremavano troppo, non vedeva con chiarezza per le troppe lacrime. Ignorando i rumori che sentiva provenire da dietro la schiena, si abbassò di nuovo su Baby. Avrebbe continuato a parlarle fino all'arrivo del veterinario. Tex aveva detto che ci avrebbe pensato Wolf e lei si fidava di lui. "Resisti, Baby. Stanno arrivando ad aiutarti. Non morire. Ti amo."

## CAPITOLO DICIOTTO

MELODY ERA SEDUTA tra le braccia di Tex, si guardava intorno meravigliata. Il suo appartamentino brulicava di persone. Non sapeva bene come fosse successo, ma tutti gli amici di Tex erano presenti, con le loro compagne. Caroline non aveva potuto partecipare perché era impegnata in un progetto enorme di ricerca e Alabama aveva un esame finale a scuola e non poteva saltarlo. Avevano entrambe inviato le loro scuse per quell'assenza.

Melody si asciugò le lacrime agli occhi. Le sembrava di piangere da un'eternità, eppure non riusciva proprio a fermarsi. Aveva subito un colpo dopo l'altro, ormai si ritrovava in lacrime ad ogni minima emozione.

"Non capisco ancora cosa ci facciate tutti qui," disse, con la voce che le si rompeva continuamente per la commozione.

"Siamo qui perché avevi bisogno di noi, Melody," le disse Wolf. Era appoggiato al muro, sembrava che stesse sorvegliando tutti. "È bastata una telefonata, il comandante Hurt ci ha messo sul primo volo militare e siamo arrivati subito. Tex potrà anche vivere dall'altra parte del paese, ma per noi c'è sempre stato, quindi è il minimo che possiamo fare per lui, raggiungerlo quando avete bisogno di noi.

"Grazie per aver fatto intervenire il dottor Gaiser per salvare Baby. Apprezziamo tutto quello che ha fatto."

"Non devi ringraziarmi, Melody, Mi dispiace solo che il veterinario non sia riuscito a salvarle la zampa."

"Non importa, Wolf, almeno Baby è viva. È questo l'importante. E poi sai che c'è? Ho visto un sacco di cani cavarsela benissimo anche solo con tre zampe."

Tex passò le dita tra i capelli di Melody. "E poi adesso siamo proprio ben abbinati, io e Baby."

Tutti i presenti nella stanza risero. Melody chiuse gli occhi. Era esausta. Dopo essere andata al pronto soccorso per il taglio al braccio, dopo che anche Tex fu medicato (le sue ferite avevano richiesto dei punti, ma lui si era rifiutato di farsi ricoverare in ospedale), avevano passato una giornata nella clinica veterinaria con Baby.

Il dottor Gaiser era riuscito a salvare la vita a Baby, ma il proiettile le aveva reciso l'arteria femorale e la gambe era spacciata. Quando Baby si era risvegliata, la prima cosa che aveva fatto era leccare le dita di Melody, che si era sentita sopraffare dalla commozione. Alla fine era stata costretta a tornarsene a casa per dormire. Baby sarebbe stata dimessa presto, Melody e Tex sarebbero stati molto impegnati a evitare che cercasse di masticare i punti, oltre che ad aiutarla ad abituarsi alla sua nuova realtà.

"Allora questa tipa, Diane, era piena di risentimento ancora dai tempi in cui andavate alla stessa scuola superiore?" la voce di Summer era incredula.

"Sembra proprio di sì. Io non ne avevo idea, ma non è stato solo quello: aveva qualche forma di problema mentale. Gli psichiatri che l'avevano avuta in cura in passato le avevano prescritto psicofarmaci da assumere per tutta la vita, ma dopo un paio d'anni lei si era sentita meglio e aveva pensato bene di interrompere le cure. In quel momento è cominciato tutto. Quando mi ha vista, quando si è accorta della vita felice che conducevo, all'improvviso mi ha ritenuto responsabile di tutti i problemi della sua vita. Insomma... il resto lo sai già."

Amy era tornata di fretta in Pennsylvania dalla Virginia dopo aver sentito cosa era successo ed era anche lei presente nell'appartamento di Mel, mescolata tra gli altri ospiti. "Davvero, quella stronza mi ha usata per scoprire dove fosse Mels. Non riesco ancora a capacitarmi che fosse proprio lei. Me la ricordo appena, alle scuole superiori, invece a quanto pare lei si ricordava benissimo di noi."

Melody stentava a tenere gli occhi aperti. Non era molto gentile nei confronti degli altri, ma era davvero esausta. Ormai era sotto stress da un'eternità, ma sapeva che non c'era più nessuno che la perseguitava e che Baby si sarebbe ripresa, quindi i nervi le si stavano rilassando, dandole una sensazione di torpore letargico, si sentiva sul punto di crollare. Ma il peggio era ripensare alle parole di Diane che continuavano a rimbalzarle in mente. *Scegli. O lui o te.* Era una decisione orribile da dover prendere. Melody sapeva che a Tex non era piaciuta quella scelta, che ne voleva parlare, ma era troppo stanca.

Sentiva a malapena dei brusii, mise le braccia intorno a Tex, che l'aiutò ad alzarsi e l'accompagnò da qualche parte. Non le interessava dove la stesse portando, le bastava non dover aprire gli occhi e non dover parlare con nessuno. Sentì che Tex la stava aiutando a sdraiarsi, si strinse al collo di Tex. "Non andar via."

"Torno subito, Mel."

"Mmmm."

Tex uscì dalla camera da letto per tornare in salotto. "Grazie a tutti per essere venuti. Lo apprezzo davvero tanto, più di quanto immaginiate." Tutti i presenti annuirono, ma sembravano preoccupati. Avevano notato l'enorme stanchezza di Melody, che sembrava molto fragile emotivamente.

"Come sta, davvero?" chiese Dude.

Tex respirò profondamente. "Starà bene, è una donna forte. Ero un po' preoccupato, non sapevamo se Baby ce l'avrebbe fatta, ma per fortuna il peggio è passato."

"Diane si dichiarerà colpevole?" fu Mozart a fare la domanda.

"Molto probabilmente sì, ma non lo so proprio, e francamente non mi interessa. Mel testimonierà, se ce ne sarà bisogno, ma per ora aspettiamo di vedere come andranno le cose. So che anche lei non vuole altro che poter andare avanti con la sua vita, con la *nostra* vita."

"Tex, vorremmo che vi trasferiste in California. Vi vogliamo vicini."

Tex scosse la testa alle parole di Cheyenne. "Mi fa davvero piacere che ci vogliate vicini, ma non è possibile. Rimarremo qui, questo paese è casa sua. Qua ci sono tutte le sue amiche, la sua famiglia. A lei piace tanto stare qua. Appena Mel sarà pronta, mi trasferirò anch'io qui da lei."

"Adesso è senz'altro pronta, Tex," disse Amy con sicurezza.

Tex sorrise ad Amy. "Porti Becky e Cindy, domani?"

"Sì, fammi sapere quando si riprende, quando è pronta. Gli ultimi giorni sono stati molto intensi, non voglio metterle fretta."

"A proposito di giorni intensi, sarà meglio che ci togliamo dai piedi," disse Abe, avvicinandosi a Tex per stringergli la mano. "Se ti serve qualcosa, qualunque cosa, ti basta farcelo sapere. Probabilmente ripartiamo domattina, non c'è bisogno che rimaniamo tutti qui."

"Grazie, Abe. Per me significa molto, che siate venuti tutti fin qui."

"Un SEAL non abbandona mai un altro SEAL,"

intervenne Wolf, sorridendo; ricordava quanto avessero significato quelle parole per lui e per gli altri della squadra, quando si era messo insieme a Caroline.

Tex sorrise al motto dei SEAL. Anche se non era più in servizio attivo, sentiva sempre nel cuore quelle parole. Così appoggiò una mano sulla spalla di Wolf. "Grazie."

Tutti gli uomini e le relative compagne uscirono lentamente dall'appartamento, mentre Tex li guardava andar via. Si sentì un uomo fortunato, ad avere così tanti buoni amici.

L'ultima ad andarsene fu Amy. Tex aveva capito che voleva rimanere l'ultima a uscire, così aspettò che lei gli dicesse ciò che voleva dirgli.

"Mels è la mia migliore amica. Né io né lei abbiamo sorelle, ci conosciamo dalle elementari, ne abbiamo passate di cotte e di crude, siamo sempre state vicine, ci siamo sempre aiutate a vicenda. Quando io mi sono sposata, sapevo che cominciava per me una nuova fase della vita. Immaginavo ci saremmo allontanate, ma Mels non lo ha permesso. Mi ha costretta a uscire quando ero stanca, ha insistito perché andassi a trovarla, per passare del tempo insieme, solo io e lei. Le voglio bene come fosse davvero mia sorella."

Poi prese fiato, si schiarì la gola e proseguì. "Quando è venuta da me a dirmi che qualcuno la perseguitava, mi si è spezzato il cuore. Non sapevo cosa fare per aiutarla. La verità era che non poteva fare nulla. Quando mi ha telefonato, dicendomi che non sarebbe tornata per cercare di sfuggire allo stalker, ho pianto per due giorni di fila. Era ferita, spaventata, e io non potevo far nulla. Grazie, Tex... grazie per aver visto qualcosa di speciale tra le stupidate che si dicono sempre in chat. Grazie per aver fatto lo sforzo di andare a trovarla, quando ha cancellato il suo account. Io la conosco. Avrebbe continuato a fuggire, perché eravamo in pericolo sia io che la sua famiglia, non l'avremmo rivista mai più. Tu mi hai restituito mia sorella e io non potrò mai ripagarti abbastanza."

"Non ho bisogno che tu mi ripaghi, non l'ho fatto per questo, Amy."

"Lo so, ma in un modo o nell'altro avrai qualcosa in cambio. le mie bimbe considerano Melody come la loro zia. Quindi adesso tu sarai come un nuovo zio, per loro. Adesso sei entrato a far parte della mia famiglia di matti. Spero tanto che ti vada bene."

"Mi va benissimo." Tex sorrise, gli piaceva l'idea di diventare zio.

"Ottimo. Ora, senti, che intenzioni hai con la mia amica?"

Tex ridacchiò. "L'amo. Fosse per me, andremmo a Las Vegas domani stesso per sposarci; ma ho la sensazione che voi due abbiate già in mente il progetto del suo matrimonio nel minimo dettaglio."

Amy gli sorrise.

"Posso fare una richiesta a tal proposito?" chiese Tex ad Amy, con tono serio.

"Puoi, ma non so se saremo in grado di accontentarti: abbiamo pianificato il suo matrimonio persino nel colore dei tovaglioli a tavola…" Amy lo prese in giro.

"Voglio che Baby sia al nostro fianco."

"Richiesta accettata."

Sorrisero entrambi, poi finalmente Amy gli disse: "Va bene, ora basta con le stronzate sdolcinate. Sono contenta che tu stia bene. Non so ancora cosa sia successo con Diane, ma prima o poi Mels mi racconterà tutto; ma ho capito che la ferita fisica non è nulla rispetto allo strazio emotivo. Ora abbracciamoci, poi torna dalla mia migliore amica. Ma ti avverto, presto dovremo organizzare un'uscita tra amiche, quindi preparati."

"Nessun problema." Tex prese il polso di Amy e la avvicinò per un caloroso abbraccio. "Grazie per la tua amicizia, Amy." Tex la sentì annuire e poi Amy si allontanò.

Tex la guardò salire in macchina e uscire dal parcheggio, poi chiuse la porta e si diresse da Mel, senza preoccuparsi del disordine che regnava in tutto l'appartamento. Se ne sarebbero occupati più avanti, c'era tutto il tempo; prima doveva stringere Mel tra le braccia, insieme dovevano gioire, perché erano ancora vivi.

# CAPITOLO DICIANNOVE

MELODY SI ACCOCCOLÒ tra le braccia ti Tex e sospirò. Le piaceva tantissimo svegliarsi con Tex. Ricordava a malapena la serata precedente, si sentì in imbarazzo, capendo di aver dormito per tutto il tempo, mentre gli amici se ne andavano. Aprì gli occhi e vide Tex che la fissava.

"Sei ancora qui."

"Stamattina non volevo lasciarti a letto da sola."

Melody sorrise. Ormai si era abituata a vederlo svegliarsi e alzarsi prima di lei, la svegliava con un bacio e poi andava a prendersi cura di Baby e ad allenarsi. Melody era sempre riuscita a riaddormentarsi, quando lui se ne andava.

"Non è un sogno, vero? Baby starà bene?"

"Sì, Mel. Si riprenderà benissimo. Oggi andiamo a trovarla, vediamo quando il dottor Gaiser pensa che potrà tornare a casa."

"Ottimo. Non vedo l'ora di riportarla a casa. Mi manca."

"Manca anche a me, Mel. Dobbiamo parlare di ciò che è successo." Melody si voltò dall'altra parte, così lui le mise un dito sotto al mento e la fece voltare con delicatezza per poterla guardare in faccia. "Io ti amo, ma hai fatto la scelta sbagliata."

Melody capì al volo di cosa stava parlando. "No, io..."

"È così. Te l'ho detto una volta e torno a ripetertelo: io morirei per te. Tu sei tutto, per me. Ho sempre saputo che potevo morire in missione. Sono sempre stato pronto. L'addestramento in marina ci ha insegnato a sopportare ogni tipo di tortura. Tu, Mel... *tu* sei la missione più importante della mia vita. Te lo giuro su Dio, non potrei vivere, senza di te. Se Diane ti avesse sparato e tu fossi morta, io non avrei potuto resistere, senza di te."

"Tex..."

"No. Tu sei la cosa più importante, verrai sempre al primo posto. Non mi interessa in che situazione ci troviamo. Sarai sempre la prima, la prima a mangiare, la prima a venire, la prima in tutto." La voce di Tex tremava, così lui si schiarì la gola, trattenendo a fatica le lacrime che cominciavano a formarsi nei suoi occhi. Era un SEAL della marina, tosto, grande e grosso. I SEAL non piangono. "Quando hai detto che mi amavi, poi ti sei girata, dicendo a quella stronza di sparare a te, il mio cuore si è letteralmente fermato. Non posso vivere, senza di te, Mel. Proprio non posso."

"Ma non capisci, Tex?" disse Melody con grande decisione, sperando con tutto il cuore che lui la ascoltasse. "Tutto ciò che hai appena detto l'ho sentito anch'io nel cuore, mentre cercavo di decidere cosa fare. Anch'io non posso vivere *senza te*. Non avrei potuto sopportarlo, se le avessi detto di uccidere te. Non potevo. Era una situazione impossibile, una cazzo di situazione impossibile. Ti prego, non me la ritorcere contro. Per favore?"

Tex tirò Mel tra le braccia, sentendola tirar su col naso. Le appoggiò la guancia sui capelli e strinse i denti; si sentiva più commosso di quanto non fosse mai stato in tutta la vita. Diamine, c'era mancato pochissimo, potevano perdersi a vicenda. Baby era davvero la loro eroina. Tex era pronto da un pezzo a saltare addosso a Diane, ma non era sicuro di fare in tempo, prima che lei potesse far partire un colpo. Diane era così vicina a Melody che probabilmente l'avrebbe uccisa prima che lui la potesse raggiungere per disarmarla.

Tex sentì che Melody si allontanava e cercava di controllarsi. Così anche lui si allontanò e le asciugò le lacrime dal viso, mentre lei alzava una mano e gliela metteva dietro la nuca. Tex cercò di tacitare ogni altro pensiero di Diane e di quanto erano andati vicini a morire. Mel era viva, tra le sue braccia. Era tutto ciò che importava.

"Sono stati molto carini i tuoi amici, a venire fin qui."

"Sono anche amici tuoi, adesso, Mel."

"Lo immagino. Devo solo abituarmici. Per tanto tempo siamo state solo io ed Amy, poi sono rimasta sola mentre scappavo."

Tex si rigirò sul letto fino a mettersi sopra di lei. "Ora sai che ti dico, Mel? Adesso fai parte di una grande famiglia di matti, che include sei SEAL e le loro compagne. Aspetta... volevo dire sette SEAL... ho sentito che anche il comandante Hurt si è da poco impegnato con una delle donne che la squadra è andata a salvare, in Messico." Vedendola confusa, Tex lasciò perdere quell'episodio e proseguì. "Di sicuro le altre ti racconteranno tutta la storia, ma probabilmente anche gli altri SEAL ti accoglieranno in famiglia, e anche la squadra speciale dei Delta Force che ho aiutato. Prima di quanto pensi, ti faranno impazzire, senza dubbio." Vedendo che Mel stava sorridendo Tex respirò profondamente e le disse ciò che aveva in mente da molto tempo, molto più di quanto Mel potesse immaginare. "Ho qualcosa da chiederti."

"Sentiamo."

"Vuoi sposarmi?"

"Cosa?"

"Vuoi sposarmi?"

"Oh mio Dio! Non mi aspettavo che me lo chiedessi, pensavo volessi chiedermi cosa preferivo per colazione!"

Tex si limitò a sorridere e continuò a fissare la donna che amava.

"Sì, John Keegan, voglio sposarti."

"Meno male!"

Melody ridacchiò. "Non sono sicura che sia quella la risposta migliore."

"Fa differenza?"

"No."

"Oggi stesso comincerò a occuparmi del trasloco delle mie cose. Spero che tu non sia troppo legata a questo appartamento. Ci serve senz'altro un posto più grande, con un cortile per Baby, così può muoversi senza guinzaglio."

"Ma, Tex..."

"Poi dovrai sentire il tuo capo, bisogna che sappia cos'è successo l'altro ieri."

"Tex, aspetta. Ti trasferisci qui?"

"Sì, Mel. Tu hai accettato di sposarmi. Certo che mi trasferisco qui con te."

"Non è che sia così ovvio, Tex. Siamo entrambi in grado di lavorare in remoto, possiamo trasferirci dove vogliamo."

"Possiamo vivere dove vogliamo, ma *questa* è casa tua. Non ti porterei mai lontano da Amy e dai tuoi genitori, lontano da qui. Sei stata in giro fin troppo a lungo. Sono felicissimo di trasferirmi qui, per vivere con te."

"Ti amo, Tex."

"Anch'io ti amo."

"No, io ti *amo* davvero tanto!"

Tex ridacchiò. "Se ricordo bene, non siamo ancora riusciti a battezzare la cucina. Sarebbe un peccato trasferirsi da questo appartamento, senza aver realizzato tutte le nostre piccole fantasie."

"Penso di aver fame. Ti va se ci vediamo in cucina?"

Tex si abbassò e baciò Melody con grande passione. "Siamo fatti l'uno per l'altra, Mel. Con te mi sento più uomo di quanto non mi sia mai sentito in passato. Grazie. Grazie per il tuo amore, per aver accettato il mio amore."

"Non c'è di che. Ora, dai, ho fame."

L'espressione negli occhi di Melody era così sensuale che Tex sentì il sangue che gli affluiva tutto tra le gambe, causandogli un'erezione.

Non poté resistere, si abbassò e la baciò di nuovo, senza trattenersi. Melody ricambiò con tutta se stessa. Gli infilò la lingua in bocca e rispose a ogni affondo con altrettanta passione. Tex le portò una mano sulla pancia, sotto la maglietta, fino a raggiungere un capezzolo. Quando glielo strinse, Melody staccò la bocca da quella di Tex ansimando, poi lasciò andare la testa all'indietro.

"Tex."

"Lo so, Mel, lo so." Tex sentiva le gambe di Melody tremare. Così le prese la maglietta e gliela tirò su, sfilandogliela dalla testa e facendola rimanere a petto nudo. Non si sarebbe mai stancato di lei. "Sei bella, sei mia." Abbassò la testa e prese in bocca un capezzolo. Con una mano andò a stimolare l'altro seno, giocherellando con il capezzolo fino a farlo indurire.

Tex amava sentire Melody che perdeva il controllo e si inarcava spingendosi contro di lui. Così afferrò con la mano libera il capezzolo che teneva tra i denti, poi tirò su la testa per guardarla negli occhi. Vedendola ansimare, la lasciò andare e lei gli mise le mani in faccia.

"Ho bisogno di te, Tex. Adesso. Prendimi."

"Abbiamo un appuntamento in cucina. Dai, andiamo. Quando arrivo, voglio vederti sul mobile, nuda, con le gambe aperte, pronta per me. Verrà presto il tuo turno di mangiare, ma per ora penso che tocchi a me."

Melody sorrise e scese dal letto, dirigendosi fuori dalla porta. Attarversò il corridoio e andò dritta in cucina. Dopo essersi tolta i boxer, per un attimo ripensò alla propria vita. Aveva tutto ciò che poteva desiderare. Amici, famiglia, ora anche un uomo che non solo le stava al fianco, ma anche davanti, quando lei ne aveva bisogno, o persino dietro, quando era più opportuno. Era perfetto. Non vedeva l'ora di diventare la signora Melody Keegan.

Melody recitò in silenzio una preghiera per Diane. Pur in modo perverso, se non fosse stato per la sua follia, Melody non avrebbe mai incontrato Tex. C'è sempre un motivo dietro a tutto, a volte bisogna solo aspettare per capirlo.

Così Melody saltò sul mobile della cucina appoggiando il peso alle mani, in attesa del suo fidanzato, e sorrise. La vita era davvero meravigliosa.

"Andiamo, Baby, vieni qui!" Melody chiamò la sua cagnolona e la guardò sorridendo, mentre Baby le correva incontro. Aveva solo tre zampe, ma non era affatto più lenta di prima. Fin dal primo giorno in cui il dottor Gaiser l'aveva dimessa dalla clinica, Baby era tornata a saltellare come aveva sempre fatto. Naturalmente Melody aveva pianto di gioia.

L'unica differenza che Melody poteva notare nel cane era che non perdeva mai di vista la sua padrona. Baby seguiva Melody in tutta la casa, a prescindere da cosa facesse; quando Melody si alzava, Baby la seguiva.

"Sei pronta ad andare, Mel?"

Melody annuì a Tex. Erano al parco per far sfogare un po' Baby, il veterinario aveva detto che era molto importante non tenerla troppo ferma: doveva muoversi e far lavorare le zampe, anche per costruire più muscoli e compensare così il mancato supporto della quarta zampa, quella posteriore amputata.

"Torniamo a casa. Le ragazze chiameranno tra una mezz'oretta."

Le videochiamate su Skype erano cominciate la settimana dopo l'incidente. Tutte le ragazze del gruppo in California si trovavano per collegarsi online. Ben presto quel ritrovo era stato esteso a tutti, perché anche gli uomini volevano partecipare. Una sera, si erano parlati per quasi tre ore. Si erano raccontati storie tutta la sera, ridendo e scherzando.

Più tardi, Melody era a letto con Tex e cercava di riprendersi da una lunga sessione di sesso, con l'uso anche delle corde che finalmente aveva convinto Tex a usare su di lei; così commentò l'amicizia che aveva stretto con tutti quelli del gruppo e Tex cercò di spiegarle.

"Noto che tra commilitoni si crea un legame speciale. Il combattimento rinsalda quel legame rendendolo ancor più profondo. Tra SEAL della marina avete un legame indissolubile, i tuoi amici ne hanno passate di ogni, lo stesso vale per le loro compagne. Ma con queste esperienze, ora sanno tutti di avere alle spalle un gruppo di persone sempre pronte ad aiutarsi a vicenda. Mel, ora fai parte anche tu di questo gruppo, anche se non viviamo nelle vicinanze e rispetto a loro siamo più fuori mano, ma per loro fa lo stesso."

"Lo so, Tex. Me ne rendo conto. Non me ne rendevo

conto, quando chattavamo online, mesi fa. Ti ricordi, ti ho detto che i tuoi amici si approfittavano di te, perché non venivano mai a trovarti. Ma adesso ho capito. Non era così, il vostro legame è fortissimo anche a mille chilometri di distanza, è come se foste sempre insieme, vicini. Tu fai parte della squadra. Lo sai tu, lo sanno loro. Lo sanno anche le loro compagne."

"Già."

"Ti amo."

"Anch'io ti amo."

"Ho una domanda da farti e non puoi dirmi di no."

"Cosa c'è, Mel?"

"Pensi che i tuoi amici sarebbero disponibili ad andare a Las Vegas, questo mese."

"Perché?"

"Voglio che ci sposiamo il prima possibile."

Tex si alzò sui gomiti mettendosi sopra Melody, poi le mise una mano sulla guancia. "E perché?"

"Voglio tanto essere legata a te. È solo che... ne ho bisogno. Non voglio più aspettare."

"Che fine fanno le tue nozze da sogno? Tu ed Amy le programmate nel dettaglio da una vita."

"Ti spiego, Tex. Quando Diane mi puntava la pistola alla testa e stava per sparare, riuscivo solo a pensare al dispiacere di non essere tua... legalmente. Francamente non me ne importa un fico secco dell'abito bianco e di tutte le altre cavolate. Voglio solo appartenerti, voglio che tu appartenga a me. Con Amy ho già parlato.

Possiamo comunque organizzare il ricevimento. Lo faremo qui in città, con tutte le mie amiche e la mia famiglia, ma voglio che la cerimonia avvenga davanti alla *tua* famiglia. Voglio portare Baby e trovare una cappella a Las Vegas che accetti la sua presenza. Voglio che vengano tutti, che stiano con noi. Anche Amy e George saranno presenti, con le loro bimbe. I miei genitori hanno detto che anche loro ci raggiungeranno in volo per la cerimonia. Mi sembra perfetto."

Tex abbassò la testa e baciò Melody sulla fronte. "Santo cielo, ti amo alla follia. Se solo penso quanto poco è mancato, che non ci incontrassimo nemmeno..."

"Lo so."

"Domattina telefono a Wolf e vedo quando si possono liberare tutti. Noi andremo in macchina con Baby, ma ci prendiamo tutto il tempo di viaggiare con calma per guardare tutti i paesaggi che attraversiamo. Le nostre saranno le migliori nozze di sempre a Las Vegas. Però sappi che noi ci apparteniamo già, a prescindere da quando saranno le nozze."

"Pienamente d'accordo."

Tex sorrise. Era così carina. "Adesso sono più sveglio di prima, Mel."

Lei reagì con un sorriso complice. "Ah sì?"

"Eh sì. Prova un po' a girarti."

"Diamo gli ordini?"

"Sì, come hai detto tu giustamente, puoi far uscire un uomo dai SEAL, ma non puoi far uscire un SEAL da un uomo. Ora girati."

Melody fece come le chiedeva Tex, sapendo che qualunque fosse il suo piano prevedeva ore di goduria e divertimento. Lui era sempre molto attento alle sue esigenze, le aveva detto che sarebbe sempre venuta lei, per prima, e l'aveva detto sul serio.

––––––––

Dall'altra parte del paese, sei SEAL della marina e le loro compagne si stavano preparando a dormire. Ciascuna coppia aveva superato a modo suo un inferno, ciascun uomo aveva conquistato la propria donna, ciascuna donna aveva conquistato il suo uomo. Qualcuno, guardandoli, si chiedeva come diavolo avessero fatto a sopravvivere agli stress e alle incertezze di una forza speciale, una vera e propria macchina da guerra, pur essendo tutti impegnati, alcuni sposati. Ma quando ne parlavano, loro rispondevano sempre che era l'amore a legarli in modo indissolubile. Sapevano com'era, vivere senza la propria anima gemella, si erano ripromessi, a parole o tacitamente, di rimanere sempre insieme.

Se le donne si trovavano, quando gli uomini erano in missione, per piangere e ubriacarsi un po', nessuna si lamentava, i SEAL facevano finta di nulla, ma in ultima analisi era l'amicizia che li legava tutti, a far sembrare le separazioni più brevi, a rafforzare il loro amore.

·  ·  ·

Nell'ufficio di Tex, due computer rimanevano accesi giorno e notte. Sette puntini rossi lampeggiavano su una mappa, sei in California e uno in Pennsylvania. Sette coppie di SEAL e relative compagne dormivano meglio la notte, sapendo di quei puntini rossi lampeggianti. Non tutti potevano capire, non tutti erano stati nei loro panni.

# NOTE

## CAPITOLO 7

1. COPS è stato un programma TV che documentava l'attività della polizia (*cop* significa sbirro, poliziotto). [NdT]

## CAPITOLO 11

1. Il simbolo # usato come *hashtag* su Twitter era ed è presente anche sui telefoni ed è comunemente chiamato "cancelletto."

## *Also by Susan Stoker*

### Armi e Amori

*Proteggere Caroline*

*Proteggere Alabama*

*Proteggere Fiona*

*Il Matrimonio di Caroline*

*Proteggere Summer*

*Proteggere Cheyenne*

*Proteggere Jessyka*

*Proteggere Julie*

*Proteggere Melody*

*Proteggere il Futuro*

*Proteggere Kiera*

*Proteggere i figli di Alabama*

*Proteggere Dakota*

### Delta Force Heroes

*Salvare Rayne*

*Salvare Emily*

*Salvare Harley*

*Il Matrimonio di Emily*

*Salvare Kassie*

*Salvare Bryn*

*Salvare Casey*

*Salvare Sadie*

*Salvare Wendy*

*Salvare Mary*

*Salvare Macie*

*Salvare Annie*

## Mercenari di Montagna

*Difendere Allye*

*Difendere Chloe*

*Difendere Morgan*

*Difendere Harlow*

*Difendere Everly*

*Difendere Zara*

*Difendere Raven*

## Ace Security *(Prossimamente)*

*Il riscatto di Grace*

*Il riscatto di Alexis*

*Il riscatto di Bailey*

*Il riscatto di Felicity*

*Il riscatto di Sarah*

*In inglese:*

## Delta Force Heroes Series

*Rescuing Rayne*

*Rescuing Aimee (novella)*

*Rescuing Emily*

*Rescuing Harley*

*Marrying Emily (novella)*

*Rescuing Kassie*

*Rescuing Bryn*

*Rescuing Casey*

*Rescuing Sadie (novella)*
*Rescuing Wendy*
*Rescuing Mary*
*Rescuing Macie (novella)*
*Rescuing Annie (Feb 2022)*

## Delta Team Two Series

*Shielding Gillian*
*Shielding Kinley*
*Shielding Aspen*
*Shielding Jayme (novella)*
*Shielding Riley*
*Shielding Devyn (May 2021)*
*Shielding Ember (Sep 2021)*
*Shielding Sierra (Jan 2022)*

## Badge of Honor: Texas Heroes Series

*Justice for Mackenzie*
*Justice for Mickie*
*Justice for Corrie*
*Justice for Laine (novella)*
*Shelter for Elizabeth*
*Justice for Boone*
*Shelter for Adeline*
*Shelter for Sophie*
*Justice for Erin*
*Justice for Milena*
*Shelter for Blythe*
*Justice for Hope*

*Shelter for Quinn*
*Shelter for Koren*
*Shelter for Penelope*

## SEAL of Protection: Legacy Series

*Securing Caite*
*Securing Brenae (novella)*
*Securing Sidney*
*Securing Piper*
*Securing Zoey*
*Securing Avery*
*Securing Kalee*
*Securing Jane*

## SEAL Team Hawaii Series

*Finding Elodie (Apr 2021)*
*Finding Lexie (Aug 2021)*
*Finding Kenna (Oct 2021)*
*Finding Monica (TBA)*
*Finding Carly (TBA)*
*Finding Ashlyn (TBA)*
*Finding Jodelle (TBA)*

## Ace Security Series

*Claiming Grace*
*Claiming Alexis*
*Claiming Bailey*
*Claiming Felicity*
*Claiming Sarah*

# *Mountain Mercenaries Series*

*Defending Allye*
*Defending Chloe*
*Defending Morgan*
*Defending Harlow*
*Defending Everly*
*Defending Zara*
*Defending Raven*

## Silverstone Series

*Trusting Skylar*
*Trusting Taylor (Mar 2021)*
*Trusting Molly (July 2021)*
*Trusting Cassidy (Dec 2021)*

## SEAL of Protection Series

*Protecting Caroline*
*Protecting Alabama*
*Protecting Fiona*
*Marrying Caroline (novella)*
*Protecting Summer*
*Protecting Cheyenne*
*Protecting Jessyka*
*Protecting Julie (novella)*
*Protecting Melody*
*Protecting the Future*
*Protecting Kiera (novella)*
*Protecting Alabama's Kids (novella)*
*Protecting Dakota*

## BIOGRAFIA

L'autrice best seller del *New York Times, USA Today,* e *Wall Street Journal,* Susan Stoker ha un cuore grande come lo stato del Texas, dove vive, ma questa tipica ragazza americana ha trascorso gli ultimi quattordici anni vivendo nel Missouri, in California, in Colorado, e nell'Indiana. È sposata con un ex militare dell'esercito, che ora la segue in tutto il Paese.

Ha debuttato con la sua prima serie nel 2014, seguita dalla serie SEAL of Protection, che ha consolidato il suo amore per la scrittura, e la creazione di storie in cui i lettori possono perdersi.

Se ti è piaciuto questo libro, o qualsiasi libro, per favore considera di lasciare una recensione. Gli autori lo apprezzano più di quanto tu possa immaginare.

www.stokeraces.com
susan@stokeraces.com